泰戈尔精品集【散文卷】

TAIGE'ER JINGPIN JI SANWEN JUAN

【印度】泰戈尔 著

白开元 译

时代出版传媒股份有限公司
安徽文艺出版社

图书在版编目(CIP)数据

泰戈尔精品集·散文卷/[印]泰戈尔(Tagore,R.)著;白开元译. —合肥:安徽文艺出版社,2011.7(2014.7 重印)
ISBN 978-7-5396-3669-6

Ⅰ.①泰… Ⅱ.①泰…②白… Ⅲ.①散文集-印度-现代 Ⅳ.①I351.15

中国版本图书馆 CIP 数据核字(2011)第 044530 号

出版人:朱寒冬　　　　　　　　策　划:刘　哲
责任编辑:刘　哲　刘姗姗　　　装帧设计:徐　睿

出版发行:时代出版传媒股份有限公司　www.press-mart.com
　　　　　安徽文艺出版社　www.awpub.com
地　　址:合肥市翡翠路 1118 号　邮政编码:230071
营 销 部:(0551) 63533889
印　　制:合肥创新印务有限公司　(0551)65152158

开本:700×1000　1/16　印张:15.75　字数:320 千字
版次:2011 年 7 月第 1 版　2014 年 7 月第 3 次印刷
定价:28.00 元

(如发现印装质量问题,影响阅读,请与出版社联系调换)

版权所有,侵权必究

总序

罗宾德拉纳特·泰戈尔(1861—1941)是印度现代时期出现的一位文化巨人,集文学家、艺术家、哲学家、教育家和社会活动家于一身。综观他的生平著述和活动,所体现的文化创造力是令人惊叹的。

作为文学家,泰戈尔的创作涉及各种体裁:诗歌、小说、散文、戏剧、文论和歌词等。而且,各种体裁的作品都有相当可观的数量,并展现独到的艺术成就,堪称世界文学史上并不多见的全才型的伟大作家。

泰戈尔的文学创作既扎根于印度母亲大地,又有宽阔的世界视野。他熟谙印度历史悠久的宗教、哲学和文学传统,又关注西方现代文明和文学的发展。他头脑清醒,目光敏锐,对于这两者文化,都善于吸收其精华,而抛弃其糟粕。他是沟通和融合东西方文化的成功实践者。他的创作贴近自然、社会和人生,浸透人道主义精神。他注重作品的内容和情感,也讲究表现形式,追求完整和谐的艺术美。因此,阅读他的作品,总会让人感受到其中蕴涵的思想和艺术魅力,可以细细咀嚼和回味。

中国和印度同为文明古国,有着两千多年的文化交流史,而泰戈尔是现代中印文化交流的伟大使者,由于中印两国在近代共同的历史命运,泰戈尔对中国人民始终怀有深切的同情和真挚的友好情意。他曾经两度访华,与中国人民结下深厚的情缘。他还有一个美好的中文名字,叫"竺震旦"。他的作品也受到中国一代又一代读者的由衷喜爱。在20世纪中国的外国文学翻译中,泰戈尔是作品获得翻译和出版数量最多的外国作家之一。

今年是泰戈尔诞生150周年。为此,安徽文艺出版社出版这套4卷本的《泰戈尔精品集》。我要在这里特别提请读者注意的是,这套精品集的译者是白开元先生。白先生是国内屈指可数的精通孟加拉语的专家之一,而且,他毕生专注于泰戈尔作品的研读和翻译。泰戈尔是用孟加拉语写作的作家。文学是语言的艺术。因此,强调从原文翻译是翻译界的共识。而国内长期以来缺乏通晓孟加拉语的人才,以至过去的泰戈尔作品译本大多从英语或其他语言转译,也是迫不得已。现在,白先生奉献给读者的这套《泰戈尔精品集》全部是依据孟加拉语原文翻译的。这是值得我们额手称庆的。这样,出版白先生翻译的这套精品集,也为纪念泰戈尔诞生150周年增添了一种特殊的意义。

黄宝生
2011年2月10日

代序

根据我的看法,中国加入世界文学行列,自五四运动前夕鲁迅的《狂人日记》始。从那以后,八十年来,中国大力介绍世界文学,其国别之多、作家之众,简直可以说是前无古人、并世稀见。

在所有被介绍的外国大作家中,泰戈尔占有一个独特的地位。他的作品直接影响了五四运动后期中国新文学的创作。他并且亲自来过中国,访问过很多城市,发表过很多讲话。他毕生对中国人民怀有满腔的热情。年轻的时候,他曾痛斥英国殖民主义者对中国的鸦片贸易。到了老年,又关心中国人民的抗日斗争。临终前,在病榻上还念念不忘中国的抗战。他一生始终不渝地是中国人民的朋友。他曾预言东方,特别是中国的复兴。中国人民永远不会忘记这一位伟大的哲人。

但是,中国对泰戈尔的介绍,还不能说是没有遗憾。

最大的遗憾,我认为,就是我们还没有出版翻译过他的全集,像莎士比亚、高尔基等等一样;其中也包含着对他的散文介绍不够。泰戈尔的诗歌、短篇小说、戏剧、长篇小说等已经介绍得比较充分了,而具有典型意义的散文则尚少介绍,没能引起人们的注意。能不说这是一件憾事吗?

白开元同志是一个有心人。他看准了这个遗憾,决心用行动来弥补,选译了这一册《泰戈尔精品集·散文卷》。鼎尝一脔,豹窥一斑,从这30篇[①]散文中,泰戈尔的散文风格一览无余。我们对这位伟大诗人的了解,也更全面了。

[①] 本篇系已故著名学者季羡林先生为笔者编译的国内第一本泰戈尔散文选所作的序,当时此书仅有30篇作品。

我过去曾在一些文章中讲到泰戈尔。我认为，他既是伟大的诗人，又是伟大的哲学家。他把诗歌创作和哲学思想水乳交融地糅在一起，形成了自己独特的文体。连他的短篇小说都不像世界上许多国家的著名的短篇小说那样浅显，而是充满了诗情，洋溢着哲理。至于他的散文，也表现了同样的情况。除了少数类似政论的文章以外，同样是诗情与哲理流露于字里行间，有几篇本身就是优美的抒情诗。

　　我在这里想特别提出一点来谈一谈。泰戈尔虽然生长在一个非常富于哲理与幻想的民族中，他的文学创作也继承了这一民族的思想文化遗产；然而在八十年的漫长的人生旅途中，他始终不是一个把自己关在象牙之塔中的、不食人间烟火的印度古代的仙人。他关心自己民族的兴亡，反对殖民主义和帝国主义的掠夺，抗议英国的鸦片贸易，抗议法西斯的横暴，抗议日本军国主义分子侵华，关心周围的社会，同情弱小者、儿童和妇女，歌唱世界大同。所有这一切都表露在他的文学创作中。他既是低眉慈目的菩萨，又是威猛怒目的金刚。他这些优点永远值得我们学习。

　　总之，我认为，泰戈尔是一个非常值得尊敬的人，这一本散文选是一本非常值得读的书。我相信，中国读者会与我有同感的。我就是怀着这样一个信念，写了这一篇短序。

季羡林
1990年9月4日

CONTENTS 目录

总序/黄宝生 ·· 001
代序/季羡林 ·· 003

第一辑　抒情散文

脚下的路 ·· 003
竹　笛 ·· 005
朝　夕 ·· 006
云　使 ·· 008
一　瞥 ·· 011
一　天 ·· 012
十七年 ·· 013
首次伤悼 ·· 014
负义的哀痛 ·· 016
少　女 ·· 017
阴　天 ·· 019
小　巷 ·· 020
旧　宅 ·· 022
通往天堂的路 ·· 024
多刺的树 ·· 025
雪 ·· 026
秋 ·· 028

001

美	031
图书馆	033

第二辑　哲理散文

新　雨	037
新　年	041
岁　末	044
昼　夜	047
季　节	049
春季和雨季	053
春天的遐想	055
人生旅途	058
起名字	061
出　访	064
迎宾曲	067
生命——心灵	071
永　新	076
忠　诚	079
梵我合一	081
社会中的解脱	084
内心世界与外部世界	086
有限与无限	089
人世之舟	092
内心与外界	094
我就是万物	099
爱情的涵义	101
友谊和爱情	103
终　止	105
水域与陆地	108
两种欲望	112

欢乐的形象 …………………………………… 114
病人的新年 …………………………………… 117
生　日 ………………………………………… 121

第三辑　杂文、演讲、文艺评论等

钱币的屈辱 …………………………………… 129
神　思 ………………………………………… 132
无所畏惧 ……………………………………… 135
疯　子 ………………………………………… 138
百分之九十三 ………………………………… 142
甘地的绝食斗争 ……………………………… 146
圣雄甘地的神圣事业 ………………………… 149
圣诞节 ………………………………………… 153
净修林 ………………………………………… 155
婆罗门 ………………………………………… 159
森林女神 ……………………………………… 164
教育与生活 …………………………………… 166
相依为命的诗歌 ……………………………… 171
韵律琐谈 ……………………………………… 174
罗摩衍那 ……………………………………… 178
孔雀啼鸣 ……………………………………… 183
孟加拉语《泰戈尔全集》序 ………………… 187
我的画作 ……………………………………… 191
戏剧舞台 ……………………………………… 194

第四辑　政论文、书信、日记、游记、谈话

抨击别人 ……………………………………… 201
西服和印式制服 ……………………………… 205
社会隔阂 ……………………………………… 209

印度妇女 ………………………… 213
日记一则 ………………………… 219
西行日记 ………………………… 222
写给妻子的信 …………………… 229
文明的危机 ……………………… 237

译后记 …………………………… 243

第一辑
抒情散文

凡是生长的,都不太坚硬,因而生命是柔软的。

脚 下 的 路

一

　　脚下的路,走出林海,走进一望无际的恒河平原。它在田畴河畔流连,在渡口榕树底下盘桓;从衰老的河埠踅回村落,穿过芒果园、芝麻地,绕过莲塘、祭神彩车,便不知溜达到哪个村里去了。

　　数不清的人,踏着这条路,在我身旁来去匆匆。有的携带家眷,有的望去只是团模糊的身影;有的蒙着面纱,有的露着面孔;有的去汲水,有的头顶盛满河水的陶罐归来。

二

　　白日流逝,黄昏来临。

　　我记得有一天我认为这路归我所有,完完全全归我所有。如今看来,我不过是受命在这路上走一遭而已。

　　柠檬林、池畔、十二座神庙前的埠头、沙渚、牛厩、稻垛……所到之处,那熟悉的瞥视、熟悉的语调、熟悉的嘴唇里,何曾再次听见"哎,你瞧"。

　　这路是前行的路,不是归返的路。

　　暮色渐浓的黄昏,偶尔回头远眺,但见路上凝聚着无数支被遗忘的足迹的赞歌,凝结着颂神的琴曲。

　　年复一年,一切过往的旅人的生平,被这路用一颗尘粒的笔锋简略地记载下来。尘粒的笔锋不停地移动,从日出的东山到日落的西山,从金碧辉煌的东方阆阁到金碧辉煌的西方阆阁。

三

"呵,脚下的路,你不要以尘土的桎梏禁锢千百年浩繁的史实,使它们有口难言。我侧耳贴近路面,对我细声耳语吧!"

路,伸出手指着黑沉沉的夜幕,不发一语。

"呵,脚下的路,亿万旅人的如许愁思,如话企望,湮没在何处?"

路不搭话,像哑巴似的,只是牵引我的视线,从旭日喷薄的地平线到残阳垂落的西天。

"呵,脚下的路,你坦荡的胸脯上落下的花雨般的足迹,而今不复存在了么?"

脚下的路莫非晓得自己的终结?那里,云集着全部回归的落花和缄默的弦乐,星光下正隆重举行苦难的永不熄灭的灯节吧?

竹　笛

笛音是永恒的音乐。它像湿婆蓬松乱发中飞落的恒河,在大地广袤的胸脯上奔腾不息;又如神王宫阙的仙童临世,用人世的尘粒做天国的游戏。

伫立路边聆听笛音,我竟不理解自己的心绪。我试图把我的迷茫与平素熟稔的苦乐加以糅合,但糅不到一起。我发觉,它比常见的笑容明亮得多,比看惯的泪痕沉郁得多。

由此我推断,"已知"是不真切的,真切的是"未知"。我心里何以产生这种古怪念头,书籍里没有答案。

今天早晨,我忽然听见从迎亲人家传来的笛声。

结亲的喜乐与普通乐曲有什么相同之处？隐秘的不满,深深的失望,遭受欺压的愤恨,渺小欲望包藏的自私,龌龊乏味的唇枪舌剑,不容宽恕的狭隘的纷争,生活里习以为常的封尘的贫困——这一切的形迹,神奇的笛音中可以发现么？

鼓乐,撕破世俗生活上盖着的全部常用语汇的重幕。永世年少的一对新人那纯洁的目光交融,躲在绛红含羞的面纱之下,在乐音中才显露出来。那里笛音袅袅交换花环时,我看见此地的新娘——戴着金项链,戴着金脚镯,立在泪海一朵欢乐莲花上。

乐曲声中,绝对看不出她是寻常女性。这位面熟的黄花少女,以陌生人家的媳妇身份出现了。

竹笛说,这就是真实。

立在泪海的欢乐莲花上的新娘

朝　夕

这里已是黄昏,太阳神,哪个国度的海滩升起了你的黎明?

如同洞房朱棂前蒙着面纱的新娘,这里的晚香玉在暮色中喜颤。哪里的金色花在曙光里怒放呢?谁从梦中醒来,吹熄昨晚点亮的灯,丢弃了夜间编就的白玫瑰花冠?

这里,门扃关闭;那里窗户开启着。这里,轻舟泊在码头,舟子酣然入睡;那里,征帆满涨着清风。

那里的旅人步出客舍,面对东方,额头浴着朝晖。他们尚未还清飘零的债务。道旁的窗棂里,一双双乌黑眸子含着忧愁的祝祷,向他们凝望着。大路,高擎烫金的红色请柬,在他们面前恭

朝夕

敬地说道:"一切准备就绪!"他们胸中的热血的沸腾,擂响夺取胜利的战鼓。

这里,人们披着暗淡的夕晖,登上白日最后的渡口。旅舍的庭院里,他们铺上薄薄的褥单。他们有的孑然一人,有的携老带幼,精疲力竭。前方路上横亘着什么,黑暗中看不清楚。他们交头接耳议论的只是身后路上的见闻,说着说着便住了口,默默地躺倒。从庭院里仰望,夜空升起了大熊

星座。

　　太阳神,你的左侧是黄昏,右侧是黎明。愿你玉成它们,把暮霭和晨曦搂在胸前亲吻,给暮曲晨曲同样的祝福。

云　使

一

陪伴着她，却又像独居于贬谪之地。

这是同榻共枕的离愁，近在咫尺，却彼此看不清面容。

成亲的日子，笛子吹出这样的话："走近我的丽人，离我十分遥远。"

它又预言："我抓住的是守护不住的，我获得的必将丧失。"

此后，笛子为何停止吹奏？

须知，那时的一半情景已被我忘却，只是朦朦胧胧觉得她仍在身边。为何总不觉得她已远去了呢？

我只看到爱情的一半——结合，爱情的另一半——离别，不曾进入我的眼帘，因而望不见远处永不满足的相会，也许是视线为近处关山隔断了的缘故。

伉俪之间隔着冥冥天宇，这里一切都是静穆的，没有人声鼎沸。空寂允许用笛音填补，但觅不到霭霭云天的罅隙，横笛无法吹响。

我俩之间的冥空上覆盖着漫漫风沙，充满每日的劳作、交谈，充满每日的思索、忧郁和吝啬。

云使

二

夜里,月色凄迷,凉风习习。我清醒地独坐床榻,一阵痛楚涌上心头。我想起,我失去了身边的人。

如何排遣这离愁,我与她的无穷的离愁?!

昔日傍晚,离开书案与之谈心的女性是谁呢?不错,她是人世间千千万万俗人中的一个,为我熟知,为我理解,但飘逝已久了。

然而,在她身躯的什么地方,可有只属于我的不朽生命?梦想的无边海滩,可以再次找到她么?

能在闲暇时分,野茉莉溢香的无事可做的暮色苍茫中,再度与她促膝长谈?

三

乍到的雨季挥舞浓云的纨纱,伫立在东方地平线上。

我想起优禅尼城的诗人①,萌生了向远方情人派遣云使的念头。

腾飞吧,我的歌,飞越我身旁耸峙的孤独!

它必须溯岁月之流而上,返回充盈竹笛苦楚的我们结合的日子——那里交织着宇宙的永久雨季和春天的气息,各式各样的啜泣,露兜树长长的叹息,红木新枝激越的誓词。

把僻静池畔雨天椰子林的簌簌絮语,化为我的心声,送入情人的耳中。她梳妆完毕,纱丽掖在腰间,正忙于家务。

四

渺邈无极的晴空,今日头贴着林木苍郁的大地的前额,轻声说:"我是你的。"

大地不胜惊异:"这怎么可能,你那么高远,我这样低微。"

---

① 指印度古代名著《云使》的作者迦梨陀娑。

天空急忙解释："我四周环列着云的屏障。"

"你极其富有，拥有亿万星体。"大地依然自卑，"光，向来不是我的财富。"

天空喟叹着："我已丧失日月星辰，属于我的如今只有你了。"

大地试探起来："风吹来，我盈满泪水的心战栗不已，而你岿然不动。"

天空着急道："你不曾看见我的泪也蕴含悲哀，我的胸脯已变得碧绿，像你的心？"

说话间，天地的长久分离被清泪之歌弥合了。

五

新雨，携带天地喜结良缘的祝祷，降落在我的别绪之上。情人内心不可言传的思恋，像琤然作响的琴丝跳荡起来；森林边缘般的蓝色纱巾，蒙盖着她的发缝，她乌黑的眼眸遥望着湿漉漉跌宕的云曲，绕缠发髻的帕古尔花条分外夺目。

当竹林的幽暗在蟋蟀的聒鸣中瑟瑟发抖，烛苗在湿风中摇曳、熄灭，愿她走出平日寸步不离的仙阁，沿着含露碧草的清香弥漫的林径，跨入我清寂心灵的子夜。

一　瞥

上车的时候,她微微转过秀丽的面孔,向我投来最后温情的一瞥。

大千世界,我该把这一瞥目光珍藏何处?

我能找到时光不流逝的所在?

这动人心弦的一瞥将失落在云霓的金辉隐逝的黄昏?将被荡涤纳迦斯花粉的暴雨冲走?

让这娇嫩的一瞥在万物中流浪,最终能不栖身于闲言碎语的垃圾堆和复杂情感的废墟里?

她这一瞥目光中的馈赠,超乎人世一切琐事,递到我手里,我将它织进歌曲,融入旋律,收藏在"美"的琼阁。

地球上,等待帝王的权势和富翁的财产的是死亡。

然而,热泪中难道不含有足以永久保存这一瞥目光的甘露?

情歌的曲调说:"请交给我吧,我不接触帝王的权势和富翁的金钱。可那些细微的表情是我万世的珍宝,我能把它们编成'无限'颈上的一串项链。"

一　天

此刻,我记忆的屏幕上,又浮现起那天中午的情景:下倦了的暴雨,不时被狂风吹得亢奋起来。

昏暗的书房里,我无心写作,操琴弹奏深沉的玛勒尔雨曲。

她从旁边的卧室出来,走到书房门口便踅了回去。少顷,又来到门口,轻轻地迈腿进入书房,轻轻地坐下,低头做了会儿针线活儿,然后怔怔地望着窗外烟雨笼罩的树丛。

雨停了,曲儿也弹完了。她起身拢拢秀发。

除了这无声的动作,她没有别的表示。留给我的,便是雨丝、琴曲、闲坐、幽暗浑然交融的一个中午。

充斥历史书的是帝王和征战的廉价故事。但那天中午相对静坐的一段时光,像无价之宝,珍藏在岁月的金盒里。这,只有两个生灵知晓。

她从旁边的卧室出来

十　七　年

我是她十七年的相知。

多少次交往,多少次见面,多少次闲谈;她周遭几多梦幻,几多猜疑,几多暗示;与她一起,早晨苏醒望见的明亮的启明星,雨季黄昏,素馨花的清芬,暮春聆听的慵倦的乐曲……十七年的一切,镂刻在她的芳心。

十七年她直呼我的小名。应答者不是造物主的杰作,而是用她十七年的谙熟塑模而成。唯独在她的心灵里,时而以亲昵,时而以疏远,时而以动作的热情,时而以恶作剧的过渡,时而当着众人的面,时而独坐幽静处,得以塑模这位应答者。

弹指间又流逝了十七年。后十七年的日日夜夜,未曾用我的名字的圣线连接,是零散的。

所以它们天天问我:哪里是我们的归宿?谁引导我们进入楼宇?

我回答不出,默默地思忖着。

它们一面乘风飞驰,一面快活地说:我们去寻找。

找谁?

它们也不晓得找谁,飘来飘去,像迷茫的暮云,溶入冥暗,踪影杳然。

青年泰戈尔

首次伤悼

昔日绿荫婆娑的曲径，如今野草丛生。在这僻静的地方，忽听背后有人问道："你不认识我了？"

我回首打量着她的脸，困惑地说："我仿佛见过你，只是说不出你的芳名了。"

"我属于你久远的往昔，是二十五岁那年的伤悼。"她眼角闪着黯淡的泪光，宛如荷塘水面上颤动的朦胧的月辉。

我错愕地站了一会儿，问道："那年我眼里你像斯拉万月[①]的雨云那样黝黑，而此刻我看你是阿斯温月[②]金色阳光的化身，莫非你失落了那时的泪水？"

她不言语，莞尔一笑。我看出这一笑的含蕴极其深厚，雨云已学会像秋日的素馨一样嫣笑。

"你至今珍藏着我二十五岁时的青春？"我又问一句。

"你仔细观察我胸前的花环！"

我发现那年春天编织的花环竟未凋落一片花瓣。

"我的一切俱已衰颓。"我伤感地说，"唯有你白净的颈子上我二十五岁时的青春尚未褪色。"

她慢慢地取下花环挂在我的脖子上："你还记得吗？那时你说你需要的不是慰藉，而是伤悼。"

"似乎说过这样的话。"我有些不好意思，"但光阴荏苒，不知不觉也就淡忘了。"

她立刻用坚定而真诚的口气说："心灵主宰的新郎没有忘却。我一直

[①] 印历四月，公历7月至8月。
[②] 印历六月，公历9月至10月。

隐坐在绿荫里……接受我吧!"

我握着她的纤手,由衷地赞叹:"你依然那样楚楚动人!"

她显得很激动,说:"昔日满腔的悲恸,今日化为了安恬。"

曲径如今野草丛生

负义的哀痛

拂晓时分,她起身告辞,踽踽离去。

心儿宽慰我:"万物皆空。"

我愤然反驳:"这桌上的针线盒,这凉台上的花盆,这床上题名的纨扇,都是实实在在的。"

心儿说:"冷静地想想吧——"

"住口!"我打断他,"这本小说书里夹着她的一根黑发,说明书还没有读完,假若这本书是幻影,她岂非幻影之幻影!"

心儿默然。

一位造访的友人侃侃而谈:"尤物皆为真实,永不泯灭,世界把它当做珍宝,编成胸前的一串项链。"

"你这话有何根据?"我不悦地问道,"芳躯不是尤物?可如今她的芳躯在哪儿?"

犹如顽童撒野拳打母亲,我擂击着世上我钟爱的一切,咬牙切齿地说:"人世背叛了我。"

蓦地,我心里一惊,仿佛听见谁在骂我:"你这个负心汉!"

往窗外望去,高大的阔叶树后面冉冉升起了一钩弯月,好似离去的人儿欲掩还露的笑意。从疏星点缀的夜幕后面传来了责问:"我的奉献难道是欺骗?你为什么那样坚信所谓的辞世呢?"

少　女

一

如同云雾化作雨滴垂落下来,听凭泥土拘禁,女性不知从何处来到人世,甘愿接受束缚。

等待她们的,是人迹稀少的狭小天地,她们要把自己的言语、哀怨、忧愁,一切的一切,储存在这狭小的天地里,因而她们蒙着面纱,戴着手镯,她们的庭院四周是推不倒的高墙。

女性是樊篱的天国里的萨茜①。

然而,那少女像无名的神祇戏谑的一笑,带着无量的活泼,降生在我们这条街上。她母亲斥骂她是"女强盗",她父亲乐呵呵地说她是"疯丫头"。

她好像远遁的清泉,越过崇山峻岭。她的思绪犹如一丛翠竹顶梢的嫩叶,摇曳不定。

二

今天我望见这位桀骜不驯的姑娘靠着游廊栏杆,默然伫立,仿佛雨后的一架彩虹。但两只乌黑的大眼呆滞无神,像山竹果树上翅膀淋湿的栖鸟那样。

我从未见她如此郁闷,那模样令人联想到淙淙奔流的涧水突然受阻,汪成死寂的幽潭。

---

① 雷神之妻。

三

这几天烈日对大地的统治格外酷虐。地平线脸色苍白,树叶焦枯,憔悴中显出绝望。

此刻,疯狂的乌云披头散发,在天上安营扎寨。冲出重围的一抹殷红的夕晖,像拔出剑鞘的利剑。

半夜醒来,只见房门嘎吱嘎吱地战栗,罡风揪着全城的昏睡的发髻,狠命地摇晃。

起床望去,巷街的灯光,在滞重的雨幕中,宛若地狱的浑浊的眼珠。教堂里的钟声裹着雨声的大氅,袅袅而来。

早晨,雨丝越发浓密,太阳没有露面。

少女

四

我们邻里的姑娘手扶着游廊栏杆,茫然地望着灰蒙蒙的天空。

她的妹妹走过去对她说:"妈叫你。"她坚决地摇摇头,两条辫子左右摆动。她弟弟拿着纸船拉她的手,她把手抽回。弟弟缠着她要跟她玩,她火了,给他一巴掌。

五

雨水调稠了暮色,姑娘呆立不动。

远古时代,创造之口,用水的语言,风的声调,说出第一句话。那悠远的话语,超越忘却和记忆,飘过亿万年,今日化作雨声召唤着少女。于是,她在一切羁绊之外消失了。

时光何其绵长,宇宙何其广袤,一代又一代的人生游戏何其繁复!那邈远、那宏阔,在云影雨声中注视着伛偻的少女的面孔。

她睁着乌黑的大眼,静立着,宛如悠悠岁月的塑像。

阴 天

每天忙忙碌碌，身旁人来人往。总以为忙了一天，淡了一天。日暮黄昏，一天的事情了结，懒得再探究内心残余的情感了。

今天早晨，乌云层层覆盖晴空的胸廓。面前又是一天的工作，周围又簇拥着一群人，蓦地，我觉得心底蕴藏的情感，是无法表露的。

人能够渡过沧海，翻越高山，在地层凿洞，窃得奇珍异宝，但一个人向另一个人倾吐隐情，是绝对做不到的。

阴云密布的上午，我心宫里幽禁的感情，奋翼欲飞。里面有人发问："扫荡心空的雨云，掠夺沛然甘霖，和我朝夕相处的人儿在何方？"

阴云密布的上午

我听见内囚的情感猛摇心扉的锁链。我暗问自己："我该做些什么？谁的召唤下，我的心志高擎乐曲之灯，跨越事务的栅栏，与外面的世界相会？谁的眼神的暗示下，我散乱的愁楚一瞬间连成一串闪耀熠熠金辉的欢乐？谁给我美妙歌曲，我把一切施舍给谁，但那可怜的乞儿站在哪个十字路口？"

我心中郁积的痛苦，披上游方僧的赭色道袍，企望踏上琐事之外的道路。这路质朴得像一根单弦，但在哪个心上人的步履下弹奏呢？

小　巷

　　路是石板铺设的小巷,忽左忽右,蜿蜒着寻觅着什么。左面是房屋,右面是房屋,前面还是房屋,不管朝哪个方向游动,都难免受到阻拦。

　　巷问好像被挤压着的高空:"请问姐姐,你是哪座蔚蓝的都市的街道?"

　　正午,它看见太阳的时间极短,常常心里纳罕:那又亮又圆的盘子是什么东西?

　　雨云的阴影在对峙的楼房中间浓稠起来,仿佛谁用黑铅笔涂去了小巷这本子上的光亮。随后大雨倾盆,雨脚在石板上跳动,雨季仿佛在击鼓耍蛇。路很滑。行人撑着雨伞,一股股雨水从屋檐猛地冲击雨伞,伞的主人吓了一跳。

　　小巷反感地嘟囔:"这里本来非常干燥,太太平平,为什么无端地落下无休止的湿淋淋的骚扰呢!"

　　早春时分,小巷里的南风活像落拓的流浪汉,尘土、纸屑随风飞旋。小巷大惊失色:"是哪个恶煞发疯了?"

　　小巷的路边每天堆积垃圾:煤灰、菜帮子、死耗子、鱼鳞……小巷眼里这些是实实在在的,纵使精神恍惚也不会产生疑问:哪里来的这么多脏物?

　　然而,当秋阳斜照路边二楼的

小巷

游廊,祭神的帕伊尔毗曲调吹响的时候,它思绪活跃地猜度:"石板路外面说不定有个广阔的世界呢。"

时光飞速流逝。光照像忙碌的家庭主妇的纱丽,从楼房的肩头滑到小巷的路旁。钟当当当敲了几下,女佣挎着菜篮从菜场回来了。小巷里弥漫着炊烟和饭茶的香味。职员们忙着穿衣吃饭,准备上班。

目睹此景,小巷暗想:"石板路上的一切是真实的呵,想象中的那个世界是个缥缈的梦。"

旧　宅

一

这幢旧宅的模样，表明过去十分富裕的主人，如今已经穷困潦倒。这家人生活艰难的标记，一天比一天清晰地在它身上显露出来。

砖墙泥灰剥落，麻雀用利爪抠着破裂的地板，翅膀扇起阵阵灰土。祈祷室里的鸽子，看似雨季的几片孤云。

没人注意北墙一扇门是何时散架的。另一扇门日夜在风中摇晃，像是无人理睬的悲痛欲绝的寡妇。

这幢旧宅前后三部分，只有五间屋住人，其余的关闭着。这状况如同一个八十五岁的老妪，她的流年全维系着锁闭的回忆，只有极少的日子尚能感受现代生活的律动。

泥灰剥落、红砖凸出的这幢旧宅，仿佛是身着缀满补丁的长袍的白痴，眼神呆滞地立在路边，不看自己，也不看别人。

旧宅

二

一天清晨,从旧宅传来女人呼天抢地的恸哭。侧耳一听,原来这家的独生子死了。他才十八岁,平常在民间剧团扮演主角罗妲,靠不多的收入度日。

女人们号哭了几天,后来去向不明。门全上了锁。

北墙那扇孤零零的破门没有倒下,也没有关上,在风中瑟瑟摇颤,犹如一颗痛得抽搐的心脏。

三

一天下午,旧宅里响起了孩子的叫嚷声。

举目望去,游廊里晒着一条红贴边纱丽。

许多日子以后,一位房客前来租了几间屋子。他薪金微薄,儿女一大群。疲累的母亲发火动手打他们,他们就哭叫着满地打滚。

一位中年女佣手脚不停地做家务活儿,她常与家庭主妇吵架,威胁说:"我不干了,我走。"但老不走。

四

出租的房屋经常进行局部的修缮。

破裂的窗玻璃贴了纸条;走廊栏杆的裂缝用石灰抹平;卧室木窗已沤糟,窗户索性垒砖堵死;墙重新粉刷,但盖不住风雨侵蚀的斑斑黑痕。

屋檐上泥盆里新栽的纤弱的花苗,突然仰望青空,神色羞涩。旁边墙缝里长出一株菩提树,绿叶像在嘻嘻地嘲笑这家人。

能力有限的手,以不高明的技术,掩饰荣华富贵衍变的贫穷,反而使旧宅更加丑陋。

北面那间空屋依然无人关心,那扇破门依然在风中摇颤,好像不幸的人绝望地捶打胸脯。

通往天堂的路

父亲脚步沉重地从焚尸场回来了。

七岁的儿子光着上身,颈上绕一条黄色圣线,孤零零地站在临街二楼的窗户旁边。

他在想什么,他自己也不知道。

一轮朝阳在楼前苦楝树后面悄然闪现。卖生芒果的小贩走进胡同,吆喝几声,转身离去。

父亲疼爱地把儿子抱在怀里。儿子问:"妈妈在哪儿?"

父亲缓缓地仰起头:"在天堂。"

当天夜里,悲恸、疲惫的父亲在噩梦中不住地呻唤。

门口,灯笼闪着凄暗的光。墙壁上趴着一对蜥蜴。不知什么时候,七岁的儿子上了空寂的露台。

四周,熄了灯的一幢幢楼房,仿佛是地狱的卫兵,直立着打瞌睡。

赤裸的孩子仰望夜空。

他迷茫的心里像在问什么人:哪儿是通往天堂的路?

夜空没有传来回答,只有疏星默默地流着黑色的眼泪。

通往天堂的路

多刺的树

我一度悲观地认为，人点燃的不义之火，烧焦了自己的未来，春天不会再来以绿叶装点枯枝。

很久很久以前，人做了个金座，金座对他通报：他的神已经起程，即将光临。

人发起疯来，砸碎花费很长时间做成的金座的那一天，破败的神坛哀叹："希望破灭了，神不会来了。"

多年的心血成了一堆垃圾。我到处听见狂呼乱叫："胜利属于野兽！"

我听到人们窃窃议论："明天和今天一样，岁月似蒙着龟壳的黄牛，永远呻吟着围绕磨盘转圈子，所谓创造不过是盲人的哭泣。"

我的心儿说："既然如此，停止歌唱吧，目前只就实物的负荷展开唇枪舌剑，吟唱的全是镜花水月。"

我儿时眺望大路，一支支迎宾曲的和风吹拂我的心灵。看着大路耳朵伸向地极，我揣摩有飞车从彼岸飞来。今日再次纵目远望，看不见房舍的影子，听不见行客的足音。

我的七弦琴辛酸地说："漫长的旅途中，既然没有乐曲的旅伴，把我丢弃在路边吧。"

我的眼光转向路边，惊喜地发现尘埃中一株多刺的小树开了朵绚丽的鲜花。

小树开了朵绚丽的鲜花

雪

今天是星期日,清晨听见教堂里传来清凛的钟声。起床推开窗户,呵,一切都染白了。楼房倾斜的屋顶敞开胸怀在欢迎漫天飞雪:来吧,用素纱遮盖我!凝结的雪河荡涤了路尘的王国,化为无数支流,向四面八方迤逦流去。

树上没有一片叶子。湿婆①仿佛端坐在树梢播布晶莹的祝福。路边的枯草似青春的残痕,尚未遮严,但已慢慢地垂首认输了。鸟儿停止鸣啭,天空阒然无声,纷纷扬扬飘着雪花,可是听不见它的足音。

一切都染白了

① 印度神话中在喜马拉雅山修行的毁灭大神。

在异国他乡酣睡时,天庭的重门悄然开启。可是天使未来报告消息,唤醒入睡的人。"宁静"离别天界幽寂的道院,未乘辚辚飞车,驭手不曾挥舞闪电之鞭,怒吼抽打发狂的天马。她舒展白翼,轻轻垂落,动作那么轻盈,姿态那么婀娜。不撞击任何人,不与任何人发生冲突。

太阳被挡在雪幕后面。天光一点儿不刺目。整个世界盈盈地透闪的柔光,罩着恬静、温润,柔光的面具即面容。

清静的冬晨,我迎迓我顶礼的白雪的洁净进入我的灵府。我真诚地祈求:你缓缓遮覆我的一切忧思、想象和工作吧!你跨越了夜阑的无边黑暗,无声地永驻于我的生活吧!呵,在未被污染的皎洁中,唤醒我崭新的黎明,不留任何污点;把天国光华的永恒圣洁倾注我生活的天地!

今晨,我将我的灵魂沉入深广的洁白之中。这种沐浴异常冷冽,异常艰苦。我像婴孩一样赤裸着,下垂着。垂至深处,前后、上下、左右,一片纯洁,我的全身心在纯洁中膜拜湿婆。

此刻我看到,暮年之光多么庄重,多么安详,多么美好!繁丽静静地慢慢地隐遁了。缜密的"一体"的皎洁把万象拽到它的身后。歌声、精灵全被盖住,多彩的游戏在白色中消隐。然而,这不是死亡的阴影。我知道,常言的死亡是黧黑的。空虚不像光照那样透明,而像朔日之夜那么黯黑。光束隐藏红、橙、黄、绿、蓝、靛、紫七色,并未吞噬它们,而是整个地占有。今日沉寂中潜藏的乐音,将喜悦注满我的心胸。

今日树木卸去盛装,光秃秃的,生命的财富贮存在幽深的心底。袅娜的枝条倾吐了渴慕,此时在心中默诵梵咒,犹如修道的柯丽,舍弃花饰,身着素服,默想湿婆威严的仪容。她抑制点燃欲火,培植缱绻的爱恋,让情欲的灰烬飘逝。纵目远望,四野银装素裹,与湿婆团圆的障碍业已排除。北斗星的慈辉在天幕上书写了喜讯:吉日在即,修行的专注开辟了道路,谱写了节日的乐章,看不见的地方盛开的鲜花,可以编织佳偶交换的花环。

呵,我的心,进行同样的苦修吧!稽首冥想,容银洁的恬静一层层包裹你,把你坚韧的求索置于沉隐的奥妙之中。请"纯净"之神的使者从人生的起点到终点,清除全部垃圾。而后,苦修的静幕升起,杯状如地平线的欢乐之杯里,充溢新的觉醒、新的生命、新的团圆的喜庆。

秋

英国文学中称秋天为中年,他青春的魅力尚未完全衰退,前方死神却对他举起了召唤的手;他未失落他的一切,不过已开始凋谢了。

英国一位现代诗人这样描写秋天:"你畏惧冬天寒冷的树木,此时望去像魑魅;唉,你举行聚会的花园冷冷清清,说明潮湿的树叶正断绝尘缘!逝去的和将至的,他们凄凉的婚床由你张罗。你倾吐垂死者的心声,你是为死灭伤感的神明。"

这不是孟加拉的秋天。孟加拉秋天黛色的眼睑从未让落拓的青春的泪水濡湿。他以稚童的面貌出现在我们身边。他是新生儿,从雨季之腹出生后,躺在大地这位乳母的怀里,露出甜甜的笑意。

他的肌肤细嫩,早晨素馨花的清香似他身上溢散的气味。我们看到的天空、阳光和树木的色彩,是他生命的色彩,非常新鲜。他生命的色彩,不是从彩虹窃得的红橙黄绿蓝靛紫中的某一种。那是温柔之色。我们在草叶和人体上看到这样的色彩。生命的色彩透射不出动物粗硬的表皮,自然以各种亮泽的浓毛掩饰其羞惭。但自然喜爱轻吻脱去衣衫的赤裸的人体。

凡是生长的,都不太坚硬,因而生命是柔软的。生命是不完美之中的完美的蕴藉,一旦这样的蕴藉枯竭,换句话说,当只有外在的形状,没有任何吉兆,死亡便使一切变得粗糙,虽然仍有红黄绿等颜色,生命的色彩却没

有了。

秋天的色彩是生命的色彩,极其鲜丽,极其柔和。秋阳是熔化的金子,秋天的绿色清新,蓝色莹润。因此秋天摇撼我们的生命,如同雨天摇撼我们的心灵,春天摇撼我们的青春。

我曾经说过,秋天有孩童的天性——想笑就笑,想哭就哭。啼笑中没有神秘的因果关系,它轻盈地来,轻盈地去,不留下浅浅的足印,如同水波上兄妹般的光影戏闹,不留痕迹。

孩子的啼笑发自生命而不是发自心灵。生命像快艇,不载杂货。生命飞驰,啼笑的分量极轻。心灵是货船,承载货物——它的啼笑不在航行的过程中散落,如同清溪因流动而闪光,其间没有光影的憩息和居室,但当溪水坠入山谷的深潭,光束就想潜入水底,暗影与水相拥。那儿有"幽寂"冥想的蒲团。

然而,任何地方没有生命的坐椅,生命一刻不停地运动着,秋天的啼笑只在我们的生命之流上熠熠闪烁,那儿我们的长叹之巢不会沉没,卡在水底的石头之间。因而仰望秋阳,心神驰骋,那不是雨季赴情人的约会时的怯怯的迈步,而是豪迈的前行。

雨天仰望暗空的眼睛,在秋天注视大地。天堂花园里聚会的彩棚拆除,帷幕已经卷捆,聚会转移到了原野上。原野的这一端到另一端,绵延着的葱绿,迷醉着远眺的目光。

秋天这幼儿偎依着大地母亲的胸脯,眷恋地望着母亲的脸。大地母亲的怀里今日充满新生命的光彩。秋天不是一行行大树的季节,而是农田的季节。农田是大地怀里的碧玉,沉浸于洋溢的慈爱之中;当兄长的树木矗立着静静地观看。

这水稻,这甘蔗,相对而言是纤小的,存活的时间不长,它们的艳丽和欢乐必须在数日内浓烈起来。阳光仿佛是路边供桌上的一坛甘露,它们急急忙忙掬饮几口,便踏上旅程。它们不像树木能从水中、从空气中、从土壤中得到定额的养分。它们在世上受到款待,但得不到永久的居留权。秋天是这些纤小的寿命不长的植物欢度短暂节日的季节。它们来时怀里装满礼品,离去时空旷的田野在长空下哀鸣。它们是地球的绿云,突然间凝聚在一起,倾洒沛然甘霖,不一会儿就离去,不留下索取回报的书信。

我们不禁喟叹:哦,秋天,露珠——你的眼泪,扑簌簌滚落,是你为逝者

和来者安置重逢之榻。你吻了在门口等候抬今时和往昔的轿夫,看见你面带微笑,泪水溢出他们的眼眶。

那天演奏了欢迎大地的女儿的乐曲。云彩的"南迪①"和"波林吉②"吹响法螺,让柯丽在大地母亲的怀里居住数日。送别她的乐曲不久也要奏响;在焚尸场居住的疯子③却说,无法将她送回;欢笑的一钩弯月仍是她额上的饰物,像她的发髻中倾泻泪水的恒河。

最终我们看到,在同一个地点,西方和东方的秋天在那初十夜里送别杜尔迦女神的乐曲中隐逝。西方的诗人望着秋天吟道:"春天枉然地身着节日的盛装,在你无声的示意下,树叶飒飒飘落。今日,金色的岁月融入泥土!"他接着唱道,"早春渴望相会的激情已经平息,五六月间,滚烫的呼吸搅烦的脉动也已停止。发疯的风暴搅乱的森林的歌会上,你的一阵阵飓风,为鬼怪的愤怒之琴系上弦儿,以便为你的死亡奏上一曲哀乐。你毁灭的壮丽,你美的痛楚,慢慢地炽烈起来。啊,消隐着的丰饶的形象!"

尽管如此,西方的秋天年年戴着雾的面纱走来,而孟加拉的秋天撩开云的面纱,笑脸面对世界。两者的形象和情感大不相同。在我们的秋季,光临之曲反复吟唱,一遍遍唱的送神曲也有节日的乐调。我们秋天的离愁的寓意是:一次次离去是一次次归返的前奏,所以大地的花苑里欢迎的歌曲永远唱不完,带走的歌曲总又送回来。所有节日之中,最大的节日是失而复得的节日。

但在西方的秋曲中,我们只品味到得而复失的惆怅。西方的诗人悲叹道:"你的显现是你的绝迹,作别和起程是你的复唱词,你的生命是死亡的庆典,在你繁荣的完满之中,你仍是幻影,仍是迷梦。"

---

① 湿婆的侍从。
② 湿婆的侍从。
③ 指湿婆。

美

夕阳坠入地平线,西天燃烧着鲜红的霞光,一片宁静轻轻落在梵学书院娑罗树的枝梢上,晚风的吹拂也便弛缓起来。一种博大的美悄然充溢在我的心头。对我来说,此时此刻已失落其界限,今日的黄昏延伸着、延伸着,融入无数时代前的邈远的一个黄昏。在印度历史上,那时确实存在隐士的修道院,每日喷薄而出的旭日,唤醒一座座净修林中的鸟啼和《娑摩吠陀》的颂歌。白日流逝,晚霞鲜艳的恬静的黄昏,召唤终年为祭火提供酥油的牛群,从芳草萋萋的河滨和山麓归返牛棚。印度那淳朴的生活,肃穆修行的时光,在今日静谧的暮天清晰地映现。

我忽然想起,我们的雅利安族祖先,一天也不曾忽视一望无际的恒河平原上日出和日落的壮丽景象。他们从未冷漠地送别晨夕和晚祷。每位瑜伽行者和每家的主人,都在心中热烈欢迎迷人的景色,他们把自然之美迎进了祭神的庙宇,以虔诚的目光注望美中涌溢的欢乐。他们抑制着激动,稳定着心绪,将朝霞和暮色融入他们无限的遐想。我认为,他们在河流的交汇处,在海滩,在山峰上欣赏自然美景的地方,不曾营造自己享受的乐园;在他们开辟的圣地和留下的名胜古迹中,人与神浑然一体。

暮空中萦绕着我内心的祈祷:愿我以纯洁的目光瞻仰这美的伟大形象,不以享乐思想去黯淡去贬低世界的美,要学会以虔诚使之愈加真切和神圣。换句话说,要弃绝占有它的妄想,心中油然萌发为它献身的决心。

我又觉得,认识到真实的美,美的崇伟,不是件容易的事。我们摈弃许多东西,把厌烦的许多东西推得远远的,对许多矛盾视而不见,在合乎心意的狭小范围内,把美当做时髦的奢侈品。我们妄图让世界艺术女神沦为女婢,羞辱她,失去了她,同时也丧失了我们的福祚。

撇开人的好恶去观察,世界本性并不复杂,很容易窥见其中的美和神灵。将察看局部发现的矛盾和形变,掺入整体之中,就不难看到一种恢弘的和谐。

然而，我们不能像对待自然那样对待人。周围的每个人离我们太近，我们以特别挑剔的目光夸大地看待他的小疵。他短时的微不足道的缺点，在我们的感情中往往变成非常严重的过错。贪欲、愤怒、恐惧、忧愁妨碍我们全面地看人，而让我们在他人的小毛病中摇摆不定。所以我们很容易在寥廓的暮空发现美，而在俗人的世界却不容易发现。

西天燃烧着鲜红的霞光

今日黄昏，不费一点力气，我们见到了宇宙的美妙形象。宇宙的拥有者亲手把完整的美捧到我们眼前。如果我们仔细剖析，进入它的内部，扑面而来的是数不清的奇迹。此刻，无垠的暮空中繁星间飞驰着火焰的风暴，若容我们目睹其一部分，必定目瞪口呆。用显微镜观察我们前面那株姿态优美的斜倚星空的大树，我们能看清许多脉络，许多虬曲，树皮的层层褶皱，枝丫的某些部位干枯、腐烂，成了虫豸的巢穴。站在暮空俯瞰人世，映入眼帘的一切，都有不完美和不正常之处。然而，不扬弃一切，广收博纳，卑微的、受挫的、变态的，全部拥抱着，世界坦荡地展示自己的美。整体即美，美不是荆棘包围的窄圈里的东西，造物主能在静寂的夜空毫不费力地向世人昭示。

强大的自然力的游戏惊心动魄，可我们在暮空却看到它是那样宁静，那样绚丽。同样，伟人一生经受的巨大痛苦，在我们眼里也是美好的、高尚的。我们在完满的真实中看到的痛苦，其实不是痛苦，而是欢乐。

我曾说过，认识美需要克制和艰苦的探索，空虚的欲望宣扬的美，是海市蜃楼。

当我们完美地认识真理时，我们才真正地懂得美。完美地认识了真理，人的目光才纯净，心灵才圣洁，才能不受阻挠地看见世界各地蕴藏的欢乐。

图 书 馆

谁如果锁住茫茫大海千百年的惊涛骇浪,使之像酣睡的婴儿一样悄无声息,那么,这静穆的海浪可谓图书馆最贴切的比喻。图书馆里,语言是静寂的,流水是凝滞的,人类不朽的性灵之光,被乌黑字母的链子捆绑,投入纸页的大牢。无法预料它们什么时候突然举行暴动,打破死寂,焚毁字母的栅栏,冲到外面。好似喜马拉雅山头上覆盖的冰川中拘禁着滔滔洪水,图书馆里也仿佛围堵着人心的江河。

人用电线禁锢电流,可有谁知道人把"声音"关在"静默"里!有谁知道人把歌曲、心中的希冀、清醒的灵魂的欢呼、神奇的天籁包在纸里!有谁知道人把"昔日"囚禁于"今日"!有谁知道人仅用一本本书在深不可测的岁月的海面上架起了一座壮丽的桥梁!

进入图书馆,我们伫立在千百条道路的交叉点上。有的路通往无边的海洋,有的路通往延绵的山脉,有的路向幽深的心底伸展。不管你朝哪个方向奔跑,都不会遇到障碍。在这小小的地方,软禁着人的自我解放。

如同海螺里听得见海啸,你在图书馆听见哪种心脏的跳动?这里,生者与死者同居一室;这里,辩护与反驳形影不离,如孪

国际大学图书馆

生兄弟；这里，猜忌与坚信，探索与发现，身子挨着身子；这里，老寿星与短命人耐心而安宁地度日，谁也不歧视谁。

人的声音飞越河流、山峦、海洋，抵达图书馆。这声音是从亿万年的边缘传来的啊！来吧，这里演奏着光的生辰之歌。

最早发现天堂的伟人对聚集在四周的人说："你们全是天堂的儿子，你们身居仙境阆苑。"伟人洪亮的声音变成各种文字，袅袅飘过千年，在图书馆里回响。

我们在孟加拉的原野上难道没有什么需要表达的吗？我们不能为人类社会送去一则喜讯？在世界大合唱里，唯独孟加拉保持沉默？

我们脚边的沧海没有什么话对我们颂吐？我们的恒河不曾从喜马拉雅山携来盖拉莎的仙曲？我们头上没有无垠的蓝天？天幕上繁星书写的无穷岁月的灿烂文字被人抹掉了？

过去，现在，国内，国外，每天给我们送来人类各民族的许多信函。我们只能在两三份蹩脚的英文报纸上发表文章作为答复？其他国家在无限时空的背景上镌刻自己的名字，孟加拉人的姓名只配写在申请书的副本上？人的灵魂同可憎的命运展开搏斗，世界各地吹响的号角呼唤着战士；我们却成天为菜园里竹架上悬吊的葫芦打官司、上诉？

沉默了许多年之后，孟加拉大地的生命已经充实了。让它用自己的语言讲述抱负吧！融会了孟加拉人的心声，世界之歌将更加动听！

第 二 辑
哲理散文

世界的内在之美，是
我们的心灵之物。

新　　雨

　　年轻时的世界无比广阔,我不曾望见我青春的边沿。我在世上扮演怎样的角色,究竟有何建树;情感和创作中,我性灵的行程有多长,都无法预测,人世间密布不可窥测的奥秘。如今,我已抵达才华的极限,世界也缩小了,化为我的办公室、起居室和游廊。世界变得如此熟稔,教我几乎忘却类似的许多办公室、起居室和游廊已从地球上消失,像一个个影子,未留下一丝痕迹。多少人曾经背靠松软的靠垫,把为打赢官司而进行密谋的内室当做世界永恒的中心,他们的姓氏连同骨灰随风飘逝,再也找不回来,地球则依旧围绕太阳运行。

　　但是,雨云每年饱含着旧事饱含着甜美的新颖来临的时节,我们从不对它产生误解。因为它处于我们的使用范围之外,它不会因我窘迫而蜷缩。在我受到朋友的欺骗、受到仇敌的凌辱,视线被障碍物切断的时候,不仅我的额头上又刻上一条皱纹,不仅我心头又烙上痛苦的印记,我遭受的打击也落到我周遭的世界身上,它的水土有我的伤痕,有我的忧悒。刀朝我砍来,我四周的世界不会退缩,利箭射穿我的胸膛,也必然刺入它的肢体。世界身上叠印着我的苦乐,因而它是我的。

　　雨云身上没有我的任何痕迹。它是过客,飘然而来,飘然而去,片刻不停。我的衰老没有接触它的机会,它远离我的希望和失望。

　　因此,古代大诗人迦梨陀娑在优禅尼城的波腊沙特山巅瞩望的雨云,我此刻也看得见。人类历史的衍变影响不了它。然而摩罗陀王国的奥潘梯城、毗迪娑城如今安在!长诗《云使》①描写的雨云以常旧而常新的姿态出现;国王格罗玛狄达的京城优禅尼比云团坚固得多,但像一个破碎的梦,

---

① 《云使》:迦梨陀娑的名作,分为《前云》、《后云》两卷。描写因失职而谪居罗摩山的小神仙药叉恳请一片雨云传递对他妻子的思恋。

纵有愿望也无从重建。

所以,望见雨云,幸福的人也感慨不已,雨云无求于人类,能把人带出平日的生活圈子。雨云与我们每日的思考、奋斗、事业毫无干系,因而能赋予我们的心灵以闲暇。心灵于是不接受束缚,被主人诅咒而谪居的药叉的离愁又在胸中腾涌。人际关系酷似主人与奴仆的关系,雨云使人忘怀人世间不可缺少的关系,心灵于是冲出重围,奋力开辟自己的道路。

雨云以幽黑,以霹雳,以变幻的崭新画面,将恢弘混沌的未来的迹象投向熟悉的大地;携来悠远年代古老邦国的浓荫。这时,世界的记事本上罗列的不可能,刹那间让人感到转变成了可能。翘首遥望的思妇不再相信事务之绳绑住的夫君不会归家,她懂得人世间严厉的法则,但不过是在理智上而已。天昏地暗的雨天,她心里不觉得法则强大得难以违抗。

我深思着——在我的视野里,享受压小了永恒阔大的世界。我所知晓的它的大小,相同于我与之接触的范围。我没有承认在我享受之处的它的存在。生活受缚、僵化,同时也桎梏它不可缺少的那部分天地。我在我的中间,我的天地里,看不见任何奥秘,因而性情淡泊;我认为我看透了自己,断定也洞察我的活动天地。恰在此时,柔和的冥暗淹没了东方的地平线,不知何处飘来了千百年前迦梨陀娑描绘的雨云,它不属于我,不属于我的世界。它把我引向青春不衰的去处,引向万世的离愁别意、日日团聚的承诺,引向满目永恒美的盖拉莎圣山没有足迹的宫阙。于是我平日认识的世界显得很微小;未曾认识的,变得宏大;未曾获取的,比获取的更加真切。凭借自身的力量,我只赢得了生活极少的一部分;巨大的部分,我尚未触及。

丰满轻盈的新雨,遮盖了我的工作场所和熟悉的世界,让我独自立在一切法则之外不可言喻的情感的境地;攫夺了我在世的年华,置我于无量年寿的广渺之中;催我攀登罗摩山修道院内杳无踪迹的秀峰。我不由得记起岑寂的山脉、我曾常住的寓所、心驰神往的财神的天宫之间一个幽远奇妙的世界。那儿层峦叠翠,林泉淙淙,花苑里绿荫婆娑,飘浮着新雨润泽的素馨花的清香。心灵在芳林、村落、山崖、河畔间徜徉,领略着新奇的幽美,渴望进入消释千古离恨的所在,如同鸿雁急切地飞往玛纳斯圣湖。

除了《云使》,没有第二部描写新雨的杰作。《云使》用隽永的语言状写雨天蕴涵的愁思。自然界一年一度雨云的节日中无可言传的诗美,在人的

语言里沉淀了下来。

《前云》在我们的想象面前展示广阔的世界。雨季的第一天，我们这些家道殷实的人待在家里，惬意地半闭着双目，迦梨陀娑笔下的雨云骤然降临，引诱我们出屋。远离我们的牛厩、仓廪，那旋涡迭出、令人蹙眉的纳尔马达河，罗摩山麓金色花竞相开放的丛林，乡村老翁家门前榕树上鸟雀的啼鸣，遮蔽我们熟识的窄小天地，以奇异的"美"的真实形态鲜明地呈现在我们的眼前。

诗人迦梨陀娑不曾因离人心情急迫而缩短行程。他循着他的思路，逾越雨季浅蓝的云影遮翳的山川城镇，缓缓而行。他不能回绝对他惊喜的眼睛的召唤和迎迓。他以离情的炽烈诱出读者的心，使之在路途的美景中流连忘返。伸向魂牵梦萦的目的地的道路虽说漫长，但两旁迷人的景色不容忽视。

细雨霏霏的日子，我们的心灵欲抛却过腻了的世俗生活。诗人迦梨陀娑在《前云》中唱起被他激活的这种欲望的赞歌，把我们变作行云的良伴，进入新奇的情境。那儿的鲜花未被闻过，未被我们的世俗生活污染；想象未被关押在俗气的城堡里。我的交织着甘苦、困倦的生活也不曾侵扰那雨云般的境界，中年的惰性不曾将它限制在自己的花园里。

《前云》详述陌生的境界。新云所做的另一件事，是在我们四周营造极为幽静的氛围，让人体味苦恋的内涵，鼓励心灵在至美的王国里寻觅万世忠贞不渝的情侣。

《前云》中，千姿百态的奇景全力衬托至美。《后云》里，欢愉回归于"纯真"。人间幸福的旅程是从繁复的势态中间开始的，团圆的结局通过天国的纯真得以体现。

新雨纷纷扬扬的日子，谁不说世事的狭窄地域是谪居之处！受到天帝的诅咒，我们羁留凡世，行云呼唤我们踏上旅程，于是有了《前云》里的歌。行云许诺：旅程的终点是恒久的欢聚。这消息从《后云》里传播出来。

其实，每个诗人的作品的深处，都飘荡着《前云》和《后云》。每一部鸿篇巨制呼唤我们向往壮阔的天地，对我们昭示静谧的去处。首先斫断羁勒，然后让我们拥抱博大；早晨送我们上路，黄昏迎我们归家；以袅袅乐音导引我们上天入地地遨游，末了让我们置身于充满欢乐的和声之中。

诗人如果只有乐音，而无和声；只有热情，而无承诺，他的诗作不可能

跻身于名作的行列。最后应该到达某地，怀着这样的希冀，我们离开熟识的环境，与诗人一道出发。他若带我们走过鲜花怒放的大道，冷不丁把我们撇在幽深的洞口，这是一种背叛。所以我们阅读诗人作品的时候，往往提出两个问题：一、他的《前云》引我们前往何处？二、他的《后云》送我们抵达哪座宫殿？

新　　年

今天是新年，黎明的太阳头枕着地平线，尚未起身对世界之王行叩拜大礼——在这庄严的时刻，我们书院里的师生，聚集在这里，向永恒之主行新年的第一个大礼。但愿我们的首次膜拜，成为一次真正的膜拜。

新年悄然走来，伫立在世界上。它可曾步入我们的心田？我们的生活中，新年迈开了第一步？

维沙克月①的第一个黎明，昂然站在天国乐园，不曾听见天宫的朱门开启的声音。满天的黑暗已经无声地消失殆尽，如同蓓蕾展开花瓣，霞光在无限地扩展——因此，任何地方感受不到阴郁。新年的曙光不也这样悄悄地自然而然地在我们心空布展？

永恒天国的大门，自古对自然是开启的，那儿每时每刻处处流淌着常鲜的琼浆。因而，亿万年来，自然不曾衰微；在天空这无际的蔚蓝中不曾发现它衰颓的痕迹。所以，每当春神在森林的枝梢上以南风诵念"新生"的祝福，眼看着枯叶便簌簌凋落，新叶随之兴奋地萌生。绿叶、繁花、果实，装满森林女神的葱绿裙兜。突破陈旧的外壳，新生命获得自由，就这样轻易地完成了。任何地方无须进行艰苦的搏斗。

然而，人却不能这样轻松地撕破旧俗的厚帷，含笑进入全新的境地。他必须冲破障碍，粉碎障碍——需要掀起革命的风暴。他的黑夜不会轻易地让位于黎明。他的黑暗，像霹雳击中的魔鬼，尖叫、哀号。而他的曙光，像大神手持的利剑，灼灼地刺向四方。

人类尽管不是造物主创造的年寿绵长的儿子，但在世上却仿佛最为苍老。因为，他以愁思将自己环围，他不能与宏大的自然界处处泛滥的永恒青春的琼浆融为一体。他把自己囚禁于千百种陋俗和习惯之中。大千世

---

① 印历正月，公历4月至5月。

界上,他有自己的独特天地;那个天地受到趣味、信仰和各种观点的限制。幽禁于那个界限之内,人眼看着就衰老了。

亿万年的原始森林,一霎间重又郁郁葱葱,累世经代的苍老的喜马拉雅山,头戴的冰雪的珠冠,仍然晶莹耀眼。但是人类建造的王宫,转眼间已经坍毁,羞惭的颓垣断壁,有一天使劲儿用自然的裙裾蒙住自己的头。人的小天地,就像那王宫。它的四周有一个个崭新的世界,中间人的天地,迅速萎缩。原因在于,在宏大的世界上,他制造了一个渺小的独特樊篱。这独特的樊篱妄自尊大,渐渐脱离四周阔大的自然,充满变态。

人类就这样在万古常新的大千世界上日趋衰微,得过且过。人类诞生于地球之怀,可人类仿佛比地球还要年迈——他对自身的禁锢,使自己过早地衰老。在他的界限之内,多年积聚的垃圾,不能按照自然规律,消融于宏阔之中。最后,冲出垃圾堆,沐浴于外面

欢庆新年

新鲜的阳光,对人来说,就难上加难了。

在无限的世界上,周围的一切是轻松自在的,只有人活得不轻松。他必须冲破他自己制造并精心培育的黑暗。所以,天帝某一天对这黑暗的轰击,势必落到我们的心上。于是,我们双手合十,埋怨道:"主啊,你轰击的是我!"或者哀求道:"请你保护我深婉的柔情的垃圾吧。"甚或挥舞血染的抵抗之旗,说:"我无法接受你的打击,我要把你的打击交还给你。"

人是造物主创造的最年幼的儿子,但在创造的万物中却是最为古老的。世世代代创造的历史长河,今日流进了人类。人类在自己的人性中,兼收并蓄地接纳了固体的历史,植物的历史和动物的历史。大自然亿万年演变的重负,如今落到人类肩上。只要人类不能恰当地把万物融合于恢弘的一统之中,其人性的因素,就是人性的绊脚石,他武器的繁多,就是他战场上获胜的主要障碍。在他怀着圣洁的愿望,把繁复的事务引向成功之

前，它们就会杂乱地朝四面八方扩散，不停地耗损。结果，不是美，而是丑恶的垃圾阻塞四周的出路。

然而，大千世界上，新年像永流的大河不息地走来。新年的新意，一天也未受到阻挠，所以在自然之中，没有一个特殊的日子，是所谓新年的这一天。那种新年，人们不会轻易接受，而要思之再三才肯接受；并在某一天，以特殊的方式标出世界的永新，深入地领悟它。所以，对人来说，内心接受新年是一项艰难的事；对他来说，这不是正常的事。

所以我说，今天早晨在我们书院的树林里，扩散着温馨的宁静，但愿这霞光的纯净，这鸟啼的质朴甜美，不让我们产生误解；但愿我们不认为，这就是我们的新年；但愿我们不认为，我们已经赢得了美。

我们的新年，不那么简单，不那么温柔，并未充满宁谧而显得那么清爽而甜美。但愿我们不认为，这阳光的纯洁，就是我们的纯洁，这苍穹的安宁，就是我们的安宁；也不要认为，念几句赞词，唱几支颂歌，获得精神上片时的快乐，我们就能把新年召唤到我们的生活之中。

愿你们在心里真正地感悟到，此时此刻，是崭新黎明的赠送者，今天把新年送到了我们的门口。冥想中看一看我们新年可怖的相貌吧，它那不眨的目光里跳荡着火花。这无声平静的晨风，把那可怖者的冷峻的祝福，当做不响的霹雳，送来了。

啊，大神湿婆，维沙克月初一，谨向你行叩拜大礼！——让你惊天动地的毁灭，重重地拨弄我人生之琴的懈怠的弦丝！只在那样，才能纯正地奏出你创造的欢乐新曲，我才能看见你扩展的欢悦，并得到你的保护！

岁　末

　　旧岁的夕阳静静地坠入西边的地平线。地球上我消度的年月,今日踏上归程,它轻轻振翻的声音,在光亮渐暗的沉寂的天际,我已经听见了。它像陌生的飞越沧海的鸟儿,不知前往何处,未曾留下浅淡的足迹。

　　啊,绵绵不绝的永恒!此时,我辞别旧日的生活,请让我的辞别富有新意吧!愿你允诺:我为之悲伤的泯灭的一切,适当的时候在你中间全成为完满;让遮蔽暮空、覆盖我心的文静的愁绪,化为美,化为甜蜜,不被忧郁的阴影笼罩。

　　除夕之夜,我为昔日的生活诵念先辈那充满欢乐的死亡的咒语:

　　　　让轻风扬散蜜般的惬意,
　　　　让江河大海涌起蜜似的波澜,
　　　　让树木结出甜蜜的果实,
　　　　让夜色、朝霞甜柔迷人,
　　　　让大地的尘土充满甜情蜜意,
　　　　让太阳闪射甜美的光芒。

　　如同夜阑更新将至的白昼,如同酣眠辉煌将至的清醒,此时的岁暮,把对已逝的岁月的回忆的痛楚,像黄昏聒噪的蟋蟀入睡后的幽暗那样,在心田布展,仿佛为新年的早晨,培育、催开来年的希望之花。逝去的,并未留下空虚,而为圆满留下地盘。充斥心头的痛苦,孕育着新的欢乐。

　　郁闷是冥想的预兆,沉静是真诚的善举之母,无欲是博爱的支柱,真纯的哀泣是你面前尊者高诵的献身的咒语,让它们成为除夕之夜的先导,把我们当做返回晚灯明亮的寓所中的疲惫少年,用宽大的裙子将我们遮盖吧!

大千世界万物来去匆匆,无一物长驻,一切变幻不定——除夕之夜,这几句话,随同温和绵长的呼吸,在心中流过。但存在的,永稳的,无人能够把握的,在我们内心的内心生存的——那永恒,我们不曾发现?生活中不曾记录它的踪影?一切来而复返?我思忖再三,肯定地说:并非如此——归来的、离去的,均不能投奔他处。啊,静默者①,它们聚集在你的中间。熄灭的陨星,仍在你中间闪烁;凋落的鲜花,在你中间依然怒放——我目睹的蚀溶之物,从未离开你一步。暮色中凝神静心,我感觉到万物的永恒,忘怀宇宙中证实了的运动、终极和分离。过去的一年如果以飞翔的巨翅驮走了亲人,啊,终结的收容者②,我双手合十,怀着一腔真情,将他送到你的面前。他活着属于你,死了仍属于你。他曾属于我,与我建立的关系,是短暂的,且已中断。此时,我承认,我与你中间的他重新形成的关系,再不会断裂。他在你的怀里,我也在你的怀里。茫茫人世之林中,我不曾迷失,他也不曾迷失,在你中间越来越近的地方,我听见他的气息。

夕阳坠入地平线

过去的一年,如果折断了我日日培育的不完美的花枝,啊,完美者③,今日我低眉垂首,小心地送到你的跟前,以残余的力气,重新为它浇水。日后你以难以想象的仁慈的力量,使我未完成的探索获得奇妙的成功,并亲手将成功的标志印在我的眉宇,对此我满怀信心。

不管过去的一年,向我的头颅投来多少不公,多少损失,多少侮辱,不管她以工作中的困难、爱情蒙受的打击和世人的故意刁难如何折磨我,我依然把那些当做是你祝福时的摩顶,向她躬身施礼。去年的第一天静静地

---

① 指创造大神梵天。
② 指梵天。
③ 指梵天。

微笑,不曾告诉我她的衣裙里藏着你给我的什么礼品,今日也不曾对我说把什么赠给我,便蒙着面孔,迈着无声的脚步离去了。日日夜夜,光明和黑暗中,她悲欢的使者,在我的心中储存什么珍宝,我一无所知,许多猜测恐怕是错误的。今日黄昏,我虔敬地对岁末行礼,念诵一篇充满感激之情的送别辞,以便今后遵奉你的旨意开启宝库的大门,尽情地观赏。

啊,大神,吉祥的除夕之夜,承负着你的宽恕,我原谅所有的人。心里品味着你的爱情,我钟爱所有的人。铭记你的仁德,我祝所有的人幸福。愿我在新的一年里,更加宽宏大度,更加热情地工作;怀着更大的信心,展望未来;更加愉快地作出牺牲,时时处处,更加忠诚地为民众奔忙。

啊,无匹的梵天!

昼　夜

红日西沉,地平线上最后一抹金晖渐渐消失在暮霭的黑幔后面。夜阑姗姗来临了。

白昼以光明,夜阑以黑暗,轮番地叩击我们的生活,在我们的心弦上弹奏什么乐曲?日复一日,在我们中间创造的奇妙韵律,富于怎样浓厚的意蕴?昼夜有规律的现隐,如同昊天的脉动,我们在其间成长起来。我们的生活领域里难道不曾凝聚每日明暗转换的涵义?每年雨季,洪水淹没滩地,到了秋季,滩地从水中升起,为播种储存了足够的养料,雨季和秋季的往返,不曾在滩地一层层地撰写历史?

白昼之后夜阑的降临,夜阑之后白昼的崛起,这美妙的奇迹,愿我们不被习惯束缚,视而不见!落日在西天倏地合上光的经典,飘然而去;夜阑在太空无数不瞬的星斗面前,用手指无声地翻开新的经典的一页。对我们来说,这绝非区区小事。

昼夜

这极短时光内的变幻,何等奇谲,何等广远!世界顷刻之间那么轻易地从一种意境跨入另一种意境,中间没有对抗,没有死离生别的巨大打击。前者的终止和后者的开端之间显现多么温雅的宁静,多么安详的绮丽!

日光下,万物的差异清晰地裸露在我们眼前。日光拉开人与人之间的距离,精确地测定我们每个人的界限。白天,各自的工作表明我们各自的特点;勤奋工作的摩擦中,难免产生矛盾。白天,我们个个施展才华,力图战胜自己。对我们来说,各自的工作场所,比其他广阔的领域乃至宇宙还要宏阔;事业的引力比其他任何事情的引力要高尚得多。

不久，身着暗蓝罗衫的夜阑悄然来到人世，她纤指轻柔地摩挲，一霎间模糊了我们外在的差别。于是，我们得以在心中体验彼此间广泛的一致性。夜阑是爱情和团聚的吉时。

在夜阑这个特殊的节日，地球回到母亲幽暗的卧房。地球呱呱坠入黑暗中，光泉涓涓涌流的黑暗中，世上各种演进静静地积蓄力量。形态各异的疲惫沉浸在酣眠的琼浆中，酝酿着新生活。从冷寂幽黑的深处腾跃的璀璨的白昼，有如从沧海飞向空中又回归沧海的浪花。黑夜对我们显露的大大多于它所隐藏的。若无黑夜，我们无从获得他世的讯息，日光会把我们囚禁在牢狱里。

黑夜每日一次开启日光的金碧辉煌的西门，引领我们进入宇宙的内宫，把宇宙母亲的一条蓝裙盖在我们身上。儿女偎依母亲的胸怀时，什么也看不见，什么也听不见，但实实在在感觉到母亲温暖的身体，这种感觉较注视和聆听更为真切。同样，阒然无声的夜晚能安静我们的视觉、听觉。我们躺在床上，胸口是那样深切地感受到宇宙和宇宙母亲。自身的欠缺、能力、职责，不会扩张着形成我们四周的壁垒。强烈的差别感，不会离间我们，使我们处于分隔的状态。宇宙的气息，通过珍贵的静谧扑面而来，床头可以感受宇宙母亲投来的亲切目光。

我们的夜的节日，是隐秘而无处不在的宇宙母亲的寝宫里的节日。我们过节忘却了劳作，忘却了纷争，忘却了怨恼；像乞儿观瞻着她的慈颜，异口同声地说："需要的时候，我向您乞求解饿的食物、工作的勇气、旅行的川资。此刻，摒弃一切需求，我走进您的寝宫，不是来向您伸手的。我盼望您抚摸我，宽宥我，接受我。在您夜的无边大海里沐浴的世界，服饰闪光，额际洁净，屹立在曙光中的时际，让我与他站在一起，毫无倦意，无恼无烦，由衷地说：'祝愿大家吉祥如意。我瞻仰了万物中的生存者[①]，我没有贪欲，只享受他施予的供养。'"

早晨，他是我们的父亲，把我们送到外面的工作场所，交代任务。晚上，他是我们的母亲，接我们返回内宅，卸却我们的责任，我们的生活在昼夜两种不同的氛围中运动，亮光和幽暗的画笔，把我们生死的神秘形象勾画得异常生动。

[①] 指创造神梵天。

季　节①

季节的差异不独是色彩的差异,也是职能的差异。不同色彩羼杂的现象时有发生。杰斯塔月②的棕褐乱发,飘入斯拉万月的云层,飘着飘着变成了黛青色。帕尔衮月③的葱绿中,年迈的布萨月④企图延长枯黄。然而在自然的法则王国里,这些反常现象维以持久。

夏季可称为"婆罗门⑤"。他遏制绿色快乐地扩展,踢飞枯叶,点燃祭火进行寻求抑欲之路的苦修。当他诵毕吠陀经文,凝神屏息,天气异常闷热,枝叶不动;但徐徐呼气时,大地瑟瑟抖颤。水果是他的主要食品。

称雨季为"刹帝利"不算为过。他的开路先锋咚咚地敲击鼓鼙,他头缠阴云的头巾,威武地莅临。他不满足于蝇头微利,征服乾坤是他的壮志。他奋勇厮杀,占领茫茫天宇,成为八方天地的首领。一行行棕榈树下淡蓝的雾岚里,听得见他的战车嘎嘎行驶。他的弯刀不时拨出刀鞘,刺入"方向"的胸膛。他的箭壶里装着取之不竭的神箭。他的脚凳铺着草绿绸缎,头上葱郁密叶的华盖垂着一绺绺金色花的璎珞,身旁立着被擒获的东方女神,含着眼泪,用喷洒过花汁的纨扇为他扇风,手镯上嵌的闪电灼灼闪光。

冬季是吠舍种姓。稻谷熟了。他起早贪黑,收割、打场,忙得不可开交。原野的花篮里盛着绿豆、豌豆、荞麦丰收的喜讯。一群黄牛爬卧在牧场上反刍。场院里竹箩装满粮食。码头上满载的货船即将起航。木轮车在土路上缓慢地行进。家家户户响起舂米的声音,准备欢庆米糕节。

---

① 印度一年分为六季,即:夏季、雨季、秋季、雾季、冬季、春季。
② 印历二月,公历5月至6月。
③ 印历十一月,公历2月至3月。
④ 印历九月,公历12月至1月。
⑤ 印度的四大种姓是:婆罗门、刹帝利、吠舍和首陀罗。

冬季的果实

以上谈了三种主要种姓。至于首陀罗种姓,不言而喻是秋季和春季了。前者为冬天后者为夏天提兜拎包。这体现了自然与人类的区别。自然界里,侍奉意味着美,谦恭是光荣的同义词。自然的殿堂里,首陀罗种姓绝不低贱,承担责任者拥有全部饰物。秋天的蔚蓝披巾缀有叶状的金饰。春天芳香的鹅黄纱巾印着姹紫嫣红的繁花。他们穿着多彩的绣鞋在阡陌上漫步,臂钏、耳环、戒指镶嵌着数不胜数的宝石。

至此介绍了五个季节。人们常说一年六季,那纯粹是为了成双配对罢了。他们不知道单数中酝成自然的千姿百态。用2去除365天——头两个数字36,除得尽。最后的小数字5,可不好摆弄。成双成对的太多了,不免令人厌倦。所以不知从哪儿跑出一个3来,撼动一大串2,奏响乐调繁复的歌曲。宇宙的圣殿里,单数这魔鬼不让偶数的天国昏睡,并破坏仙伎优哩婆湿①足铃的节奏。天宫音乐会上调整紊乱的节奏时,韵律的乐趣之泉喷涌而出,一年分六季当然也是有道理的。吠舍种姓人被踢到三种主要种姓的底层,但他们人数众多,构成庞大的社会基层。从这个角度而言,一年最主要的是秋季和冬季。这两季拥有完满的丰熟。农作物成熟的秘密过程,贯穿所有的季节,表现出来则是在秋冬两季。因而人们视野开阔地观察它们,看到年份的少年、青年、老年的三个形象和成就。它在秋季身着新装,炫人眼目;在雾季遍野显示成熟的刚健之美;冬季它的果实装满家家户户的箩筐。

人们本可以将秋季、雾季、冬季合并为一个季节,没有这样做是因为他们喜欢层次分明地观赏自己的收获。期望的东西是一个,把它反复抚弄是一种享受。一张票面大的纸币携带方便,换成同样价值的厚厚的一沓,可

---

① 指印度古代著名剧作家迦梨陀娑的神话名剧《优哩婆湿》中的女主人公。

以得到心理上的满足。故而人们分解了收获的季节。秋季、雾季、冬季里有庄稼的宝库,家庭主妇的寓所由三部分①组成。林木的家庭主妇只有内宅、外宅两部分——春季和夏季。法尔衮月芒果树开花,杰斯塔月芒果成熟。春天闻到香气,夏天品尝果实。

一年当中,只有雨季孤单无伴。她与夏季毫无共同之处;夏季贫困,而她富有。秋季的境遇也与她迥然不同。秋季拍卖了全部财物,河流、田野、码头等等全已写在他人名下。债务人大多忘恩负义。

人们从不剖析雨季,是因为无论从哪个角度说,雨季与人的家庭关系并不密切。诚然,全年的水果、作物依仗她的恩泽,但她并无足够的资财去宣扬自己的奉献。她不像秋季那样在旷野、河埠、果园大肆宣传自己如何慷慨大方。既然不存在直接的施纳关系,人们对雨季便不抱收获的希望了。

雨季是没有需求的季节。实际上,她的一切需求被音乐、嬉闹、幽暗、光亮、活跃和肃穆掩盖了。在印度,雨天意味着憩息,是赋闲的时光。

印度每个季节都有一两个节日。想看到哪个季节奇妙地占有她的心,就应在音乐里作一番调查,因为音乐泄露内心的隐秘。

严格地说,只有春季和雨季拥有乐曲。在音乐典籍里,可以为每个季节提供乐曲,那是理论上的认识。至于广为流传的,我们知道,春季有帕桑特调和巴哈尔调,雨季有梅格调、穆拉尔调、德斯调,等等。在歌曲的村庄举行选举,雨季必定大获全胜。

诗魁迦梨陀娑迎接雨季,为雨季戴上他的曼达格朗特韵律的永不枯萎的花环②。一些平日忙碌的人揶揄那是无稽之谈。在他们看来,云纱飘拂、雨铃叮当的月份,脱离了一切事情的束缚。它凉荫遮盖的时辰的篮子里,装的尽是闲适的物品。他们的想法并不荒唐。假如人们冲出杂事的圈子,在臆想的天国赢得席位,畅饮闲聊的美酒,而雨季这仙童在棕色发髻上挂着素馨花花串,负责往他们的玉钟里斟酒,那么,让我们欢迎乌黑的雨云,对它致以崇高的敬意!那么,来吧,所有的闲人,所有富于幽默感和想象力的人!雷雨的长鼓已经敲响,来吧,所有热血沸腾的人,远处传来了狂舞的

---

① 孟加拉地区的住宅分内外两部分,这里的三部分是指秋季、雾季、冬季。
② 指迦梨陀娑的名诗《云使》。

号召！饱含人世千古离愁的泪泉已开始奔流，冲决重重阻碍，来吧，忠贞的情女，家务事的小屋已经上锁，通往集市的路上杳无踪迹，在道道闪电的陪伴下上路吧！从花香浮荡的林地，湿风带来了消息：绿荫斑驳的藤架下，坐着世代苏醒的期待。

春季和雨季

一位满腹离愁的女子来信询问：对于离愁，春季重要还是雨季重要？关于这件事，其实她比我们理解得更为深刻。

不过，我们以充足的证据讨论了这两个季节的情状之后，得出了结论。大诗人迦梨陀娑是在雨季，将谪居他乡的药叉抛进了离愁。他这样做，似乎并非是为了让乌云充当使者的角色。在春季，并不缺少使者。他也可以让春风充当使者。很可能，是另有特殊原因吧。

春季放浪形骸，离家漫游。雨季眷恋世俗，留守家中。春季将我们的神思向四周扩展，雨季则把神思集中在一个地方。

在春季，我们的神思从内宅走到外面，驾着清风飘游，陶醉于花香，在月光中酣睡；我们的神思，像春风，像花香，像月光，飘飘然朝四周扩散。在春季，外部世界开启门扉，向我们的神思发出邀请，陪伴神思游玩。

雨季在我们神思的四周蒙上雨水之幔，在我们的头上铺上乌云之篷。神思从周遭返回，聚集在雨幔和云篷底下。

在春季，我们的神思随着鸟啼高翔。但雨季的霹雳之歌，逼迫我们的神思在心灵中发愣。霹雳之歌也像鸟啼一样轻灵、跌宕，但不富丽；它只使神思沉默，而不使神思活跃。由此可见，在雨季，我们的"我"，逐渐凝聚，在春季才扩散开来。

现在来剖析一下，春季和雨季的离情有何区别。

春天，我们欣赏外部世界；那儿汇集供欣赏的全部景物。只有一样[①]，我们无从得到，于是我们看到，欣赏是极不完整的。为此，我们心情烦躁。这期间，我的"幸福"一直在沉睡，我最亲的人不在身边，没有酿造我幸福的材料。但是，月光、和风、花香，一起施展计谋，唤醒我的"幸福"；它醒来发

---

① 这里指团圆。

现，它要什么没有什么，不禁潸然落泪，它的哭泣，就是春天的离情。

在雨季，孤女所有的"自我"，聚在一起，所有的"自我"幡然苏醒，看见分散的"自我"、孤独的"自我"是不完整的，不禁泪水涟涟。它不找别人来帮它弥补自己的不完整。四周雨水淅沥，昏暗了景物；它找不到人，看不见一物；它呆呆地坐着，注视着蜗居在心田的黑暗中一个不完整的、孤独的"自我"，不禁热泪盈眶。这就是雨季的离情。

在春季，孤女的世界，是不完整的；在雨季，孤女的"自我"，是不完整的。

在雨季，我企求灵魂。在春季，我向往幸福。所以，雨季的离情更为高洁。这样的离情中，没有青春，没有爱神，它不是物质的。爱神的箭矢，不是用雨季的雨水而是用春季的鲜花制作的。

在春季，我们试图把整个世界置于自身之上；在雨季，则想把自己完全置于整个世界之内。

春季陶醉于花香

春天的遐想

春风轻拂着田边娑罗树新绽的绿叶。

纵观进化史,人类的一部分与树木不可分割。古时候,我们曾是猿猴,人体上找得到确凿的证据,但我们岂能忘记在那以前的远古时期,我们曾经是树木!洪荒年代杳无踪迹的正午,春风不打个招呼,飒飒地从我们的枝叶间溜走。当时我们何曾撰写文章?何曾弃家为国效力?我们终日聋哑人似的伫立着、摇晃着,全身叶片像疯了一样沙沙地狂歌。从根须至芊芊嫩梢,体内奔涌着生命的洪流。二月、三月,是在液汁充盈的慵懒中和含糊不清的絮语中度过。为此不必回答任何质问。倘若你接口说,此后便是懊悔的日子,四月、五月的干旱,只能默默地忍受。我表示同意。对远古时代所作的猜测,有何理由不接受!滋生甘浆的日子,享受;赤日炎炎的日子,忍耐,这既然轻易地成为定规,那么,天宇饱盈的慰藉的甘霖降落下来,也必有能力吮贮在骨髓里。

我本不愿讲这些话,免得让人怀疑我借助形象思维进行说教。不过怀疑不是没有一点根据。我本来就有坏习惯嘛①。

我说过,进入进化的最后阶段,"人"分为许多类别:固体、植物、禽兽、野蛮人、文明人、神祇,等等。不同的种类有不同的诞生季节,哪一类归哪一个季节,确定的责任,不用我承担。发誓以一次的断言,一辈子应付各种局面,免不了说些假话。我同意说假话,但那般辛劳我承受不了。

如今,我安闲地眺望前方,写文章择选自以为简单的题材。

漫长的冬天结束之后,今日中午,田野刚散出新春的气息,我在身上就察觉到世俗生活的极大的不和谐。它的乐调与广大的空间不合拍。冬日世界对我的企望,至今原封不动地存在着。仿佛有一股势力,让心灵击败

---

① 指用诗的语言写散文。

春风轻拂绿叶

季节的嬗变,然后麻木不仁。心灵的才能超群绝伦,哪件事干得不漂亮?它可以不理睬南风,一溜烟进入大商店。我承认它能这样做。但它非这样做不可吗?南风不会因此死在家里?末了究竟谁蒙受损失?

前一段日子,我们的阿姆拉吉树、穆胡亚树和娑罗树的叶子萧萧飘零。帕尔衮月像远方的旅客走到门首,吹口气,树叶凋落即刻停止,枝条上绽放了嫩叶。

我们是俗人,没有那种本事。周围风变了,树叶变了,色彩变了,我们仍像套轭的黄牛,拉着旧岁的沉重包袱,车后尘土飞扬。驭手胸口顶着的仍是老式牛车。

手头没有日历,今天好像是帕尔衮月十五或十六了。春天的女神正值十六岁的妙龄。然而,人间周报一如既往地出版、发行;有消息说,当局出于关心我们的利益,正一面忙着修改法律条款,一面加紧审理案件。茫茫宇宙之中,这些不是特别重要的事情。每年春天的使者全然不理会总督、县长、编辑、副编辑的忙碌,从南海波浪的盛大节日携来新生活的喜讯,在大地重新播布不朽生命的诺言。这对于人绝非小事,可惜我们没有闲暇细细玩味。

过去,听见天上打雷,我们立刻停课。雨季一到,外出做工的纷纷归来。我不敢断言:雨天无法学习,无法在外地工作。人是自主而特殊的,向来不牵着物质世界的衣摆。然而,人凭借力量越来越明显地叛逆瑰丽的自然难道合乎情理?人承认与自然的亲缘关系,对南风略表尊重,为欣赏天空翻卷的雨云而暂时停止学习、工作,停止批评法制,这不会在人世的合奏中掺入不谐和的杂音。历书上规定某些日子禁食茄子、冬瓜、豇豆,看来得增加几条——哪个季节读报属非法活动,哪个季节不设法不上班是犯罪。这项任务不可交给缺乏幽默感的死脑筋,而应让学科创始人去完成。

情女的心儿在春天啜泣,这是我们在古诗中读到的诗句。如今我们若写情诗,下笔必然犹豫不决,担心遭到读者的讥笑。于是,我们割断了诗魂与自然的联系。春天树林里繁花竞相开放的时节,是它们芳心的艳丽展露的节日。枝头洋溢着自我奉献的激情,绝不掺杂锱铢必较的念头。至多结两个果子的地方,缀着二十五个花蕾。人岂忍心堵塞百花的艳丽之流?自己不开放,不结果,不奉献?光顾拾掇房间?擦洗器皿?没有家务缠身,便一门心思织毛围巾织到下午四点?

我们赤头赤尾是人?与秘密酿造春天的甜蜜的枝条花叶毫无干系?鲜花和我们那么生疏,花开的吉辰,我们照样身着制服去上班?无可言喻的冲动,不曾使我们的心像叶片一样微颤?

我今日承认我与树木有着源远流长的亲谊。我不同意紧张地工作是生活中无可比拟的成功的观点。森林女神,自古是我们的亲姐姐,今天邀请我们这些小弟弟进入她的华堂,为我们描吉祥痣。在那儿我们应该像和亲人团聚那样与树木团聚,捧着泥土在凉荫下消度时光。我欢迎春风欢快地掠过我的心田,但不要卷起林木听不懂的心语。直至杰特拉月①下旬,我把在泥土、清风、空气中濯洗、染绿的生活播布四方,然后静立在光影之中。

可是,唉,没有一项工作停止,欠债的账簿在面前摊开着。落入世风的庞大机器和杂事的陷阱,春天来了,依旧动弹不得。

我向人类社会恳切地呼吁:设法改变这种不正常的现状!人的光荣不在于与世界的脱离,人伟大是因为人中间蕴藏世界的全部神奇。人在固体中是固体,在树木中是树木,在飞禽走兽中是飞禽走兽。自然王宫的每座殿堂对他是敞开的。但敞开又怎样?一个个季节从各个殿堂送来的节日请柬,人若不收下,一动不动坐在椅子上,那博大的权利如何获得?做一个完整的人,须和万物浑然交融。人为何不记住这一点,却把人性当做叛逆世界的一面小旗举起?为何一再骄傲地宣称"我不是固体,我不是植物,我不是动物,我是人。我只会工作,批评,统治,反叛"?为何不说"我是一切,我与万物不可分离。独居的旗子不属于我"?

咳,社会的笼中鸟!今天,高天的蔚蓝如思妇的瞳仁中浮现的梦幻,树叶的葱绿像少女秀额似的新奇,春风和团圆的热望一样活跃,可你敛起翅翼,绕足的琐事的锁链叮当作响。

这,就是人生。

---

① 印历十二月,公历3月至4月。

人 生 旅 途

我在路边坐下来写作,一时想不起该写些什么。

树荫遮盖的路。路畔是我的小屋,窗户敞开着,第一束阳光跟随无忧树摇颤的绿影,走进来立在我面前,端详我片刻,扑进我怀里撒娇。随后溜到我的文稿上面,临别的时候,隐隐留下金色的吻痕。

黎明在我作品四周崭露。原野的鲜花,云霓的色彩,凉爽的晨风,残存的睡意,在我的书页里浑然交融。朝阳的爱抚在我手迹周遭青藤般地伸延。

我前面的行人川流不息。晨光为他们祝福,真诚地说:祝你们一路顺风。鸟儿在唱吉利的歌曲。道路两旁,希望似的花朵竞相怒放。起程时人人都说:请放心,没有什么可怕的。

浩瀚的宇宙为旅行顺利而高歌。光芒四射的太阳乘车驶过无垠的晴空。整个世界仿佛欢呼着天帝的胜利出现了。黎明笑吟吟的,臂膀伸向苍穹,指着无穷的未来,为世界指路。黎明是世界的希冀、慰藉、白昼的礼赞,每日开启东方金碧的门户,为人间携来天国的福音,送来汲取的甘露;与此同时,仙境琪花的芳菲唤醒凡世的花香。黎明是人世旅程的祝福,真心诚意的祝福。

人世行客的身影落在我的作品里。他们不带走什么。他们忘却哀乐,抛下每一瞬间的生活的负荷。他们的欢笑悲啼在我的文稿里萌发幼芽。他们忘记他们唱的歌谣,留下他们的爱情。

是的,他们别无所有,只有爱。他们爱脚下的路,爱脚踩过的地面,企望留下足印。他们离别洒下的泪水沃泽了立足之处。他们走过的路的两旁,盛开了新奇的鲜花。他们热爱同路的陌生人。爱是他们前进的动力,消除他们跋涉的疲累。人间美景和母亲的慈爱一样,伴随着他们,召唤他们走出心境的暗淡,从后面簇拥着他们前行。

爱情若被锁缚,世人的旅程即刻中止。爱情若葬入坟墓,旅人就是倒在坟上的墓碑。就像船的特点是被驾驭着航行,爱情不允许被幽禁,只允许被推着向前。爱情的纽带的力量,足以粉碎一切羁绊。崇高爱情的影响下,渺小爱情的绳索断裂;世界得以运动,否则会被本身的重量压垮。

当旅人行进时,我倚窗望见他们开怀大笑,听见他们伤心哭泣。让人落泪的爱情,也能抹去人眼里的泪水,催发笑颜的光华。欢笑、泪水、阳光、雨露,使我四周"美"的茂林百花吐艳。

爱情不让人常年垂泪。因一个人的离别而使你潸然泪下的爱情,把五个人引到你身边。爱情说:细心察看吧,他们绝不比那离去的人逊色。可是你泪眼蒙蒙看不见谁,因而也不能爱。你甚至万念俱灰,无心做事。你向后转身木然地坐着,无意继续人生的旅程。然而爱情最终获胜,牵引你上路,你不可能永远把脸俯贴在死亡上面。

拂晓,满心喜悦的旅人,前往远方,要走很长很长的路。沿途没有他们的爱,他们走不完漫长的路。因为他们爱路,迈出的每一步都感到快慰,不停地向前;也因为他们爱路,他们舍不得走,脚抬不起来,走一步便产生错觉:已经获得的大概今后再也得不到了。然而朝前走又忘掉这些,走一步消除一分忧愁。开初他们啜泣是由于惶恐,除此另无缘由。

你看,母亲怀里抱着婴儿走在人世的路上。是谁把母子连接在一起?是谁通过孩子引导着母亲?是谁把婴儿放在母亲怀里,道路便像卧房一样温馨?是爱变母亲脚下的蒺藜为花朵!可是母亲为什么误解?为什么觉得孩子意味着她"无限"的终结呢?

漫长的路上,凡世的孩子们聚在一起娱乐。一个孩子拉着母亲的手,进入孩子的王国——那里储藏着取之不竭的安慰。因着一张张细嫩的脸蛋,那里像天国乐园一般。他们快活地争抢天上的月亮,处处荡漾着欢声笑语的波澜。但是,你听,路的另一侧,可爱无助的孩子在啼哭!疾病侵入他们的皮肤,伤害花瓣似的柔软肢体。他们纤嫩的喉咙发不出声音;他们想哭,哭声消逝在喉咙里。野蛮的成年人用各种办法虐待他们。

我们生来都是旅人,假如万能的天帝强迫我们在无尽头的路上跋涉,假如严酷的厄运攥着我们的头发向前拖,作为弱者,我们有什么法子?起程的时刻,我们听不到威胁的雷鸣,只听见黎明的诺言。不顾途中的危险、艰苦,我们怀着爱心前进。虽然有时忍受不了,但有爱从四面八方伸过手

来。让我们学会响应不倦的爱情的召唤,不陷入迷惘,不让惨烈的压迫用锁链将我们束缚!

我坐在络绎不绝的旅人的哀泣和欢声的旁边,注望着,深思着。我对他们说:"祝你们一路平安,我把我的爱作为川资赠给你们。因为行路不为别的,是出于爱的需要。愿大家彼此奉献真爱,旅人们在旅途互相帮助。"

起　名　字[①]

　　这个女孩是欢乐的生动形象,那天不知她从哪儿降落在她母亲温暖的怀里,缓缓地睁开眼睛。当时她赤裸着,默默无言,全身没有力气。但踏上凡世的那一刻,她大声对茫茫宇宙提出自己的强烈要求。她说水是我的,土壤是我的,日月星辰是我的。在这浩茫的世界上,这幼小的女孩初来乍到,没有露出丝毫惶惑和迷茫的表情。这儿好像有她永恒的权利,有她早已熟知的景物。

　　能请身居要位的显赫人物写一封充满赞扬的荐举信,等于开辟一条在陌生国度的王宫里受到热烈欢迎的道路。在凡世降生的那天,这女孩娇嫩的小手确也握着一封无形的荐举信。是宇宙的至高无上者[②]把署上自己大名的一封信递到她手中的。信中说:这个女孩曾和我形影不离,你们若给予关怀,我将感到无比欣慰。

　　所以,谁还能将她拒之门外呢?苍茫大地当即说道:"来吧,来吧,让我把你搂在怀里!"高空的星辰微笑着对她表示欢迎,说:"你是我们中间的一员。"春天的鲜花说:"我为你准备了甜蜜的水果。"雨季的云彩说:"我已净化了为你举行灌顶大礼的雨水。"

　　就这样,降生之时,自然之宫的朱门对她开启了。父母的慈爱也由自然酿造了。婴儿啼哭宣告自己存在的那一刻,陆地河流天空以及父母立即发出欢呼。她无需再等待。

　　然而,还余留着另一种诞生,也就是她要诞生于人类社会。起名字的日子就是她另一个生日。临世的那天,她有了形体,步入自然。今日,她又有了姓名之躯,朝社会迈出了第一步。呱呱坠地时,父母立即承认她是他

---

① 本篇系泰戈尔为查格拉尔的女儿起名字时所作的讲话。
② 指梵天。

们的骨肉。但如果她只是父母的,可以不起名字;每天用新名字叫她,不会增加他人的困扰。可是,她不仅属于父母,她也属于全社会,亿万人的劳作、知识和爱情的巨大宝库是为她建造的。人类社会要给她一个姓名之躯,把她当做社会成员。

人的美姿和精神风貌通过姓名之躯得以表现出来,人起的名字包含全社会的期望和祝福。所以无论如何不能让名字遭到侮辱,变得暗淡无光,而要使名字富于尊严,凭借美感和圣洁在人们心中获得不朽的席位。但愿肉体消失的那一天,姓名之躯依然在人类社会的心殿闪闪发光。

我们经过商议,给这个女孩起名为"阿咪达",孟加拉语中"阿咪达"的意思是无边无际。这个名字寓意深长。我们看到世人的界限的地方,她不受限制。咿呀学语的她,不知道我们为她起名字是多么高兴,不知道外面日新月异的变化,不知道自己拥有什么财富——这样的茫然不知也是不受限制的。

当她长成倩女,她会找到自己的极限?那时她难道不比她熟悉的自己高大得多?人的无限突破自身的界限,这难道不是人最显著的特点?人看清本相的那天,获得撕碎渺小之网的力量,不承认既得利益是人生目标,并接受永久的福祉,认为它原本就是属于自己的。真正理解人的伟人的心目中,我们不是俗人,他对我们说:"你们是天堂的儿女。"

我们呼唤名叫阿咪达的天堂的女儿进入我们的社会,祝愿这个名字使她终身铭记诞生的伟大意义。

在印度,为孩子起名字的同时,第一次让他吃饭,这两者有深刻的内在联系。婴儿只占据母怀的日子,乳汁是他的食物,不容他人分享。今日,这女孩有了姓名之躯,进入人类社会,开始品尝民众的食物。人类享用的米饭的第一勺米饭,今日让这个女孩享用。为做这一勺米饭,全社会出了力——某地区的某位农夫,头顶烈日,栉风沐雨,种植水稻;某一位挑夫运送稻谷;某一位商人在市场出售大米;某一位顾客把大米买回家;某一位厨师煮熟米饭,最后送到女孩的嘴里。这女孩一到人类社会就有人侍奉,社会拿出自己的佳肴款待贵宾。这件事本身含义深广,人类以此宣告:我承认我拥有的一切也有你的一份。你将听懂我的名人的格言,享受我的伟人修行的成果,我的英雄慷慨献身将完美你的人生,我的工人开辟的道路上将继续你的人生旅程。但这女孩并不知道她今天赢得了神圣的权利。让今天的良辰在她和她的一生中开花结果!

此时,我们深深地感到,人不只诞生在一个领域,也就是说,他不仅生在自然界,也生在福善的天地;不仅生在生灵的世界,也生在慈爱和欢乐的世界。自然界是一目了然的,在江河、陆地和花果中间随处可见,可它并非人最急需的栖息地。看不见的爱情和德行,扩展着自己繁多的创造,那充满知识、爱情和善举的欢乐世界,是人梦寐以求的。在这个世界人有最真切的诞生,因而感觉到父亲般的一个奇妙的存在①,这个存在是不可描绘的。想到这个真实是终极的真实,心儿欣喜不已。

因此,这女孩出生的日子,人们不曾对水土火风表达感激之情,而是对水土火风中象征力量的无形生存者躬身施礼;为这女孩起名字的日子,人们不曾摆放供品,对人类社会叩拜。而是祈求人类社会中象征友情、福善的生存者的祝福。

多么奇特,世人的这种认识、这种祭仪!多么奇妙,精神世界中人的这种诞生!多么奇丽,人类的可视世界中那无形的乐园!而人的饥渴和争名夺利司空见惯,不足为怪。

从出生到去世,一生的各个阶段,人认定那无形者值得祭拜而对他行礼,认定那永存者与自己亲密无间而对他呼唤。

今天为女孩起名字的时刻,人们有信心把各种各样名字的载负者和各种各样名字的收容者请进自己忙碌的家中,从而在生灵世界取得无与伦比的最大成就。

何等荣幸,这个女孩!何等荣幸,我们每一个人!

---

① 奇妙的存在:和下文的"这个真实"、"无形生存者"、"福善的生存者"和"永存者"一样,均指梵天。

出　访

　　古时候人住在原始森林里,马也是森林里的动物。人跑得慢,马快如奔云。马奔跑的姿势多么潇洒,马的自由何其广远!人瞠视着飞驰的马,满腹妒忌,暗想:"我如有疾似闪电的四条腿,那么,遥远不成其为遥远,转眼间,地平线踩在我的脚下。"

　　奔驰的欢悦在马身上富于节奏地翩舞,令人艳羡不已。

　　然而,人不曾满足于艳羡,人坐在树底下思忖:"我做什么可以获得马的四条腿呢?"除了人,别的动物绝不会有这种奇怪的念头。"我是两条腿的动物,另外两条腿是觅不到的,我永远一步一步缓慢地走路,而马撒开四蹄,嘚嘚飞奔,上苍的法则不可悖违。"人不安分的心里想着严酷的现实,但不准备无所作为地接受。

　　有一天,人挖了陷阱,逮住了马,抓住鬃毛,跃上马背,把身躯与马的四条腿连在一起。他花费很长时间,制伏了马的四条腿。他多少次摔下来,多少次被马尥蹶子踢伤,但他毫不气馁,他发誓夺取马的速度。最后,他胜利了,行走缓慢的人,擒获了"奔驰",并加以利用。

　　人在陆地上步行,冷不丁看见面前是一片汪洋,无法继续前行。浩渺蔚蓝的大海,深不可测,望不到边,连天波涛凶狠地威胁陆地上的人:"再往前一步,我让你尝尝我的厉害!这儿不是你随心所欲的地方。"

　　人坐在沙滩上,打量着无涯的阻难,惊涛骇浪狞笑着狂舞,和陆地的泥土一样,无从锁缚。极目远望,万顷波涛犹如千百万放学的小学生,在叫嚷,在蹦跳,他们的欲望得不到满足,气得把陆地当做足球往空中踢去。人见此情景,激动的心情久久难以平静,海浪的豪壮在人的血管里鼓掌,人佩服大海征服万方的气势,渴望像海浪那样攫取地平线,将势不可当的海水的无穷自由占为己有。

　　但是,如何兑现这近乎荒诞的愿望呢?海岸线是人的权力的极限,人

的意愿在这儿打上封条,然而,就在意愿被扼杀的所在,人的热血沸腾起来,拒绝承认眼前是不可逾越的屏障。

人抓住大海这匹喷着白沫的野马的鬃毛,翻身上马。大海暴怒地撅拱,收缩脊背,人一次次落水,死者不计其数。最后,人终于与桀骜不驯的大海连接在一起,从彼岸到此岸,整个大海在人的脚下垂首臣服。

今天,我乘海轮品尝到了人与海维系在一起的滋味。人是很小的生灵,可是我默立在船头,与远处、远处的远处的一切,密切关联着。我伫立在船上,却占有杳无踪迹的远方。昔日是障碍的海浪驮着我前进。整个海归我所有,是我浩莽的躯体,是我展开的翅膀。我们必须变天堑为通途和自由的桥梁,这是天帝的旨意。遵奉天帝的旨意,在地球上就通行无阻;对违抗天帝旨意的人来说,地球是一座监狱。他们所在的村庄围困着他们,房屋束缚着他们,一迈步,脚镣哗啷啷响。

我轻松地行进着,身体经受不住剧烈颠簸的担忧烟消云散。我感受到的颠簸不是打击,而是关切。大海怀抱着我前行,就像父亲抱着病儿那样小心翼翼。这次海上旅行,不是受罪,而是愉快的享受。

这正是我出访所期待的。多年来,远航的热望一直在心底蠢动。每天独坐在学校二楼的游廊里,仰望楼前娑罗树上的天穹,天穹指着远方对我作出某种暗示。天穹默不作声,但异域他国生疏的山川、林莽的呼唤,在延展的地平线上升起,丰润高天的青碧。无语的天穹为我携来远方的欢歌笑语,鼓励我:动身吧,这不是满足需要的旅行,而是欢乐的旅行。

生命渴求运动,这是它的特性。停滞,它便堕入死亡。生命以各种需求和游戏为由不间歇地运动。你们秋天见过帕德玛河畔的鸿雁吧,它们为什么舍弃喜马拉雅山千峰万峦环围的幽静湖边的巢,昼夜飞翔,降落在温暖的帕德玛河的沙洲上呢?冬天,白雪皑皑、寒气逼人的喜马拉雅山驱赶它们,它们只得另筑新巢。这时,对鸿雁来说,南下的旅程是一种生存的需要。此外,比需要更重要的是,它们飞过高山,越过大江,心儿处于迁流的激动之中。经常换巢的呼吁,振奋它们的生活,它们从中赢得认识自己的机会。

换巢的呼吁也传到了我心里。我觉得应当走出惯常的氛围,朝前走,朝前走,像涧溪淙淙流淌,像海涛喧豗奔腾,像晨鸟奋翼高翔,像旭日穿雾经天。为着这个缘故,世界这般广阔,天地如此奇丽,蓝天渺无边际。宇宙

间原子、分子在旋舞，不可胜数的星球罩着光环，像游牧的贝都因人，在太空遨游。

永世在一处营巢，不符合宇宙的法则。死亡的召唤是不足惧的，那不过是换巢的召唤。死亡不允许生命囿居在万古不变的城堡里，死亡之所以称为死亡，就在于它推动生命在生命之路上前进。

此刻我在海上航行，如同神话中的王子为寻找心爱的公主有一天突然离开王宫，漂洋过海。倦眠的公主尚未苏醒，弄醒她需要一根点金棒，她因袭古旧的方式幽居一地，枯燥单调地消磨时日，终日昏昏沉沉，斜卧雅致的绣榻上，不晓得世界的广大。

我们也需要醒悟，也需要漂洋过海找到点金棒，以新的叩击开启我们耳目、心灵关闭的门扉；撕碎"陈腐"的厚幕，展示新颖。

世界何等宏大，何等寥廓，何等壮丽！洋溢着阳光、生命和热情。人围绕地球，审视着，思考着，创造着。人的活力、思想和想象的乐园绝不会凋敝。覆盖地球的人的精神境界有奇妙无尽的富丽，因而地球是完满的，我们心里才听见巡视地球整体的召唤。

人没有足够的精力和年寿去细细看完世上的奇迹。然而走出去面对世界，必有收获。尽管作为"一体"，世界无处不在，但克服旧习，消除疲累，目光炯炯地踏上征途，才能突破视野的狭隘，沉迷的心灵才会幡然苏醒，感受到宇宙精灵的摩挲。

人要是麻木消沉，必然丢失手边的东西、近处的财富，就得历尽艰辛到远处寻找，找到了再不肯松手。我们一切旅程内涵的真正目的，就是每走一步都高声宣告：客观实体不会泯灭；它以心灵的爱抚化旧为新，阔步向前。

迎 宾 曲

一

筹备工作太紧张了,没有一点儿空闲容我静静地思考一下,筹备的目的是什么。

然而,百忙之中仍然几次推推心灵:"莫非有嘉宾莅临?"

"等着瞧吧,"心灵说,"当务之急是占领地盘,筹措材料,建造大厦。不要提无聊的问题!"

我不再言语,埋头苦干。我估计占够了地盘,备齐了材料,建成了大厦,会得到问题的答案。

地盘日益扩大,材料足够了,房屋盖了七间,我忍不住又开了口:"请回答我的问题。"

"我没工夫,你再等等。"心灵有些不耐烦。

我不计较他的态度:"你要占据更大的地盘,筹措更多的材料,建造更高的大厦?"

"你大概说得不错。"

"你至今仍不满足?"我暗暗惊诧。

"这立锥之地岂能承担接纳的重任!"心灵答非所问。

"接纳谁呀?"

"无可奉告。"

我偏偏刨根问底:"来者是伟人?"

"也许是吧!"

如此宽阔的场所,如此雄伟的建筑,竟然容纳不下他!无奈,我继续废寝忘食地工作。参观者啧啧称赞:"好一个勤快的人。"

我时常心生疑窦,心灵这猴子看来未必知道来者姓甚名谁。为了回避回答问题,故意把一项项艰巨的任务压在我的头上。我好几次想停工,侧耳倾听路上是否有人走来;我没有心思扩建大厦,而想在里面点亮华灯;我无意筹措更多的材料,想趁花事未歇,编织一个芳香的花环。

但是,我身不由己,心灵是我的总管。他日夜用天平、钢尺精确地测量众多物品的重量、长度和价值。他的座右铭是:多多益善。

"为什么需要这么大地方?"有一天我问道。

"他无比巨大。"

"他是谁?"

谈话往往到此中断,接下来是沉默。

当我纠缠不休,说"你得给我一个明确的回答"时,他勃然大怒:"放肆!谁的规矩?你总是弄些莫名其妙、模棱两可、内涵玄奥的事情来妨碍我浩大工程的落实。关注一下我的处境嘛,乱七八糟的诉讼案件、各种各样的搏斗;棍棒、长矛,充斥街巷的持枪的士兵;瓦匠、劳工、红砖、木材、泥灰之间,已无插足之地。事情十分清楚,没有疑团,没有暗示。你为何对此视而不见,啰啰唆唆?"

听罢,我在心里不得不承认,我生性愚拙,而心灵是聪慧睿智的。于是,我又提篮运砖,搅拌泥灰。

二

过了一段日子,我的领域扩展着过了疆界。

大厦造了五层,六层正铺地板。这时,雨云消散;乌云变为白云,从高耸入云的盖拉莎山峰①,融合晨曲的闲暇之风徐徐吹来,以玛纳斯湖②莲花的芳菲熏染昼夜的时辰,使之同蜜蜂一样悠然自得。我昂首仰望,只见浑圆的天穹俯瞰着六层大楼的傲岸的脚手架,发出清朗的笑声。

我兴奋不已,逢人便问:"喂,请告诉我哪一阵风在奏乐?"

"别缠我,我有事。"他们都爱理不理。

---

① 指毁灭大神湿婆居住的仙山。
② 指盖拉莎山附近的圣湖。

倒是路边一位背靠着凸露的树根、头上绕着玉兰花串的疯子回答说："迎宾曲飘来了。"

我不清楚我领悟了什么意思，忙又问："不久便可以见面？"

他古怪地一笑："是的，快了。"

我匆匆回到帐房，规劝心灵："工程立刻停止吧。"

"荒唐！人们会嘲笑你是个蠢材！"

"我不在乎。"

心灵惊觉起来："你是不是听到了什么风声？"

"是的，消息传来了。"

"什么消息？"

糟糕！我也讲不清楚。不过，确有消息说，从玛纳斯湖滨，一群仙鹤正循着阳光之路飞来。

心灵摇摇头："巨大的彩色飞车和庄严的仪仗队在哪儿？我尚未听说尚未见到哩。"

这当儿，不知谁把点金石投向苍穹，顿时，艳阳照亮四周的景物，隐隐听见喧哗："使者到了。"

我匍匐在地，一面遥拜一面问道："他果真光临了？"

周围欢声雷动："是的，他已光临！"

心灵惊慌失措："啊呀，六层地板正在浇铸，材料还未备足。"

空中传来响亮的命令：推倒你的六层大楼！

"为什么？"心灵迷惑不解。

"今日使者光临，你的大楼挡道。"

心灵瞠目结舌。

我忽又听见："快，清理你的材料！"

"为什么？"心灵不服。

"你堆积的材料侵占了地皮。"

我只得执行命令。繁忙的日子里，我建造六层大楼。清闲的日子里，一层层拆除；繁忙的日子里，我奔走于市场，采购建筑材料。清闲的日子里，我同它们诀别。

然而，哪儿是巨大的彩色飞车？哪儿是庄严的仪仗队？

心灵环顾四周。

他看见了什么？

秋晨的启明星。

仅此而已？

还有一簇素馨花。

仅此而已？

又发现展翼起舞的一只喜鹊。

别无他物？

一个孩子嬉笑着从母亲怀里扑进外面的阳光。

还有一簇素馨花

"你所说的迎宾曲仅为这些？"

"是的，为此晴空日日吹奏情笛，早晨阳光明媚。"

"为此需要广阔的地域？"

"是的，你的国王需要七座金殿的王宫，你的主人需要满屋财宝，而他们需要整个世界，整个明丽的蓝天。"

"所谓的崇伟呢？"

"包含其间。"

"那个孩子给你什么恩惠？"

"他带来了天帝的恩典，带来了世界的希望、安逸和欢乐。他秘藏的箭囊装着百发百中的神箭，他心里排放着无敌的投枪。"

心灵问我："哦，诗人，你略有所见，略有所悟？"

我答道："我赋闲正是为这个，以前没有时间，所以不能洞察幽微，大彻大悟。"

生命——心灵

一

我的窗前是一条红土路。

路上辚辚地走过拉货的牛车,绍塔尔姑娘头顶着小山似的稻草去赶集,黄昏时分归来,身后甩下一大串银铃般的笑声。

而今我的思绪不在人走的路上驰骋。

我一生中,为棘手的难题犯愁的、朝着确定的目标奋进的动荡岁月,已经埋入往昔。如今身体欠佳,心情淡泊。

大海的表面波涛汹涌,安置地球卧榻的幽深的底层,暗流把一切搅得混沌不清。当风平浪息,可见与不可见,表面与底层,处于完整的和谐状态时,大海是宁静的。

同样,我拼搏的灵魂憩息时,我在灵魂深处获得的所在,是世界元初的乐土。

在做旅人的年月里,我无暇注望路边的榕树;今日离弃旅途回到窗前,对他袒露胸怀。

他打量着我的脸,仿佛急不可耐地说:"你理解吗?"

"我理解,理解你的为人。"我宽慰他,"你不必那样烦躁。"

平静一会儿,我见他又着急起来,葱绿的叶子沙沙摇动,熠熠闪光。

我试图让他安静下来,说:"是的,千真万确,我是你的游伴。亿万年来,在泥土的游戏室里,我和你一样一口一口吮吸阳光,分享大地甘美的乳汁。"

我听见他中间陡然响起了风声,他开口说:"你说得对。"

在我心脏碧血的流动中回荡的语言,在光影间无声旋转的声籁,化为绿叶的沙沙声传入我的耳鼓。这是宇宙的官方语言。

它的基调是:我在,我在,我们同在。

那是莫大的欢乐,其间物质世界的原子、分子瑟瑟战栗。

今日,我和榕树操着同样的语言,表达喜悦之情。

他问我:"你真的归来了?"

"哦,挚友,我真的来了。"我即刻回答。

于是,我们高喊着"我在,我在",有节奏地击掌。

二

我和榕树倾心交谈的春天,他的叶子是嫩绿的。高天遁来的阳光,通过大小不一的叶缝,与地上的阴影偷偷拥抱。

六月阴雨绵绵,他的叶子像阴云那样沉郁。如今,他的簇叶浓密得像老人缜密的思考,阳光再也找不到渗透的通道。他一度像穷苦的少女,此时则似富贵的少妇,一副心满意足的神态。

今天上午,榕树颈子上绕着二十圈宝石项链对我说:"你为什么头顶着砖石?像我一样立在充实的空间里吧。"

"人必须维持内外两部分。"我说。

榕树晃动着身子:"我不明白。"

我进一步解释:"我们有两个世界——内在世界和外在世界。"

榕树惊叫一声:"天哪,内在世界在哪儿?"

"在我的模具之中。"

"在里面做什么?"

"创造。"

"模具中有创造,这话太玄奥了。"

"好比江河被两岸挟持,"我耐心地阐述,"创造受模具的制约。一样东西落入不同的模具,或成为金刚石,或成为榕树。"

榕树把话题拉到我身上:"你的模具是什么样子,说给我听听。"

"我的模具是心灵,落入其中的变成丰繁的创造。"

"你那封闭着的创造在太阳月亮之下能展露几许吗?"榕树来了兴致。

"太阳月亮不是衡量创造的尺度,"我用不容置疑的口吻说,"太阳月亮是外在物。"

"那么,用什么测量呢?"

"用快乐,尤其是用痛苦。"

榕树说:"东风在我耳畔微语,能在我心里激起共鸣。而你这番高论,我实在无法理解。"

"怎么让你明白呢……"我沉吟片刻,说,"我擒获你那东风,系在弦索上,它就从一种创造演变为另一种创造。这创造在蓝天或在哪个博大心灵的记忆的远天获得席位,不得而知,似乎有个不可测量的情感的天空。"

"请问它年寿几何?"

"它的年寿不是事件的时间,而是情感的时间。所以不能用数字计算。"

"你是两种天空两种时光的生灵,你太怪诞了!你内在的语言,我听不懂。"

"不懂就不懂吧。"我无可奈何。

"我外在的语言,你能正确地领会吗?"

"你外在的语言化为我内在的语言,要说领会的话,它意味着称之为歌便是歌,称之为想象便是想象。"

三

榕树对我摇摆着繁茂的枝叶:"停一停,你的思绪飞得太远,你的议论太无边际了。"

这话击中要害。我内疚地说:"我找你本是为求安逸,由于恶习难改,闭着嘴话也仍从嘴唇间泻流出来,就和有些人梦游一样。"

我扔掉纸和笔,目不转睛地望着他,他油亮碧绿的叶子,犹如弹拨光之琴弦的名伶的纤指。

我的心灵突然发问:"你见到的和我思索的,两者的纽带何在?"

"闭嘴!"我一声断喝,"不许你问这问那!"

我凝视着榕树,任时光悄然流逝。

"怎么样,你悟彻了吗?"榕树末了问。

"悟彻了。"

四

一天默默地过去。

翌日，我的心灵问我："昨天，你看着榕树说悟彻了，你悟彻了什么？"

"我躯壳里的生命，在纷乱的愁思中混浊了。"我说，"要观瞻生命的纯洁面目，必须面对芳草，面对榕树。"

"你看见了什么？"

"我看见榕树的生命包孕着淳朴的快乐，他非常仔细地剔除了他的绿叶、花朵和果实里的糟粕，奉献丰富的色彩、芳香和甘浆。我望着榕树感慨地默默地说，哦，树王，地球上诞生的第一个生命发出的欢呼，至今在你的枝条间荡漾。远古时代淳朴的笑容，在你的叶片上放射光辉。在我的躯壳里，往日囚禁在忧戚的牢笼里的元初的生命，此刻相当活跃。你召唤他：'来呀，走进阳光，走进和风，像我似的携来形象的彩笔、颜料的钵盂、甜汁的金觞。'"

榕树的生命包孕着淳朴的快乐

心灵沉默片刻，不无伤感地说："你谈论那生命，口若悬河，可为什么不条理分明地阐述我搜集的材料呢？"

"何用我阐述！它们以自己的喧嚣、吼叫震惊寰宇。它们的负荷、错综复杂和垃圾，压痛地球的胸脯。我沉思良久，不知何时是它们的终极。它们要累积多少层，打多少个死结，答案写在榕树的叶片上。"

"噢！告诉我答案是什么？"

"榕树说：'没有生命之前，一切物质是负担，是一堆废物。由于生命的触摸，元素浑然交融，呈现为完整的美。'你瞧，那美在树林里漫步，在榕树的凉荫里吹笛。"

五

渺远的一个清晓。

生命离弃昏眠之榻，上路奔向未知，进入无感知世界的德邦塔尔平原。

那时，他全身没有疲倦，脑子里没有忧虑；他王子般的服装未沾染尘土，没有腐蚀的斑点。

细雨霏霏的上午,我在榕树中间窥见不倦的、坦荡的、健旺的生命。他摇舞着枝条对我说:"向你致敬!"

我恳求道:"王子啊,介绍一下与沙漠这恶魔搏斗的悲壮场面吧。"

"战斗非常顺利,请你巡视战场!"

我举目四望。北边的旷野里芳草萋萋,东边的农田生长着翠绿的稻秧,南边堤坝两侧是一行行挺拔的棕榈树,西边的红松、椰子树、穆胡亚树、芒果树、黑浆果树、枣树,纵横交错,郁郁葱葱,遮蔽了地平线。

"王子啊,你功德无量。"我赞叹道,"你是稚嫩的少年,可那恶魔老奸巨猾、心狠手毒。你身薄力小,你精致的箭囊里装的是短小的箭矢,可那恶魔是庞然大物,他的盾牌坚韧、棒棍粗硬。但我看见处处飘扬着你的旌旗。你脚踏着恶魔的脊背,岩石对你臣服,风沙在投降书上签字。"

榕树显露诧异之色:"你在哪儿见到如此动人的景象?"

我解释道:"我看见你的激战以安静的形式出现,你的繁忙身着清闲的服装,你的胜利是一副温文尔雅的姿态。所以求索者坐在凉荫里学习轻易获胜的咒语,研究轻易达成权力分配的协议的方法。你在树林里创办了传授生命如何发挥作用的学校。因而劳累的人在你的绿荫里歇脚,沮丧的人来寻求你的鼓励。"

听着我的颂赞,榕树内的生命欣喜地说:"我出来与沙漠这恶魔作战,同我的胞弟失去了联系,不知他在何处进行怎样的战斗。刚才你好像提到过他。"

"是的,我管他叫心灵。"

"他比我更活跃。他不满意任何事情。你可以告诉我我那不安分的胞弟的近况吗?"

"他的情形我略知一二。"我说,"你为生存而战,他为获取而战,远处进行着一场名为舍弃的战斗。你与僵硬作战,他与贫乏作战,远处战斗的对象是敛聚。战斗日趋复杂,闯入战阵的寻不到出阵之路。胜败难卜,在这迷惘彷徨之际,你的绿旗呐喊着'胜利属于生命',给斗士以鼓舞。歌声越来越高亢,在乐曲的危机中,你朴实的琴弦弹出鼓励:'莫害怕,莫害怕!'这是我捕捉到的基调——太初生命的乐音。一切疯狂曲调受其影响,融会在欢快的歌声里。所有的获取和赋予,因而如花儿怒放,似果实成熟。"

永　新

黎明每天昭示一个奥秘

黎明每天准时前来昭示一个奥秘，它说着万古不变的老话，听起来却是新鲜的。我们冥思默想，勤奋工作，执著地追求。时常觉得这古老的世界已经筋疲力尽，蓬头垢面，一副忧心忡忡的模样。而这时黎明款款而来，静立在东方的地平线上，像一个魔术师，面带笑容。慢慢地揭去盖在世界身上的一块其大无比的黑布。于是我们看到万物焕然一新，仿佛是造物主首次一瞬间创造的世界。元初和万世的新奇，永远不会完结，这是黎明在我们耳畔常说的话。

然而，今天的日子单单属于今天吗？谁能正确地推算，它是在哪个时代的初叶，撕碎云气之幔，踏上旅程的？在它不瞬目光的注视下，液状的地球渐渐变得坚硬；坚硬的地球上，生命登上历史舞台演戏，一幕幕大戏中，新的生命开始了又结束了精彩表演。这一天把光束投向人类历史上无数被遗忘的世纪，在海边，在沙漠，在林荫里，见证多少伟大文明的诞生、崛起和消亡！这太古的一天，在地球出生的那一刻起，就用洁白的宽大裙衫把地球包好搂在怀里。自古以来，它一直统计太阳系里爆发的吉兆和凶兆。这来自太古的一天，像眉清目秀的少年琴师，笑吟吟地站在我们的面前。它永新的容貌，似呱呱坠地的婴儿。它触摸谁，谁就即刻脱胎换骨。它胸前戴的项链，由永恒青春的宝石缀连而成。

它意味着什么？意味着永新是世界内心的财富，是世界不朽的珍宝。陈旧、衰微像影子在它上面走来，离去，甫现即逝，不能将它遮掩。蚀耗是

虚幻,腐朽是虚幻,死亡是虚幻,它们像海市蜃楼,在阳光灿烂的天空跳影舞,跳着跳着在天边失踪。只有素不惶惑的永新是活生生的,侵蚀不能缠住它,打击在它身上留不下伤痕。这样的话,黎明每天叙说一遍。

世界上古朴的日子在每天早晨获得新生,每天返回元初一趟,否则难免遗失它的基调。黎明一次次为它吟唱永恒的复唱词,绝不让它忘记。岁月如果急匆匆赶路,不在任何地方眨一下眼睛,被过分的劳碌和粗野的强力胁裹着,一头栽进无底的黑暗,忘记自己;之后在元初的永新中若不能再生,灰尘和垃圾必将堆积如山。杂事的怨恨,烈火般灼人的狂傲,工作的重负,就会遮严永恒的真理。于是只剩下正午的炎热、追名逐利的肆无忌惮,只剩下争抢、格斗,只剩下没有尽头的路、没有目标的旅程。这嚣张的气焰扩张着,总有一天将地球像气泡似的压破。

这一天奇妙乐曲的音符尚未全部弹响。但这一天越是前行,工作的矛盾越是尖锐,尔虞我诈和对抗的噪音越是刺耳。渐渐地,人世间的悲痛越发沉重,饥渴的哭嚎越发惊心动魄,竞争的吼叫越发吓人。尽管如此,温柔的黎明每天像天使降临,修接断裂的琴弦,重弹的基调既朴素又庄重,既舒缓又奔放。其中没有愤怒,没有对立,没有偏颇,没有迷惘。这是千古流传的完整乐曲,永恒之调的形象完美地显露。

我们每天从黎明的口中听见同样的话:不管喧嚣多么震耳,终归不会久长,恒定的是宁静。它是内在的,既在肇始又在终了。因此,白天的疯狂倾泻之后,清晓时分,我们看见"宁静"的形象上面,没有一丝冲突的痕迹?没有一块污斑。它永世娴静、安详、纯洁。

整个白天,世界充斥悲酸、贫寒、死亡的骚扰。但每天拂晓一种仙乐告诉我们:这一切灾难是暂时的,恒定的是湿婆。黎明时分,我们凝神瞻仰他圣洁的慈颜,他身上哪有伤痕,他已复原如初。如同我们看见水泡破裂,大海丝毫不受伤害,永恒的万物永世不摇颤。湿婆既在肇始、终了,也在我们心中。

海浪汹涌澎湃时,望着惊涛骇浪会一时想不起大海,只在心里慨叹:滔滔海浪,宏伟、壮观! 同样,人世的分裂和纷争似乎最最强大,除此之外,似乎难以想象还有别的什么。然而,黎明在宣传欢聚。静心侧耳,我们听见它在说:分裂和纷争是短命的,恒定的是梵天。环顾四周,我们看到无边无际的厮杀。然而,稍后,哪里还看见四分五裂的痕迹?世界交往的大桥岿

然不动。那梵天——唯一的一元真神，静坐着，将数不清的分裂拘锁于一个茫茫宇宙之中。梵天既在肇始、终了，也在我们心中。

世世代代，每天清晨，人们在乍醒的天宇，在身心内外，听见热切的呼声：宁静，湿婆，梵天。人们暂停一切工作，安定躁动的情绪，谛听着空中回响的新鲜阳光的福音：宁静，湿婆，梵天。这是千百年来要人们在开始工作时铭记在心的真言。

忠　诚

当成功隐约地显现时,我们不由自主地兴奋地想起脚步,这时谁也挡不住我们,我们不感到疲倦,不感到虚弱无力。

但刚开始奋斗时,成功在遥远的地方不肯露面,我们脚下的路也不平坦,我们长途跋涉的动力是什么呢?

是忠诚!忠诚担负着推动我们前行的责任。

当心里充满苏醒的虔诚,我们没有一丝忧愁,路似乎不再是路,我们快步如飞。但当虔诚远在天涯,心中空虚,那十分艰难的时刻,谁是我们的精神支柱?

唯一的精神支柱是忠诚!它支托着枯萎的死沉的心。

沙漠中旅人的坐骑是骆驼,这异常强壮的生灵没有一点儿娇气。不喂它饲料,它依然迈着坚定的步伐;没有水喝,它照样昂首阔步。黄沙晒得滚烫,它继续前进,默默地前进,有时觉得沙漠没有尽头,似乎只有死路一条,可它仍不会绝望地卧倒。

同样,只有忠诚能在精神贫乏的荒凉的沙漠之路上不吃不喝,不计较报酬,引导我们前进。它健旺的生命力穿越冷嘲热讽的鹿砦,在荆棘丛中汲取养料。当死亡的沙暴疯狂地袭来时,它低下头紧贴着沙丘,让沙暴在头上掠过。

沙漠中旅人的坐骑是骆驼

谁能像它这样吃苦耐劳,坚忍不拔?

漫漫大漠,想象中的海市蜃楼时常欺哄前进的道路,成功的奇妙形象只偶尔闪现。我们今天好像站在昨天站过的地方。我们想集中神思,可神思飘忽不定。我们呼喊心灵,心灵没有反应。我们觉得徒劳地做了祈祷,白白地受累。但忠诚肩负那徒劳的祈祷的重荷,日复一日,艰辛地朝前迈步。

向前,向前!毫无疑问,它正一天天接近目的地。有一天虔诚的绿洲突然出现——一望无际的灼热的灰黄之中,有一片甜果累累、绿荫婆娑的枣树林。静谧的树荫下,清冽的泉水淙淙流淌。我们畅饮泉水,在树荫下休息,然后又踏上征程。

然而,那虔诚的美景,那清冽的甘淳,不会时刻伴随我们。陪伴我们上路的又是皮肤干皱、冷峻、不倦的忠诚。它的特长是:一天有机会饮了虔诚之水,很长时间它能把水储存在体内神秘的器官里。在严重缺水的日子里,那是缓解它干渴的甘露。

我们平时所说的虔诚,是对探寻的目标的虔诚,而忠诚是对探索的虔诚。艰辛、枯燥的探索是忠诚的生命的财富,饱含它深沉的快乐。它依凭这无私、神圣、霹雳般的快乐,排除失望,甚至不惧怕死亡。作为我们在沙漠之路上唯一的旅伴,在走到路的尽头的那天,它把我们交托给虔诚,自己躲进仆人的居室。它从不骄傲,从不提出什么要求,大功告成的日子,躲藏起来是它的幸福。

梵 我 合 一

环顾四周,世界正进行丰富多彩的创造活动。扩散的重又聚合,聚合的重又扩散。作用,反作用,一种形态转化为另一种形态,一刻也不停息。万物走向自己的归宿,但无一物有终极。我们的智力、身心也随着自然的车轮旋转,不断地离合、增减,变化着形状。

载着日月星辰,有亿万轮子的自然之车朝前飞驰,我们看不见它的目的地,它不在任何地方停留。我们莫非也乘坐这辆车,行驶在没有目标、没有终点的路上?似乎有个目的地,却任何时候不能抵达,我们的生存形式莫非是不停地运动?是永不停歇地探寻?任何地方我们没有理由获取或留驻?

如果我们确实不能前往时空之外的地方,那么,对我们来说,那超越时空、从不显现、自身中有其归宿的,肯定是没有的了。于是,我们选用华丽辞藻对永恒的梵天所作的描写,只是一堆废话,对我们毫无用处。

果真如此,"梵天"这个词应该从字典里清除出去。那永远找不到的,却偏偏终日寻找,还有什么比这更令人苦恼!那么,就该说,凡世可以拥抱,凡世属于我,梵天与我毫不相干。

然而,凡世是揽不住的。凡世像《罗摩衍那》中诱惑悉多的金鹿,若隐若现,引诱我们奔跑,始终不让我们逮住。它让我们累得精疲力竭,不让我们休息片刻。若让憩息,那意味着寿终正寝。

凡世不承认什么永恒的关系。凡世与人们,如同车夫与马。换句话说,它整天驱使我们,喂草料,偶尔允许歇一会儿,是为了让我们跑得更快。皮鞭、笼头都是驱策的工具。我们走不动了,它立即停止喂饲料,不让我们住在马厩里,而把我们扔到堆放死马死牛的荒野里。

马享受不到奔驰的果实,也不清楚谁在享受。马只知道必须奔跑,它傻乎乎地问自己:"我一无所获。我跑不到目的地,为什么还日夜奔跑?"肚

子里抽打着饥火的鞭子,饥饿的火红的钢鞭雨点般地落在心头上,然而,不许马站住。这究竟是为什么?

事实上,我们在任何地方也掌握不了凡世,凡世的任何地方我们都不可能停步。梵天与尘世相同吗?在任何地方也找不到他?他也总是驾驭我们?我们是否把一无所获的前行当做不断的进步,并以此宽慰自己的心呢?

不!梵天是可以找到的,而尘世是不可把握的。因为,尘世没有获取的理论,尘世的理论只阐述如何退缩,所以使出全力想永久地抓住它,只会是自讨苦吃。可是绝不能说,执著地追寻梵天是枉费精力。只有梵天那儿有获取的理论,因为他是真实的。

我们停止了在心灵中寻找至高的灵魂。"我们凭心智去认识就可以找到梵天。"这种观点是不对的。换句话说,我们塑造虚无,以渺小的心智去建立与他的关系,是不正确的。这种关系若由我们建立,便不值得信任,它不可能为我们提供庇护所。在我们自身的永恒圣地,没有时空的王权,也没有渐进的创造过程。在那心灵的永恒圣地,最高灵魂已经完整地闪现。所以《奥义书》说:

"在至美至洁的内心宇宙和心空,深知灵魂中有真智和无限的梵天者,能实现全部愿望。"

"梵天充实了虚幻的无限。"这种说法毫无意义。作为真智,梵天稳固地端坐在我们内心宇宙和心空。认清这一点,我们才不会在欲望中枉然徘徊,大彻大悟能使我们心平气和。

我们中间没有凡世,但梵天在我们中间。因此我使出全身解数也把握不住凡世,但我们与梵天朝夕相处。

最高灵魂接纳了我们的灵魂。两者举行了婚礼。梵天从此没有私物,因为他已与我们的灵魂结合。在原始的远古时期,已为婚礼诵念了祈福的咒语,大声宣告:我心属于你,你心属于我。从此不必为渐渐显现举行祭礼。他已融入单个的灵魂,无从说出他的姓名。于是隐居修身的诗人吟哦道:

"这是圆满的归宿,这是最珍贵的财富,这是至圣的天国,这是莫大的欢乐。"

婚礼已经结束,没有别的事,终日可以做爱情的游戏了。既然已把他弄到身边，也就可以通过幸福、痛苦、财富、苦难……一世又一世地以各种方式拥有他。妻子一旦明白了这个道理，就不会再发愁。她知道她的家庭就是丈夫的家庭，家庭不会将她推入痛苦。她的家里没有疲劳，只有爱情。她知道，他化为真智，永远接受了心灵。家庭充满他的欢乐和情爱。这里，世世代代，有永恒与瞬息的愉快而甜蜜的结合。通过奇异的离合，通过许多得与不得的长久的矛盾，我们用各种方法，找到那新郎，那永久而唯一的所得；我们在各种趣味中得到他，得而复失，失而复得。摆脱了愚昧、品尝了这趣味的新娘，同时分享梵天的欢乐，从而变得无所畏惧。而不懂这个道理的新娘，揭开面纱也看不见新郎，只看见新郎的家庭，她丢失女皇的桂冠，沦为女奴，胆战心惊，悲伤啜泣，神色憔悴地踱步。

社会中的解脱

对人来说，不仅有自然环境，还有社会环境。需要探讨一下，人与社会的哪种关系是真实的。因为真实的关系能使人在社会中获得解脱。越是给假象以席位，人就越是受到束缚。

我们经常认为也经常说，人囿于社会是出于某种需要。我们走到一起形成群体，有诸多便利。国王为我审判，警察为我站岗，市政委员会为我清扫马路，英国的工业都市曼彻斯特为我提供服装，此外，求知等高尚的目标，也能轻而易举地实现。

如果我们由衷地承认"人囿于社会是出于某种需要"这种观点是正确的，那么就可以说，社会是人心的监牢。也应该承认，社会是庞大的机器在运转的工厂——饥火熊熊的需要为工厂供煤。

不幸者在沉重的需求的压力下，为家庭劳累，他无疑是十分可怜的。

看到家庭这牢房似的模样，僧人抗议道："我岂能受需求的驱使，在社会的'赫林巴里监狱'里终日敲石块，累倒毙命？决不能！我深知我比需求高贵得多。曼彻斯特为我送来服装？有什么必要！我扔下衣服，前往丛林隐居。国内外的商船为我运来食品？没有必要！我在森林里吃水果、根茎。"

然而，即使躲进森林，当需求以各种形式出现，在我们身后穷追不舍时,僧人那番狂妄的话不会给我们脸上增添丝毫光彩。

那么,人世间我们的解脱在哪儿呢？在爱之中！一旦我们省悟:需求并非社会的根基,爱才是它隐秘的至圣的乐园,我们就立刻冲破羁绊,兴奋地说:"哦,爱,你拯救了我！我别无所求。"因为爱是我的珍异,不会从外部驱策我,胁迫我。爱若是人类社会的本质,那一定也是我的本质。所以,通过爱,我一瞬间脱离需求的世界,进入自由的欢乐世界,仿佛突然从噩梦中醒来。

以上谈了解脱。再说什么？再说说受缚。

获得解脱的爱,急不可待地在自由的领域显示自己的威力。它的事情比以往徒增数倍。它成为世上"贫穷"的奴隶,成为"愚昧无能"的侍者。这就是解脱的结局。

获得解脱的人不再有任何托词。他不会说:"我有办公室,我有顶头上司,外面有人催促我。"不管从哪儿传来呼唤,他都不提出不响应的理由。解脱的责任多么重大！别处哪有这种欢乐般的责任！

如果说人渴望解脱,那是说的假话。人渴望比解脱更多的东西,人渴望受缚。一旦受缚,束缚便无穷尽。他为了受缚而哭着说:"哦,至高的爱,你受制于我,我何时受制于你？何时有两种束缚的完满结合？在我孤独、狂妄、傲慢的地方,我是悲伤的失败者。哦,大神,在垂首的受缚中拯救我吧！我仅仅是我,没有更高大的我。我只知道这种虚假的日子里,我一直在迷茫中徘徊。我的财富我的精神负担,压得我奄奄一息。从梦中苏醒我终于明白,你是至美的我,你的力量支托着我的自我,我于是顷刻间获得解脱。"

然而,获得的不光是解脱,随之而来的束缚。在至美的我的面前,摈弃自我的孤傲,这是无穷而完满的束缚的莫大欢乐。

内心世界和外部世界

我们是人,是在群体中出生的人。我们心怀诸多愿望,想以各种方式与别人相处,与别人进行各种必要的愉快的交流。

我们住在社区,心中的愿望,激励我们从各个方面以各种方法满怀激情与他人接触。我们与多少人会面、谈笑,应邀参加多少活动,多少日子在一起娱乐,真是一言难尽。

社交中我们如此活跃,如此积极,并非出于人与人的天然的爱。社会成员和恋人,不是一码事——在许多时候,我们看到与之相反的情形。常常可以看到,某些热衷于社交的人的心里,没有挚爱和仁慈之情。

社会把我们置于忙碌之中,它制造各种社会对话、社会活动、社会娱乐,吸引我们心中的热情。我们不必考虑,心中的热情被用于哪件事,怎样让心绪平静下来——它自会在社会习俗的人为的渠道中流淌。

铺张浪费的人,不会慷慨解囊为别人排忧解难,有些人最后穷困潦倒。——他挥霍是因为不能抑制花钱的欲望。他支付各种开销,欲望得以满足,恣意游乐,扬扬自得。

我们的习俗大量消耗社会的能量,并不是出于对社会各界人士特殊的关爱,而是出于消耗自己的欲望。

具体的活动中,这种欲望是怎样无量地扩张的,审视一下欧洲穷奢极欲者的生活,就一清二楚了。那里,从早到晚,忙得没有空闲——让人情绪激动的活动:狩猎、舞会、体育活动、宴会、赛马,一样接着一样,人们处于疯癫状态。他们的生活,不是沿着一条路,朝着某一个目标前进,而是日复一日,夜复一夜,在疯狂中转圈子。

我们的活力不像他们那么旺盛,所以我们走不了那么远。但我们整天慢吞吞地走在僵化的社会之路上,一味地消耗精力。我们没有办法让心灵自由,让人尽其才。

施舍和花费,有些本质的不同。我们对别人布施,它既是花费,也是善举。可在人群中花钱,它仅是花费而已。由此我们可以看到,我们的内心越来越贫乏,而不能充实。它的活力渐渐减少,随之而来的是疲惫、消沉——为了忘记对自己的贫乏和失意的诅咒,只得不断地制造新的虚伪。一旦停止,就活不下去了。

所以,那些苦行者,那些为获得终极真谛而使出全部精力的人,经常远离城镇村寨,隐居在幽静的深山老林,这是为避免大量精力无谓的浪费。

然而,我们哪儿去找这种幽静的去处和深山的洞穴?那不是总能找到的。况且,离开人群,隐居山林,也不符合人的本性。

其实,这幽静的去处,这深山的洞穴,这绵长的海滩,一直与我们相随——它们就在我们的心田。若不如此,再幽静的去处,再深山的洞穴,再绵长的海滩,我们也不能找到他①。

我们应当设法了解我们内心世界幽静的修道院。我们非常熟悉外部世界,可几乎不在内心世界里徜徉,为此,我们人生的分量,大打折扣。换句话说,在外部世界,我们不停地耗费自己的全部力量,逐渐成了一个空架子。可切断与外界的一切联系,也绝非良策。因为它如同叫一个人

社会把我们置于忙碌之中

远离人群,踽踽独行;或如同不顾病情,只强调治疗。万全之策是,在内心世界也有所建树,实现内心世界与外部世界的平衡。惟其如此,人生才能轻易地摆脱疯狂的挥霍。

我们看到一些沉迷于宗教的人不肯这样做,他们手提着一杆秤,像斤斤计较的吝啬鬼,削减自己的言语、笑声和活力;他们尽量减少自己的付出,认为把自己的人性变得枯瘦、毫无快乐,那才是修成正果的标志。

但这样做是不可取的。不管怎么说,人应当完全处于正常状态;挥霍

---

① 指梵天。在印度的古圣梵典中,它是终极真理的化身。

无度,不行,过于吝啬,也不行。

  站在这两者之间的路上的办法是:住在外面的城镇村寨,也在内心世界的寂园里,做一个卓有成就的人。外界不是我们唯一的世界,应该一次次通过各种交谈、娱乐和劳作,感受内心世界里我们原初的修道院。通往幽寂的内心世界的路,应当畅通无阻,这样即使在繁重而纷乱的事务中,去一趟那儿,也绝不是难事。

  我们的内心世界,在人群拥挤、人声鼎沸的工作领域中,时刻保留的一片净土,并不是虚空,而是充满了仁慈、爱情、欢乐和福祉。只有时时感受着这甘露般深邃的净土,世界才不会危机迭出,物质之毒才不会积储,空气才不会被污染,阳光才不会暗淡,心灵才不会焦躁不安。

    默默无语,冥想着他[①]在心殿,
    不追随他,难避凡世的劫难。

[①] 指梵天。

有限与无限

"宗教"这个单词的本意,是留住。探讨一下英语中"宗教"一词,可以知道,它的原意也是束缚。

所以,从一个角度审视,可以看到,人们承认宗教是一种束缚。

正是宗教限制了、缩小了人们的行动领域。承认束缚,获得界限,成了人们的执著追求。

这是因为,界限就是创造,界限越是清晰,越是合乎规范,创造就越真实、越完美。快乐的本质,在于展现界限。天帝的快乐,在规则的界限内拘禁了全部创造。劳作者的快乐,诗人的快乐,艺术家的快乐,不过是清楚地标定界限。

有限展示无限

宗教,是在真切的界限内展示人性的一种力量。这种界限,越是简单明了,就越美。人越是能获得力量、健康和财富,快乐就越是清楚地在人身上表现出来。

人们在宗教的帮助下寻找自己的界限,同时也借助于宗教寻觅自己的无限。这是个奇迹。大千世界,在所有完美的底部,我们看到这种矛盾。想缩小的,反而扩大;想分离的,反而合并;想拘禁的,反而给予自由。"无限"创造"有限",而"有限"又展示"无限"。事实上,矛盾在哪儿完全合二为一,哪儿便产生完美;哪儿双方分离,一方变得极为强大,哪儿便出现灾祸。"无限"不表现"有限"之地,它是空虚;"有限"不展示"无限"之处,它毫无意义。自由否认约束,它就是疯狂,约束不承认自由,它就是压迫。

印度的幻空主义，称一切界限为虚幻。但实际上，从"无限"游离出来的"有限"，才是虚幻。同样，从"有限"游离出来的"无限"，也是虚幻。

完全获得自己的乐曲的界限的歌，不独表现了乐曲的全部，同时也按照自己的规律，表达了欢乐，通过"有限"表现了比"有限"更广大的东西。

玫瑰花完全接受了自己的界限，才能通过有限的形体来表现无限的美。界限之中的玫瑰花，是自然王国的一种植物，但在情感王国，它是快乐。界限一方面约束它，另一方面又给它自由。

所以我们可以看到，人接受各种教育的根本目的，是学会克制。人学会节制自身的行为，才能稳步前进；人能够驾驭自己的思绪，才能思考问题。

完全了解并接受艺术实践的界限的艺术家，才是成熟的艺术家。能够约束自己生活的人，才能美化生活。

如同贞妇以贞操约束自己，赢得自己爱情的完美，心地纯洁的人，即在真实的界限内节制自己欲望的人，能够找到那体现探索的最终成果和终极快乐的他[①]。

这样的宗教，被认为是束缚，是痛苦；有人说，宗教之路像刀丛一样艰险。这条路假如无限宽广，那么，人人都能轻快地行走，不会在任何地方遇到障碍。但是这条路，被牢牢地限制在一定的规则的界限之内，因而是坎坷的。

世世代代，人必须忍受受制于界限的巨大痛苦，因为，欢乐通过这种痛苦得以表现。

《奥义书》云：他经受修行的痛苦，创造了一切。

诗人叶芝说过，真实即美，美即真实。

真实即界限，真实即规则，真实制约着一切，

这种真实，即界限，一旦被超越，一切就将杂乱无章，趋于泯灭。

无限之美，在真实的界限内展现。

如果我们把"有限"和"无限"看成是互相对立的，是分开的，那么人的宗教修行，就毫无意义了。"无限"如果待在"有限"的外面，那么，人世间就

[①] 指天帝。

没有一座桥梁让我们走过,去找到他①了。对我们来说,他永远就是虚幻。

然而,人的宗教对人说:"你找到了自己的界限,也就找到了'无限'。你成为人,在成为人的过程中,你对'永恒'的探索,必将成功。"

恰恰是在这儿,我们无畏,我们不朽。

我们真实的界限中,包含我们的终极完满。

所以《奥义书》云:他就是它最终的庇护所,他就是终极快乐。

"无限"和"有限",形影不离,像两只鸟儿,身子挨着身子。

印度虔诚理论的核心是,"有限"与"无限"的纽带,是欢乐的纽带,是爱的纽带。换言之,"有限"与"无限",彼此同等重要,谁也离不开谁。

人有时把天帝推向渺远的天堂,于是人的天帝变得令人畏惧了。惶惶不可终日的人为了抑止畏惧,诵念各种经咒,举行宗教活动,寻求祭司和人与神之间中介的帮助。但当人在内心认识了他,对他的畏惧立即消除,于是撇开那种中介,由爱引领着去与他汇合。

人有时訾骂"有限",给它起了许多难听的名字。接着折磨本性,离弃家庭,进行难以想象的苦修,以期找到"无限"。人觉得"有限"是他自己的东西,把它的脸抹黑,它就不会和他人接触了。可人从哪儿能找到这样的"有限"?他怎会知道"有限"中的无限奥秘?他何尝有突破"有限"的本领?

当人明白"无限"在"有限"之中,他也就懂得,这里面的奥秘,就是爱的奥秘;这样的理论,就是美的理论;这儿就有人的光荣。而作为人的薄迦梵②,这光荣中也有他的一份。

"有限"是"无限"的财富,"有限"是"无限"的快乐。因为,薄迦梵在"有限"中奉献了自己,也接受了自己。

---

① 指天帝。
② 指印度人观念中的宇宙万物之主。

人世之舟

　　世界收纳我们一生中做的全部事情,但不会接纳我们。当我们把人生的作物装在人世之舟上的时候,心里暗暗希望,船上有我的一席之地,然而,刚过两天,世界就把我们忘记了。你想一想,我们每个人的人生,建立在亿万被遗忘的人的人生之上。我们的食物、服装、宗教活动、语言情感,一切的一切,是无数前人被遗忘的劳作和被遗忘的奋斗的延续。我们生火做饭,可谁知道发明火的人;最初耕地种庄稼的人的名字,如今在哪儿?世世代代的人,以各种方式养儿育女,他们的所作所为,依然活在我们中间,但他们带着他们的名字,带着他们的苦乐,已消失在遗忘的深渊。他们每个人曾经对世界说:"我甘愿为你吃苦受累,把我的一切都拿走吧!把东西送给你,是我的快乐,收下我的一切吧,但不要遗弃我,也不要忘记我——在我做的事情中间,请郑重其事地留下我的一点儿痕迹吧。"然而,哪有容纳人的那么多地方。我们人生的作物,以这样那样的形式留了下来,但我们留不下来。

　　世人的这种急切心情,这种哀伤,一代代延续下来。在个人生活中,我们的爱情中也有这样的痛苦。我们可以提供服务,可以给予真爱,可同时呈送自己的话,那就只会是一种负担。我们奉献爱心、付出辛劳,但不要同时呈送自己,这就是人生教

人世之舟

育。因为，呈送自己，纯粹是多此一举，也没有置放你的地方。那样做的话，只会减少赠物的价值。

有人喃喃地说："在人生的此岸，我只有一小块耕地，我很孤独。"——这不足为奇。我们每个人都是孤独的。每个人的四周，那无底的个性差异的鸿沟，谁能跨越?! 在一条条鸿沟之间特殊性格的后面，我们耕耘着自己的一小块人生之地。一天天劳作，一天天储存作物，终于有一天省悟，我不能把这些作物带到任何地方去，全部都得留下。留给谁呢？接受者①，似乎认识又似乎不认识，他摇动过我们的心旌，但从不露面。我对他说："哦，你收下我的一切，也收下我吧！"他收下我的一切，但不收留我。我们怎么知道，他收集了我们的一切去了哪儿！他一刻不停地走向空茫的未来，我们何曾见过未来的边际！尽管如此，我们不得不把自己的一切交给这漫漫旅途中的大神，交给这既熟悉又陌生的人世；我们带不走一样东西，也不能把自己留下。

---

① 指创造大神梵天。

内心与外界

早晨，我在船舱中的床上醒来，透过窗户朝外面望去，只见海面上白浪滔滔，海风从西面吹来。侧耳谛听涛声，忽然觉得，有一种看不见的乐器在弹奏乐曲。那乐音不像雷鸣那么洪亮，而是那么舒缓，那么低沉。但是，如同在响亮的锣鼓声中，小提琴的一根弦丝弹出的乐调，脱颖而出，在人们心里回响，那舒缓、低沉的乐音，充满天空之心，经久不息地回荡。后来，我试图哼出在心里听见的那种乐曲。可尝试无异于干扰，只会破坏那恢弘乐曲的安谧。所以，我只得保持缄默。

我觉得，晨曦中，大海操动我的心琴弹奏的乐曲，不是风啸和涛声的回声。我决不能说，它是满天的风声、水声的翻版。它迥然不同，它是一首歌，它的乐音像花瓣，一片片，一层层，缓缓地展开。

可是我又觉得，它不是别的，它就是大海洪亮的心声；这首歌，好似寺庙里萦绕的香烟，向上升腾，充满了天空所有的缝隙。从大海的气息中扩散出来的，在它的外面，是声响，在它的心里，是歌曲。

这固然是内心与外界的联结，可这种联结不是同类之物的联结。我们可以看到，它是异类之物的联结。两者融为一体，但无从找到两者的相同之处。那是无法表述的相同，是不可观察的不可证实的相同。

双眼感受到脉动的冲击，心里就看到光亮。身体触及物体，心里产生美感。外面发生的事件，在内心激起苦乐的波澜。前者有形体，可以剖析；后者没有形体，不可剖析。

我们对所谓"我"的理解是这样的：在外界，它通过众多声音、气味、接触，通过众多瞬间的思考和感觉，在整个自身中表现出来的东西，那就是我。它不是外在的形象的影子，而在外界的对立中显露出来。

艺术家和文人墨客，急切地想表现世界具象的内在之美。他们立足于模仿所进行的探索，是不可能成功的。许多时候，我们受习惯的制约，我们的感觉是死板的。那时,我们看到什么就是什么。当直接看见的表象,声称自己就是极致,并对我们作自我介绍时,如果我们承认它的身份,那么,在那种死板的介绍的过程中,我们的心不会苏醒。那时,我们在世界上行走、奔忙、工作,但不能用我们的心接受世界。因为,世界的内在之美,是我们的心灵之物。揭掉习惯的罩布,展示那内在之美,是诗人和哲人的事业。

所以,他们不模仿习见的具象,而是让它受到强烈的震撼。他们不把一种具象引进另一种具象,不接受它终极的要求。他们把目睹的物体置于用耳朵倾听的位置,把耳朵听的东西转化为眼睛看的形象。

就这样,他们昭示:世界上的具象,不是永恒的东西,仅仅是形体;进入它的内心,才能从束缚中得到解脱,在快乐中得到拯救。

我们的艺术家谱写了维伊罗比和杜里调的曲子,说:"这是清晨的歌曲。"不过,歌曲中,能够看见早晨刚刚苏醒的世界的各种声音的模仿吗?一点儿也没有。那么,称维伊罗比和杜里为清晨的曲调,是什么意思呢?它的意思是:艺术家用他们的

看不见的乐器在弹奏乐曲

心谛听了早晨所有声响和静穆中内在的乐曲。如果把内在的乐曲去配早晨任何外在之物,那必然会失败。

我非常喜欢富有印度特色的歌曲。在孟加拉地区,创造了早晨、中午、下午、黄昏、午夜以及雨季和春天的曲调。我不知道,是不是人人认可这些曲调。至少我心里没有感受到,萨伦调是中午的曲调。尽管如此,在世界之主的隐秘的舞台上,不同的季节,不同的日子,演奏的新曲已飘入我们艺术家的内心。我国的杜里调和卡那拉调显示:表现外在之物的后面,同时也在表现深邃的内心。

欧洲的大作曲家,肯定从不同的角度,在他们的歌曲中,力图传达世界之心的信息。如果了解他们的作品,是可以展开讨论的。起码,在欧洲的音乐厅大门口聚集的听众中听到的零星乐章,在我的心里响起来了。

我们船上的几位旅客,在黄昏时分,弹唱歌曲。当举行这样的演唱会时,我也会坐在音乐厅的角落里。吸引我的缘故,并非我天生喜欢英国歌曲。可我知道,优秀作品总会努力让人喜欢。不经过努力,就打动我们的,往往是假货;而积淀下来的那部分,才有真正的趣味。所以,我培养欣赏欧洲歌曲的习惯。当我不喜欢时,也不会厌恶地将它拒之门外。

船上一个年轻人和两位女士,歌好像唱得不错。我看到,听众听了他们唱的歌,显出欢快的神情。有一天歌会的气氛相当热烈,他们一首接着一首唱了许多歌曲。有的歌表达英国的傲岸,有的歌叙述恋人分手的哀伤,有的歌则抒发情人的痴情。我注意到了演唱这些歌曲的一个特点:不时强化歌的曲调和歌手的嗓音的力度。这种力度,不是歌曲的内在力量,而好像是外在的努力。换言之,它是试图通过强化音调和嗓音,更清晰地展露心中的澎湃激情。

这是很正常的。随着心中起伏的激情,我们的嗓音自然而然时而舒缓,时而激越。但歌曲不是性情的机械模仿,因为,歌曲和表演,不是一回事。如果把歌曲和表演混为一谈,就必然抹杀歌曲的纯正力量。所以当我坐在客轮的大堂里听他们的歌曲时,我老觉得,他们似乎力图显示他们强化了的心绪。

然而,我们不想从外部审视歌曲。情人的感受究竟怎样,我们是无从知晓的。我们想在歌曲中领略的,是那种在内在的感觉中回响的心曲。外在的表现和内心的表现,截然不同。原因在于,外在的激情,在内心就是美。它们是完全不一样的,如同"能媒[①]"的脉动和阳光的显露,迥然不同。

我们流泪、哭泣、畅笑,表达心中的喜悦,是很正常的。但是唱悲歌,歌手就挥洒泪水;唱欢歌,就放声大笑,那么,歌坛上的文艺女神,无疑会受到羞辱。事实上,在不流"泪眼"里的泪水和不发出"欢笑"里的笑声的地方,音乐才有魅力。通过人的啼笑,"思绪"在无限中扩展的地方,我们才能懂得,我们苦乐的乐曲折射出所有树木、河流的心音,我们心绪的波澜,是世界的心海的嬉戏。

但是,强化曲调、嗓音,模仿心中激情,势必妨碍音乐的庄重。犹如大海的涨潮、落潮,乐曲也有跌宕起伏,那是它自身的东西。像诗韵一样,歌

[①] 英文为"ether"。

曲也有美的舞步。它不是我们心中激情的木偶之舞。

就整体而言,表演较之其他艺术更注重于模仿,可它并非纯粹模拟。它接受了通过极为自然的表情之幕的缝隙,展示心理活动的任务。过分注重外部表情,内心活动易被掩盖。舞台上常常可以看到,为了过分显示人物心中的激情,演员刻意强化声调和形体动作。这是因为,不展示真实、只想模仿真实的人,只能像作伪证的证人那样,滔滔不绝地诉说。他没有勇气保持克制。在印度的舞台上,经常可以看见作伪证那样的大汗淋漓的表演。

不过,这方面最典型的例子,我是在英国看到的。我曾在那儿看过著名演员阿尔平主演的《哈姆雷特》和《拉马尔姆的新娘》。看着他矫揉造作的表演,我简直目瞪口呆。过度的夸张表演,完全损害了戏剧内容的连贯性。它只有外部渲染,这种对进入内心世界的阻碍,是我见所未见的。

艺术的节制,至关重要。因为,节制是进入内心世界的门户。人生的探索,也是如此。那些想颖悟精神真理的人,必定舍弃一些外在因素,崇尚节制。关于精神世界的探索,有一句耐人寻味的话:以付出获取享受。对无所不在的梵的探索,也是艺术的终极探索。所以,以强大的冲击,给心灵以醉汉般的癫狂,不属于真正的艺术范畴。以含蓄的手法,把我们带进心灵深处,是它的真正目标。不要模仿我们看见的东西,也不要用粗笔在它上面涂抹,肆意把它夸大,像哄小孩那样哄骗我们。

以表演的强度冲击心灵,在欧洲艺术中是司空见惯的。总之,欧洲想以一成不变的目光观察现实景物。所以,我们看见的虔诚画是这样的:双手合拢,昂首望着天空,翻动着眼珠,以外在动作夸张地表现虔诚。印度前往英国学习艺术的学生,对这种表演手法趋之若鹜。他们认为,注重现实,方能达到艺术目的。所以要画那罗特①,他们就画孟加拉剧团的演员演的那罗特。因为,他们的探索,不是以想象的目光进行观察。除了剧团的演员演的那罗特,在别处他们没有见过那罗特。

印度的佛教时代,希腊艺术家曾创作苦修的佛陀的塑像。那是饿得瘦骨嶙峋的佛陀的真实模样,前胸的肋骨可以数清楚。印度的艺术家也创作了苦修的佛陀的塑像,但在他身上没有挨饿的真实痕迹。表现苦修者心灵

---

① 指印度神话中专门挑起争吵的神仙。

的塑像上，看不见肋骨的数目；进行艺术创作，不同与医生给一张诊断书。它不拘泥于实际情况，才得以表现真实。死板的艺术家，是现实的证人，而高明的艺术家是真实的证人。实物，用眼观察，而真实要用心灵观察。用心灵观察，必须排除双眼看到的东西的干扰；对外部形体，要勇敢地说："你不是终极，你不是极致，你不是目标，你只是表象而已。"

我就是万物

  我在一封旧信里这样写道：幽远的一天，在沧海中沐浴甫毕的年轻的地球上，我成了一棵树，萌生茂密的绿叶。

  您手执编辑的利斧，朝我这棵树的回忆的根部砍去。您这样做不是芟除多余的枝条，而是戕害生命。因为，那是我生命的心语。

  我的生命中隐藏着树木的生命的回忆，今天我成为人，我承认这是真的。不单是树木，整个物质世界的回忆，也潜藏在我的体内。世界的脉搏，在我的全身，扩布着亲情的快乐。在我的生命中，累世经代绿树青藤哑默的快乐，今天获得了语言。否则，芒果树花蕾中的幽香欣喜若狂之际，我焉能收到请柬，准备欢度春节！

我就是万物

  我体内的无穷欢乐，是河流、陆地、树林、飞禽走兽的欢乐。您为何不让我承认这一点呢？是怕别人耻笑我么？我假如介绍自己是政府机关里身穿黑毛料制服的文书，一生的经历如何如何辉煌，人们大概觉得那是实实在在的东西，神色庄重地赞许地点点头。如果电车的乘客和买月票的乘客，听到我与世界万物融合的情形，报以冷笑，我只得默默地把冷笑咽下肚去。

  您看，当我坐在开启的船窗口，遥望着太阳光照耀这古老大地的灰褐色土壤，我的身躯仿佛透过尘土和青草，无阻地朝地平线扩展。我伴随着

日月星辰,伴随着泥土、岩石和水,伴随着万物,在一个个吉祥的时刻,这句话在我的心里清晰地响起之时,我的身心在一个宏大的存在的巨大欢悦中,不由自主地喜颤。这不是诗人的浪漫抒情,这是我的本性。我从本性出发,写诗写歌写故事,因而您不要将其隐瞒。我为此丝毫不感到羞赧。

我是人,因而我也是尘埃、泥土、流水、树木、飞禽走兽,我就是万物——这是我的光荣——我的意念中闪耀着世界的历史——我的存在中,汇集了所有的生物、非生物。所以,我的血涛熟识海涛的节拍,与之共舞,但海涛不认识我;我生命的欢乐与树木生命的欢乐相融合,开花结果,但树林不认识我。我的回忆不在它们中间,这有什么可笑的呢?

我不会凭借膂力阻挡您,只是对您倾吐了我的怨艾。

爱情的涵义

爱情的涵义不是奉献自我,而是献出自己的珍品;不是在心里,而是在心中的圣地,在心中的殿堂里,树立偶像。

不是蒺藜,而是把鲜花,献给你所爱的人;不是泥淖,而是把你心湖里开的莲花,献给你所爱的人;把微笑的钻石,把眼泪的明珠,献给你所爱的人;不要向他投去冷笑的闪电和泪水的暴雨。

不要把你心中的一切对你所爱的人展示;不要把你所爱的人带到心中有阴沟、垃圾和废弃物的地方。接受这条忠告,你的爱情会怎样呢?你让情人成为你心中的地方法官,在他的职权范围内没有疟疾、霍乱和天花。你送给他的住所,窗户朝南,空气流通。房间宽敞,阳光射到里面。这样做,才体现真正的爱情。

恐怕没有这种自私的情人——他认为,不带他的情人在心田的竹林树丛中兜圈子,不让他在发臭的池塘里洗澡,就不足以表现真正的爱情。

但确有不少人持这种观点,不过由于胆怯,不敢付诸行动。

这正可谓空前的奇谈怪论!

许多人提出异议:"这算什么真知灼见!你极爱的人,你心中最亲的人,难道应对他隐瞒你的心迹?"

难道不应该吗?

诗人与妻子

人对最亲的自己,生来就隐瞒许多事情。不这样做不行,不这样做不吉利。

上天若不给某些人眼皮,他们该闭眼时闭不上眼。不管什么情形下,别人想起什么,全落进他们鳄鱼般的眼里,他们还不累死?!

人的许多情绪,我们不去专注地凝视,而是闭上眼睛。这样做,被冷淡的被忽视的情绪,渐渐衰微。

人的情绪和欲望如果不被掩盖——彼此显露;把它们召至客厅里的交谈之中——与它们十分熟悉——强忍着瞧它们丑陋的模样,久而久之,不再厌恶——难道是好事?这不是对它们的怂恿?

痴男情女总想把奇珍异宝送给恋人。送废品,只会大大提高废品的价格。此外,送毒药、送疾病、送鞭笞,也能算赠送?

人世间真正的楷模寥若晨星。爱情的一大特长,是把每个人变成另一个人的楷模。于是,人世间不断培养可奉为楷模的真情。

为了爱情,情人的心田栽种花树,维持心灵的健康,这也特别有利于在他心田徜徉的恋人的健康。除了爱,谁能把最幽美的心田送给他人?

所以我说,爱的涵义不是奉献自我,而是给他人最好的寓所,让他人在最幽美的心田居住。

有些饱学的老朽的心田贫瘠了,心林的花儿枯萎了,花树枯死了,四周蔓生荆棘,便忍不住谴责爱情。

友谊和爱情

友谊和爱情,差别很大,可立马说出两者的不同之处,并不容易。

友谊身穿休闲服,可爱情身穿正装。友谊的休闲服一两处破了仍可以穿,稍微有些脏,无关紧要,下摆不到膝盖下面,无伤大雅,只要穿在身上舒服就行。但爱情的服装非常整洁,纤尘不染,没有一点儿破绽。

友谊能忍受拧揉、拉扯、压挤,但爱情忍受不了。

我们钟爱的人,参与低下的娱乐,我们心痛不已,但不管朋友做什么,我们不会难过。当我们沉湎于享乐,甚至盼望朋友出现在身边。

我们由衷地希望,我们钟爱的人成为美的榜样。至于朋友,尽可跟我们一样,做一个善恶羼杂的尘世的普通人。

我们的左右手捧着友谊。我们期望得到朋友的同情,得到朋友的爱护,得到朋友的襄助,所以,我们需要朋友。

但在爱的领域,我们首先渴求心爱,希望百分之百地得到他,当然期望得到他的真情实意,得到他的关爱,与他朝夕相处。即便一无所获,照样也爱他。我们在爱情中得到他,在友情中部分地得到他。

所谓友谊,可理解为三个实体,即两个人和一个世界。换句话说,两个人成为合作者,做好世上的工作。

而所谓爱情,只有两个人,没有世界。两个人就是两个人的世界。

所以,友谊的简称,是"二"和"三",而爱情的简称,是"一"和"二"。

许多人说,友谊可以逐步演变为爱情,可爱情不能降格,最后成为友谊。一旦爱上一个人,之后要么爱,要么不爱;可与别人建立了友谊,并不妨碍渐渐地培养爱情。换句话说,友谊有升华的空间,因为它并不占有所有的地方。可是爱情没有扩张、收缩的余地。它一旦存在,便充斥所有的地方,否则,它就不存在。它看到它的权力不断减少,没有兴致再去占有友谊的方寸之地。昔日高踞宝座的国王,同意当无牵无挂的游方僧,怎会心

甘情愿当纳贡的诸侯！要么手握权柄，要么四海云游！中间没有他的立足之地！

　　也可以这么说，爱情是寺庙，友谊是住宅。神明离开寺庙，不可能去做住宅区的事情，但在住宅区，可以安置神明。

爱情是寺庙

终　　止

乐谱有休止符,诗行有停顿,正在写的这篇文章中,句号的重要性绝不亚于文章的其他部分。正是这些句号,握着文章的舵柄,不让文章漫无目的地呼呼地飘游。

事实上,一首诗即将完成,结尾是成功的关键。因为,佳作不会在诗尾后的空白中结束——它仍在诗句写完的地方说话——应该给它无声地说话的机会。

一首诗结束之处,如果它的乐音和词意全部耗尽,那么它会为自己的贫乏而感到羞愧。

逢年过节,一个人如果为了摆排场,花钱如流水,最后弄得身无分文,那么,那样的排场不是他富有的标志,他的贫穷将显露出来。

江河停止流动,是因为停流之地有大海,因而它并不蒙受损失。实际上,在陆地上远望,它停流了,可在大海里,它仍在流淌。

人的生活中,也有许多这样的停息。不过经常可以看到,人为停息而感到羞怍。我们常常听到英国人说:像马一样戴着笼头带着鞍鞯奔跑,栽倒在地而死,死得光荣! 我们如今也常常引用这句话。

当人们否认在某个地方旅程已经圆满结束时,必然把行走当做唯一的光荣。

不懂得消费和施舍的人,只知道一门心思地攒钱。

消费和施舍的过程中,"积蓄"不断消耗自身,可这时"积蓄"以一种形式罄空,却以另一种形式获得成功。哪儿没有"积蓄"有益的罄空,那儿必然产生无耻的悭吝。

有些人的眼里,生活与吝啬鬼一样。他们不想在任何地方停步,不住地说:"走,走,走!"一旦驻足,他们的行程仿佛就不能结束,就显得不严肃;他们只承认鞭子和笼头的功能,不接受美的停歇。

他们跨越了青春年华,仍死劲儿拖着青春往前走;他们千方百计动用一切资财,做这种力不从心的事情——伴随他们的,是无尽的羞耻、忧虑和恐惧。

果实成熟,离别枝条,是它的光荣。如果认为离开树枝是贫贱,那他就是天下第一号吝啬鬼了。

在博取权位的同时,应该记住:完美了权位,就应把它放弃。

"我要不遗余力,硬拖死拽,把这种权位保留到最后一刻——这是我的荣誉,我的成就。"有些人自小接受这种教育,只要没有飞来横祸,像虎从强行把他们从权位上拉开,他们就两手紧紧抓住权位不放。

在印度,在承认终结的人身上,看不到一丝羞惭。作出牺牲对他来说并不是一败涂地。

因为,弃绝并不意味着贫困。我们不能说,水果脱离枝条落到地上是失败。在地上,它奋斗的形式和领域发生了变化,它并未逃进委靡颓唐。在那儿,接下来是更大的诞生的酝酿期,是在陌生寓所中的居住期,是从外界进入泥土的旅程。

印度的古籍云:年逾五十,人应进入森林居住。

可那片森林,不是懒惰的森林,而是苦修的森林。在那儿,多年来人积蓄的苦心孤诣,转化为奉献的苦心孤诣。

行动的榜样,不是人唯一的榜样,成果的榜样,才极为重要。当稻秧一面与烈日和暴雨斗争一面成长时,是很美的。可当水稻成熟,在地里的日子结束,在农舍里日子开始时,同样是很美的。稻谷中间寂静地聚集着在稻田里与烈日、暴雨抗争的经历,这难道有什么不光彩的吗?

谁要是发誓只在"稻田"里,而不在"稻谷"中评价人生,他的人生就会毁于一旦。因此我说,人的一生中,总会有停歇之时。如果我们在别人停歇之时,向他索要他在工作之时我们曾向他索要的东西,那不仅是不公正的,而且自己必然一无所获。

在别人停歇之时,我们期望从他那儿得到的,是最终取得"成果"的榜样,而不是某个阶段的"行动"的榜样。

当一切皆无休止地运动,只有破坏创造,只有兴盛衰落时,我们就不能完整地看到稳固的"成果"的榜样——当行动停止时,才能看到"成果"。人有必要看见这终了的意趣和固定的形态。我们既要稻田里的禾苗,也要仓廪里的稻谷。

苦干的人把劳作当做唯一的收获——为此,一直到死,他执拗地向别人要让他做的活计。

不同的社会有不同的需求,人的价值在于遵从社会的需求。哪个社会呼吁战争,哪儿战士的价值最高。于是,大家抑制其他所有的奋斗,拼命想成为战士。

劳作的需求极其旺盛的地方,一直到死,人们无不竭力宣传自己的技能。那儿,可以说人没有句号,只有分词或非完成动词;人停歇的地方,除了羞惭,一无所获;劳作像一种烈酒,喝完了全身瘫软;沉寂之中没有人的丰富寓意;死亡的面目极为模糊而狰狞;不停地被搅翻的人生,痛楚,愤怒,在千百种机器的人为的驱赶下,不停地奔波。

水域和陆地

我们是陆地上的人，四周是浩瀚的海洋。人处于水域和陆地这两种对立的力量中间。然而，人的生命中蕴藏着无穷的勇气！人看不到海水的边际，却不承认海水是旅途的障碍，勇敢地在水上漂游。

被当做人的朋友的水，在陆地上流淌。河流就像陆地的姐妹。她们腰里夹着陶罐，从遥远的石砌的码头汲水归来。正是她们消释了我们的干渴，为我们提供了丰富的食物。

但是，我们和大海的矛盾多么尖锐！无底无穷的海水，像撒哈拉大沙漠，充斥干渴！奇怪的是，它不能挡住人类前进的步伐！它像地狱里的一只蓝牛，竖起犄角，摇晃着脑袋，却不能使人退却！

地球可分为两部分：可居住和不可居住之处，稳定和活跃，宁静和动荡。大地上那些敢于兼收并蓄的儿女，得到了大地的全部财富。而那些向困难低头，绕过艰险行走的人，始终找不到财富女神。印度的《往世书》中说，活跃的财富女神并未降生在稳固的陆地上，而是从波涛汹涌的大海中冉冉升起的。

财富女神奉行的信条，是给英雄以庇护。所以，她在人们面前掀起一排排恐惧之浪，凡是能渡越惊涛骇浪的，全能得到她的荫庇；凡是坐在海边，听着涛声昏睡，不掌舵，不扬帆，不渡海的，永远得不到世界的财富。

当我们的轮船撞得蔚蓝大海愤怒的心中溅出白沫，劈波斩浪，骄傲地向朦胧的西方地平线驶去时，我心里不由得发出上述的感慨。我清楚地看到，欧洲民族拥抱大海的那天，也迎迓了财富女神。而那些死死抱着陆地的人，不愿前进，常年停留在一个地方。

紧紧抱着陆地的人，像慈母那样不放儿子远行，每日让儿子吃饱喝足，在树底下的绿茵上憩息，为他唱催眠曲。儿子如果想到外面活动，他们就以传说中的魔鬼吓唬，以时辰不吉利为由加以阻拦，从而收拢他的心。

然而，人依然想走向远方。人的心志远大，在近处行动受阻，强行将他束缚在窄小的范围之内，那窄小范围的大部分栅栏，势必被他推倒。凡是远行的人，大都能完善自身。大海是人们面前一条遥远的路。大海举手召唤人们奔向难以卜测的险境。听到召唤心情激动不已的人，走出家门，在世上赢得了胜利。蓝天上吹响了黑天的长笛，那是对人们弃岸登舟扬帆远航的呼唤。

地球的一半已经成形，另一半尚未成形。陆地已基本定型；至今虽有少量的破坏、重组，但速度极其缓慢，肉眼是看不清的。进行破坏、重组的主要技师是水。可大海腹部的创造还没有结束。为大海奔忙的众多河流，从遥远的地方流来，头顶的一筐筐泥沙，倒进海里。亿万螺蛳、贝壳、珊瑚，日日夜夜，为江河这位泥瓦匠提供建筑材料。

陆地的身后或画上了句号，或至少画上了分号；但大海的沧桑变化，没有结束的迹象。谁也不知道，它那无边无际、时刻动荡不定的奥秘的黑暗之中，正在发生什么。不安分不平静的大海！它的活力，无穷无尽！

世界上以独特方式拥抱大海的民族，在其性格中融进了大海无涯的奔放！他们公开宣扬，任何一件事情的结果，不是人生的最终目标。在不间断的运动中发展自己，才是生活的宗旨。他们无畏地扑向未知，不断获取新的财富。他们不愿在世界的一个角落里建造住房，长久居住。远方在对他们呼唤，千载难逢的机会吸引着他们。不满足的浪涛，日夜举着千万把榔头，在他们的心田敲击，击出进行破坏和创造的热情。当降临的夜色抹闭了大千世界的眼睑，他们的厂房里，灯盏仍不瞬地放射光芒。他们不承认终结，一面休息一面拼搏。

水域与陆地

而那些在陆地上造了住房的人，固执地说："够了，我没有别的需求。"有些佳肴，能够消释认识世界的饥渴，他们不仅想将其压缩，甚至想彻底消

除对新鲜事物的饥饿感。他们在四周修筑了永久性的围墙,以便守护他们已得到的东西。他们以不容商量的口吻对别人说:"你做什么都行,但千万别渡海!因为,海风吹到身上,你尝到了探索未知的滋味,之后,谁也挡不住人心中探究未知的永不满足的热望。"为了阻止碧蓝的大海执笛吹奏的陌生新曲和呼唤驾着一阵热情的海风进入住宅,他们殚精竭虑砌高那人为的围墙。

但是,我认为,充分认识海洋和陆地的特性,弥合两者矛盾的日子来到了。这两者的融合,就是人类的世界。强行分离两者,将招来人类的灾难。可是,以往漫长的岁月,为何存在这样的分离呢?两者有些像哈尔[①]、柯丽,为赢得对方而苦修。哈尔赤裸着坐在坟头上,而柯丽以春天新绽的鲜花装扮自己。——天国的众神仙等待着他们喜结良缘。不进行苦修,就不会有吉祥如意的团圆。

我们这些陆地上的人,把天帝的创造的终结当做真实接受,这当然无大碍。可我们想把他创造的宽广当做虚假和幻影而加以摒弃。把真实的一部分硬称为虚假,它的其余部分也会被曲解为虚假。我们承认稳定是一种快乐,但不认为力量和痛苦也是一种快乐。所以,我们羞辱王后,再赞美国王,也保全不了自己。真实,千百年来给予我们各种各样的打击。

常年在海上生活的人,坚定地把天帝创造的宽广当做确凿的真实。他们不承认终结,这是他们的誓言。如同他们只汲取外部的东西,可因为不满意,而觉得一无所获,在理论方面,他们也开始说,真实之中,没有被称为目的地的东西,只有不停息的运动。它也像没有岸没有底的大海,只有滚滚波涛。——它不消除干渴,不长庄稼,只有无休止的涌动。

我们看到快乐,称痛苦是虚幻;而他们看到痛苦,称快乐是虚幻。但完整的真实中,其任何一部分,是不能剔除的;东和西不能汇合之地,东是虚幻的,西也是虚幻的。如同欢乐中产生一切,是正确的,苦修或痛苦中产生一切,也是正确的。如同歌手的心中,那超越时空的歌曲的全部欢乐,是真实的,那穿越时空、吟唱所表达的痛苦,也是真实的。同时承认这欢乐和痛苦,这终结和宽广,这永旧和永新,这丰饶的陆地和融合苦泪的翻腾的大海,就是承认真实。

---

① 哈尔是印度神话中毁灭大神湿婆的名称之一,柯丽是他的妻子。

于是,我看见,不承认终极只承认过程的人,如疯似狂,冒死奋进;他们的航船不时触到骤然爆发的革命的暗礁。而称过程为虚假只承认终极的人,委靡孱弱,倒在床上,奄奄一息。

但是,走着,走着,某一天,陆地的车辇和大海的航船到达同一个港口,双方交换货物时,双方都得救了。否则,任何一方不能以自己的货物消除自己的贫穷;不进行交换,就没有贸易;没有贸易,就见不到财富女神。

贸易的纽带,把人们联系在一起,财富得以遍布世界各地。在生物的王国,如同某一天出现雄性和雌性的分工,眼看着在各种各样的苦乐的制约下,生物的生命财富如今令人惊讶地达到了顶峰,人们也有不同的性格,有的崇尚稳定,有的崇尚运动,我们期望两者的结合,有效地推动人类文明的发展。

两 种 欲 望

世界上只有人说,希望是无止境的。别的动物,不会说这种话。所有的生灵,在自然的界限内维持生命,他们心中的一切愿望,也接受那种界限。

动物的饮食,从不突破本性的需要的界限。它们的需求得到满足,就心满意足了。匮乏得到弥补,它们的欲望随之"冬眠",之后,不会有第二种欲望来击打、唤醒前一种欲望。

人的性格中可以看到的奇迹是,一种欲望像骑手一样骑在另一种欲望的身上。酒足饭饱,食欲得到满足时,为了强行唤醒食欲,人的另一种欲望,大肆活动。他吃泡菜或服药,在实际需要之上,驱策着已经疲惫的食欲。

这样做对人是非常有害的。因为,那不是正常的欲望。正常的欲望,很容易在人本性的界限内得到满足。而人的这种不正常的欲望,是极不容易满足的。它中间仿佛总是在说:"还要,还要,还要!"

既然对人有害,人为什么还有这种欲望呢?人注视着这种顽固的欲望,想象着世界上有一个恶魔。犹太人的神话故事中,一对男女住在天国乐园,上帝把他们的欲望限制在本性的界限内,对他们说:"你们为此感到满足吧!你们已有生命的王国,不要觊觎知识的王国!"天国乐园里所有的动物,被限制在那种满足的界限之内,唯独人说:"除了已获得的一切,我们还要更多的东西。"他朝"更多的东西"迈出一步,进入险象环生的王国。这儿,没有标定正常满足的界限,所以,找不到指点迷津者,告诉你应朝哪个方向走多远。因此,在这个不满足的无路的王国,到处布满死亡的危险。把人快速地拖进这险境的,被人咒骂为撒旦,即恶魔。

然而,气愤也罢,恼怒也罢,我们不承认凡世有什么恶魔。必须承认的是,在一种欲望之上,获取更多的另一种欲望,不是来自外部的敌人的攻击。人称它为仇敌,未尝不可!可这种欲望,是源自人性的欲望。所以,只

要人一天不战胜这种欲望,就一天不得安宁,必然举步维艰,四处碰壁,甚至丧命。

在由本性限制的范围之内,让我们这种"获取更多"的欲望骑马疾驰,必然冲到他人头上。我已有一份东西,想得到更多的非分之物,势必染指你的那一份。那时,不是搞阴谋诡计,就是付诸武力。那时,弱者的弄虚作假和强者的暴虐,将导致社会的分崩离析。

这样做将招来破坏,促生罪恶。不过,不产生罪恶,人就看不清道路。想获取更多却不能如愿,不满足把他拖去的地方,如果燃烧罪恶之火,他就会萌生制伏这匹"烈马",返回原地的念头。于是,在人性的领域,他这种折返的努力,会高于其他所有的教育方法,目的就是制伏那获取更多的欲望。是天帝给了人这种坐骑,它把我们带到哪儿,扔在哪儿,无从预测。你应该为它套上笼头,学会驾驭它。但完全停止喂饲料,让它饿死是不行的。因为,获取更多的欲望,确是人合适的坐骑。

满足需求的欲望,是动物的坐骑。缺少它,动物的生活进程,势必停止。这种欲望,是正常生活的基本的欲望,是消除痛苦的欲望。什么地方这种欲望受到阻挠,动物将很痛苦。什么地方实现这种欲望,它们将很幸福。由此可见,动物有苦乐,但没有善恶。

但是,人获取更多的欲望,不是能带来舒适和幸福的欲望,事实上,它是带来痛苦的欲望。人把生命置之度外,为探寻自己的知识、爱情和力量之国的南极和北极,一次次地远征,那不是寻求幸福,不是努力满足当下需求的欲望。

事实上,人拥有的是两个层次上的欲望:一个是满足需求的欲望,另一个是满足非需求的欲望。没有第一种欲望,第二种欲望寸步难行;可没有第二种欲望,第一种欲望照样存在。奇怪的是,在人的心中,第二种欲望如此强大,一旦醒来,竟然彻底粉碎第一种欲望,全然不理会幸福、便利和需要的任何要求,甚至说:"我不要幸福,我要的是'更多',人们所说幸福不是我的幸福,'更多'是我的幸福,繁富是我的幸福。"

通常的幸福,不能理解为繁富。繁富不是幸福,是快乐。快乐与幸福的区别在于,幸福的反面是痛苦,而欢乐的反面不是痛苦。如同湿婆吞下毒药,欢乐平静地忍受痛苦。欢乐甚至通过痛苦使自己获得成功,看到自己的完美。所以"痛苦"的修行,就是"欢乐"的修行。

欢乐的形象

今天上午,我手扶栏杆站在甲板上。在天空的浅蓝和大海的深蓝中间,吹来了跃出西边地平线的阵阵凉风。我的额头沐浴于湿润的温馨。心儿不禁说道:"这是他①恩惠的琼浆玉液啊。"

心儿并非时时发出这样的感叹。许多时候我们观赏外面的美景,双眼迷醉,但心里并未接受景色的美。这恰似闻了闻长生不老果的香味,可并未品尝它的滋味。

但在美直接触及灵魂之时,"无限"就从它中间显现出来。那时整个心儿刹那间唱道:"不,不,这不单是色彩,不单是气味——这是甘露,是他洒遍世界的恩泽。"

天空和大海之间的晨光里,那不可

欢乐的形象

描述的美,一层层地朝周遭扩展,它究竟在哪儿?在水中?在风中?谁能把握那超乎理喻的东西?

它就是欢乐,它就是恩泽。它在不同的地方,不同的时候,它感动着无数生灵的生命,夺人心魄——它永不罄尽。在它甘露般的触摸下,多少诗人吟诗作赋,多少艺术家创作艺术精品,多少母亲的心陶醉于慈爱,多少情

---

① 指天帝。

人的心田洋溢着爱意。一点一点穿透"有限"之胸,这"无限"的甘泉,以繁多的姿态,一世又一世地喷射、流淌,我看不到,永远看不到它的尽头!它是奇迹,永恒的奇迹!

这是欢乐的形象。这里,形象不是终极,死亡不是终极。这是形象之中的欢乐,死亡之中的不朽。不过是心儿在形象中驻足,忧虑在死亡中消泯。那么,降生于凡世,我们获得了什么?我们看见了景物,未看见真实!

难道我们只有眼睛,只有耳朵?我们中间没有真实,没有欢乐?当我以真实,以欢乐,目光炯炯地眺望大千世界,我看见我前面是波涛汹涌的大海——这流动的空气——这扩展的阳光——不是物体,这些全是欢乐,全是游戏,它的全部含义,只在他①中间蕴藏;我岂能知道,他在昭示什么,他在说什么。

在满天流淌的欢乐的亿万涓涓细流,汇集成一股洪流,又向他的心流去,假如我能在站立片刻,我就能看见万物的圣洁的内涵,看见它最后的结局。

这不可思议的力量,这不可描述的美,这无限的真实,这无量的欢乐,如果我们只当做泥土和海水看待,那是多么惨痛的失败!那是对神圣多么粗暴的践踏啊!

不,不,这是他的恩泽,这是他的显现。它在抚摸我,拥抱我,在弹我的感觉之弦;它在拯救我,唤醒我,从世界各个地方呼唤我,世世代代,一天天地充实我。没有结束,没有终了,只有扩张,扩张,扩张!

然而,它是一体,唯一的一体,充满欢乐的甜美的一体!是无底、无边、无缝、无声、沉寂、庄严的一体!——但它有滚滚波涛,有无尽的欢歌!

  消释我的干渴,充实我的生命,
  赋予我更多更多更多的活力!
  在你的世界,在你的官宇,
  给我更多更多更多的栖身之地!
  更多的光明,更多的光明,
  我的主啊,注入我的眼睛!

---

① 指天帝。

更多的曲调,更多的曲子,
赋予我吹奏的情笛!
赋予我更多的情愫!
赋予我更多的感悟!
快来拯救我,拯救我,
排除障碍,推开门扉!
让我沉浸于更深、
更深的爱河之中!
在你的甘露之河中,
给我更多的赠礼!

病人的新年

新年轻轻降临我的病榻,我又见到了新年久违的新姿。

若不站远一些,任何巨大的物件看上去便不巨大,当我身陷世俗杂务,难免以自己的尺度把四周的东西量小。不这么做,处理不完每天的事情。人的一生不管发生多么重大的事件,不及时发觉肚中的饥火,就无法活下去。农民用锄头挖土的时候,不会想到帝王的朝廷里围绕宪制展开的激烈争论。原始的往昔和无穷的未来是那般宏大,可对人而言,此时此刻,却不比它小多少。因此,所有微小的瞬息的负重,不亚于时代的负重。在人的面前,这瞬息的帷幕最厚,尽管随着时代的步伐也会逐渐变薄。教科书中说,地球的大气层极为浓密,可它并非远处的覆盖物——外部的压力和地心的引力是浓密的根由。人的情形与此相似。离我们近了,在自身的引力和他人的压力下,心幕变得异常结实。

印度的典籍云:一切障蔽源自欲望。越是把周围的东西拽向自身,上方的遮翳越是浓厚,用的劲小了,遮翳便出现缝隙。

我发觉,病体虚弱,拉紧的琐事之结反倒松解,四周空清许多。往常总想:每天多做几件事,应有所收获;手头紧迫的事情,我不动手,便堆成山。于是不给自己片时的清闲,清闲仿佛是罪过的同义词。每日挑起一副副担子,登门的凡世的要求络绎不绝。有精力就埋头于工作,终日忙得不可开交。

外部的催逼越是强烈,内心与外界之间清澈的赋闲捐弃得越多,再也看不清楚周围的事物。宇宙在辽阔的天空之上,换句话说,它的一部分是实实在在的,大部分在空玄之中,形状大小不一,千姿百态。假如宇宙不在天空之上,径直压在我们的眼睑上,那么细小就是阔大,弯曲就是笔直了。

同样,身体强壮时,我驱逐所有的假日;只有工作和对工作的考虑,只让拥挤的责任压倒自己,真切而清晰地观察自身和世界的机会丧失殆尽。

诚然，责任心是高尚的东西，可当它"为非作歹"时，一眨眼变成庞然大物，便把人压小。两者是对立的。人的灵魂高于人的职责。

这时身体若犯牛脾气，固执地说"我宣布罢工"，责任的枷锁便自行脱落。一块砖头击断催促的拉紧的绳索，琐事的密度顿时大为稀疏；心空阳光灿烂，和风吹拂；于是，不管"我是个大忙人"这句口头禅是多么正确，较之更为正确的是，我是个人。在这个客观事实面前，世界完整地显现；宇宙之琴

我收下晨光的邀请信

弹出悦耳的乐曲；所有的丽姿、甘露和花香，对我承认：我们仰首伫立在宇宙的花园里，渴望赢得你的心。

我虽不抱怨我的工作领域过于狭小，我的病榻今天仍占据了与地极相交的天空的蔚蓝，朝天际扩展了。我不再坐在办公室的椅子上，而是静卧在"广远"之怀。我的新年在那儿无限的憩息中升起，且让我体味死的完满是多么庄重！深不可触的幽寂的死亡中，充满淡蓝、清爽、博大的闲憩，让生命的莲花在那儿开放，展露美姿！

暮春的一阵花香飘过我的心田，天宇的客人跨过开启的窗棂，无拘无束地走进我的房间。艳阳娇柔地伫立中天，大地在她脚下铺展绿裙，那副欣喜的神情，是我见所未见的。举目远望，死亡的背景前，是一幅生命之画。那浩大、那闲憩、那寂寥的完满之上，我看见鲜活的美不住地摇响足镯，彩裙兴奋地旋舞。

我看见户外亿万星辰在徜徉，赤手放射璀璨的光芒。我看见人类历史

上生生死死、兴衰荣枯、对抗纷争喧嚣着奔行,不过全是在户外的庭院里。我也看见王宫里殿堂不断地扩建,宫脊上高耸入云的旌旗转眼间不知坠落何处。用钥匙开启宫门,里面看得见什么?那儿没有耀眼的灯光,没有挺立的威武士兵,寝宫里没有珠帘。孩子们在撒扬泥土,无虑地游玩;年轻的姑娘、小伙子采摘鲜花,装入衣兜,过一会儿编织交换的花环。御花园的花匠不对他们呵斥。老人脱下穿了多日污迹斑斑的破旧的工作服,换上绸衣,无人横加阻拦。令人惊诧的是,罕见的荣耀、显赫之中,一切是那么平静,那么亲切,投足心不慌,举手手不颤。布满猜不透的奥秘、阳光灿烂的世界上,极其渺小的人的生死、悲欢、娱乐,绝对不是微不足道、无足轻重、不合情理的,不会受到羞辱。人人都说,这是为你做的准备,你笑吧哭吧,痛快地玩吧,你目睹的全是你眼睛的珍宝,你的神思萦绕着的全是你心灵的财富。茫茫宇宙中,你的光荣永存不朽。它无尽的负载,压不低你高昂的头颅。

不过这也是外景。你继续往里走——走近唯一的奇迹。到那儿发现,大箱子套小箱子,最小的箱子里的宝石是爱情。我搬不动箱子,但毫不费力地用爱情编成一串项链,挂在胸前。浩瀚宇宙最幽秘的地方有那爱情;星辰在运行,中间的寂静中有那爱情;七重天里持续着创造、破坏,中间的完满中有那爱情。那爱情的价值抹平低贱与高贵的界线,由那爱情引导,高贵与低贱比肩而坐。那爱情中收容低贱者全部的自卑,化尽高贵者全部的高傲。进入那爱情的乐园,我望见世界的乐音与我的诗句配成一首首情歌。

这多么奇丽!那儿寂寂的幽暗中夜来香绽放,飘逸的清香莫非是迈着无声步履走向我的使者?我可以相信么?可以,这是真的!我若不信,其间一定没有爱情。它把不可能变为可能,在凡世化卑下为尊贵。它不需要外部的材料,凭自身的欢乐,给贫寒以荣誉。

所以微贱在它是不可缺少的。否则,它如何有欢乐的尺度?它把自己无限的广大分发给微小,这反映它的本性,体现它欢乐的数量。为此,我斗胆地说,镶嵌繁星的夜空下,春天百花盛开的树林里,细浪轻抚的海滩上,高贵者正走近低贱者。人世间一切力量的活跃、一切法度的限制和无数行业中,这欢乐的游戏最深刻也最真实。它看似平淡而不平淡,没有什么能将它遮蔽。它在时空中漫游。它的本性促使它给方寸之地和瞬息以无限;

它让我渺小的自我经受种种磨难,在深重的苦难和快乐中与它融合,这便是它的完美。

　　世界的幽深之处,一切都很朴实,卸却了凡世庞大的负荷和俗人的重担;那儿真实就是美,力量就是情爱,新年呼唤我安静地坐在那儿。是的,还有一个处处是明争暗斗的世界,但非得在那儿消度时日,领取岁月的报酬不可?那儿清算着最后一笔债务?世俗的大市场外面,大千世界的静室里,没有账本,没有薪金,没有分配成果的争论,只有欢乐,那儿坦荡的自我奉献是最神圣的收获;那儿天帝深受爱戴,没有急迫的琐事。我应身穿便服,面带笑容前去朝觐。不然,劳筋累骨,消耗体力,还能维持几天?哦,腹中空空,从天神手中收下恩赐吧,那不是祭案上的供品,是爱情的美味。空手合拢,想要就能得到,平静地往前走吧!新年的翠鸟正在召唤,素馨花的幽香在风中播散无须祈求的质朴真言。这质朴真言,每年由新年送来,躺在病榻上脱离世事,我有了静心谛听的时间。今日,让我俯身施礼,收下晨光的邀请信!

生　日

今天是我的生日,你们请我出席隆重的庆祝活动——这唤醒了我对远去的往事的回忆。

我已很久未萌生在生日这一天回眸人生的念头了。多少个维沙克月二十五日①逝去了,比起其他日子,它们并未过分地在我面前炫耀自己。

事实上,对我来说,生日这一天丝毫不比一年的其他三百六十四天高贵。倘若它在别人眼里尚有价值,那或许就是它本身的价值了。

我们降生人间的那一天,举行欢迎"新客人②"的庆祝活动,不过那不是我们的节日。有些人把从无从破译的奥秘中我们崭新的显身,视为最大的收获,这个节日是属于他们的。从天国乐园,赢得一件欢乐的礼物③,他们更加深切地感悟到了灵魂向往的乐园,因而这个节日是属于他们的。

这样的感悟,对每个人来说,不会永远同等新鲜。"客人"渐渐老了——这时应该忘记世界上他的显现充满最玄的神秘,他不会永远待在凡世。一年年时光,几乎相同地流逝了——他仿佛没有失去什么,也没有得到什么,他存在着,一如既往地存在着——在他身上,我们看不见心绪的外露。这时,我们如果举行庆祝活动,那是契合旧俗的活动——完全是出于一种责任。

只要一个人不断开辟新的成就之路,我们就会以新的目光关注他;我们对他寄予的厚望就不会落空,他就能一直唤醒我们同样的好奇。

人活到一定的年龄,别人便对他不再抱新的希望;那时他在我们面前,仿佛是风中残烛。在那种情状下,他每日虽在我们的生活中出现,但不可

---

① 印历维沙克月二十五日,是诗人的生日。
② 指新生的婴儿。
③ 指新生的婴儿。

能再为他欢庆。因为欢庆是对"新颖"的认知——它是超乎我们的每一天的。欢庆表现人生的诗美,只出现在充满诗情画意的地方。

今天,我从充实的四十九岁跨进了五十岁的门槛。但我想起了以往新鲜的光芒辉映的值得庆祝的生日。

当年,我朝气蓬勃。晨光熹微,亲人们和颜悦色地提醒我:"今天是你的生日。"他们也像你们今天这样采摘鲜花,装饰屋子。在亲友们的兴奋和喜悦中,我感受到了生日特殊的价值。在大千世界,我是芸芸众生中的一员,从那儿,我的目光转向"我就是我"的所在,那儿,我是特殊的唯一的我——那天早晨,我袒露的胸怀充满这种自豪感。

沿着亲友们慈爱的目光之路,当我眺望我的人生时,我人生悠远的未来,在未被发现的奥秘之国,吹响了情笛,使我心驰神荡。事实上,当时人生在我的前面展现——身后只有很短的一段。生活中不熟悉的东西,比熟悉的东西要多得多。将至的未来,在副歌般的我已消度的几年的基础上,添加着美不可言的乐章。

当时人生之路尚未确定走向。它的岔路伸向不同的方向。我应往哪个方向走,走到哪儿有什么收获,大体上还只是想象。为此,每年生日这一天,怀着对人生无从描述的无限期望,我的心幡然苏醒。

刚开始喷涌的清泉,刚开始流动的河水,为了找到顺畅的路径,不得不逶迤流淌,不时改变流向。最后,在崇山峻岭的制约下,路才确定下来,找路于是停止。此后,脱离自己开辟的路,对它来说就难于上青天了。

我的人生之河也是在左碰右撞的过程中,开辟了自己的路。雨季,洪水在这条路上暴涨、奔流。夏季的贫乏,在这条路上蹒跚,渐渐萎缩。从此,不需要一次次讨论我的人生,生日不再演奏新的希望之曲,生日之歌不再对我和别人演唱。慢慢地,生日的欢庆之灯也熄灭了。对我和对别人,没有必要再庆祝生日。

今天,当你们举行隆重庆典,请我出席时,我心里开初有些忐忑不安。我想起,我的出生,已失落在半个世纪的边地,那是说不清的陈年旧事——比起生日,死期的黑影离我要近得多。我年已半百,羸弱的生日还值得庆祝吗?

这时,我突然想起了一件事,现在就跟你们谈一谈。

刚才,我含蓄地谈了生日的意义。在这个世界上,我们用眼睛看到,用耳朵听到,用手使用过的东西,不计其数,但真正属于我们的东西,却少得可怜。我们真正的获取之中,充盈快乐——在其中,我们成倍地赢得了我们自己。世界上的人,数不胜数,他们在我们的四周,但我们不能和他们肝胆相照,他们不是我们的亲人,因而在他们中间,没有我们的欢乐。

所以我说过,获得亲人,是人唯一的收获,这种收获是人不懈的追求。婴儿一出生,他的父母和家人,立刻得到一个亲人——从见第一面开始,熟识便是永久性的。片刻之前,他不是家庭成员——一走出无从探知的原始的黑暗,他轻而易举地进入亲密的熟稔之中;为此,他和家里的其他人,没有必要相互探寻、会见、交流。

只有在获得亲人的地方,才应举行生日庆典。人们装饰房间,吹奏笛子,完美地张扬亲情。在婚礼上,一对新人把陌生的对方,当做一生的亲人,所以也要张灯结彩,也要吹奏喜乐。"你是我的亲人。"这句话,人们不能用每日之调说出——其间,需要倾注美的乐曲。

婴儿出生的第一天,他的亲人们以欢快的声调说:"我们得到了你。"年复一年,他们回到这一天,重复着这句话:"我们得到了你。得到你,我们无比幸运。得到你,我们无比快乐。因为你是我们的亲人,得到你,我们更多地赢得了自己。"

今天,你们庆祝我的生日之中,如果也有这样的涵义,如果你们把我当做亲人,今天清晨,你们如果也有表达赢得亲人的喜悦的欲望,那么,这样的庆祝才富有成果。你们的生活和我的生活,如果因此更加水乳交融,我们如果因此建立更亲密的关系,那么,举行庆祝活动的确有必要,的确有价值。

我不能说,人一生只出生一次。如同种子死了,长出了嫩芽,嫩芽死了,长出了大树,人也一次次死去,一次次走进新的人生。

有一天,我出生在我父母的卧室里——没人知道我是从哪儿的奥秘之国显身的。可是人生旅程和显身的游戏,并没有在那间卧室里中止。

离别了那儿充满苦乐和慈爱的氛围,如今,我又诞生在新的生活领域。在父母的卧室里呱呱坠地时,许多陌生人顷刻间成为我永久的亲人。在我祖宅之外另一间屋子里,今日,我又赢得了新生;聚集在这儿许多人,和我建立了关系,因而才有今天的快乐。

我那以往的幼小的人生之中所孕育的今日的这种新生,完全是一个秘

密,是在想象中也无从猜度的。这个天地,对我来说是个陌生的天地。

所以,在我五十岁之际,你们重新赢得了我。你们和我的关系,没有衰颓的征兆。置身于你们欢庆之中,身心内外,我体味着再生的新奇。

我成为你们亲人的地方,不是凡世,而是福地。这儿,人与人的关系,不是凡躯之间的关系,而是旨在为民造福的关系。

人是可以再生的,一次是在娘胎里生出,另一次诞生在自由的世界。换句话说,一次是个体的诞生,另一次是在群体中的诞生。

在世上呱呱坠地,意味着肉体诞生的结束。而摆脱私利的桎梏,投身于社会福利事业,意味着人性的形成。在母亲的子宫里,胎儿是中心,整个子宫负载着、培育着胎儿,可在人世一出生,他那唯一的中心便消失了——这儿他是许多人中间的一分子。在私利之国,我是中心,其他一切是大小不一的圆周——在公益之国,我不是中心,我只是整体的一部分;我的生命融于整体的生命之中,整体的好坏,就是我生命的好坏。

人世间,人体的生活,开初是不成熟的。尽管我们出生在自由的天空下,但由于缺少力气,我们不能行动自如;我们被限制在母亲的怀抱和家庭的范围之内。之后,渐渐强壮,练习行走,在大千世界,我们自由的权利不断扩大。

与在外界相似,在我们的内心世界,也有一个再生的过程。当天帝引导我们走出自私的生活,走进为民造福的生活中时,我们还不拥有赢得那种生活权利的足够力量。我们还未克服"胎儿期"的软弱。我们想行走,因为四周是无限扩展的可行走的大地——可我们走不了,我们的力量还没有成熟。这是矛盾状态。我们像婴儿一样行走,一次次摔倒,磕破皮肉;跌倒的次数,多于步数。然而,经历了爬起来又摔倒的尖锐矛盾,在为民造福的领域,我们自由的权利渐渐扩大。

如同婴儿躺在母亲的怀里睡觉,消度昼夜,但仍可以知道,他出生在苏醒的变动的世界上,并毫无顾虑地感受着与成人的家庭关系,当我们脱离自私的天地,刚刚诞生在公益之国时,虽然步履维艰,一再遇到挫折,可我们的生活领域正发生变化,这也是可以感受的。这样的讯息,在困顿和觉悟这对矛盾之中,越来越清晰。

事实上,一个人躺在利益的"子宫"里时,可以无忧无虑舒舒服服地消度时光。一旦从里面出来,就得吃苦受罪,与自己的弱点作持久的斗争。

这时，自我牺牲对他来说绝非易事，但他必须作出牺牲，因为，人生意味着奉献。他的拼搏中没有快乐，可他必须拼搏。

这时，他的行为抗议他心儿的指令，他的感官斫砍他的灵魂攀附的柯枝。他本可依凭优长，摆脱骄傲，可骄傲依附优长，更隐秘地豢养自己。就这样，在最初阶段，他进入矛盾和不和谐的迷宫，陷入无穷的痛苦之中。

今天我来到你们中间，这儿，不会延长我既往的人生。实际上，突破既往人生的外壳，我在这儿再生了。昔日消泯的生命的节日，在这儿又出现了。用火柴划出的微小火苗，今日变成了华灯长久的熠熠光芒。

毫无疑问，你们不会不知道，我像婴儿一样赢得了新人生，而不像成人一样占有它。不过，我经历了各种矛盾和不完美不和谐，才走到了你们身边，这一点，你们想必能够理解——为民造福的纽带，把我和你们联结在一起，使我成为你们的亲人，这一点，你们心里很清楚——所以，你们庆祝我的生日，如果确确实实是出于这样的认知，我将感到莫大的荣幸；我觉得，在你们的欢乐之中，我新的人生，富于新的意义。

与此同时，你们应该记住，你们大家来到这新世界的大门口欢迎我，把我当做你们的亲人，在这个新世界，你们的人生也卓有建树，否则，你们不可能认出我是你们的亲人。这儿的梵学书院，是你们的再生之地。

如同众多清涧从彼此不知晓的遥远的山峰流出来，汇合成洪流，江河于是诞生，你们细小的人生之涧，也流向远方的一幢幢寓所。在这里的书院，作别独行的寂寞，汇集成宽广的吉祥的大河。你们在家里，只知道自己是家里的一个孩子，打破这种知悉的狭隘，你们在这儿所有人中间看见了自己——继而开始认识到自己更高洁的存在，这就是你们新生的标志。这样的新生中，没有门楣的荣耀，没有自高自大，没有血缘的樊篱，也没有亲疏的狭小界限。

第 三 辑
杂文、演讲、文艺评论等

无始无终的流光中，
茫茫宇宙承载巨大的重
量，以和谐的韵律运行。

钱币的屈辱

我们公司的英国老板公开说，万万不可给孟加拉雇员太多的工资。他武断地认为，一个有教养的孟加拉青年，每月挣二十五卢比，就算得上是高薪阶层的一员了。关于下属的境况和印度的现状，这位英国老爷已作了结论，我们再说三道四，那就是大逆不道。按捺不住心头的愤懑，谁发几句牢骚，把一个恰如其分的形容词加到老爷的头上，总会传到他的耳朵里，他有一双顺风耳。

听说，世界上有一条互补的规律，具体地说，每个人都有多与寡。我们的办公室也可以作证，我们付出的辛劳最多，可工资最低；英国老爷则恰恰相反。

这条规律为某些人带来无穷欢乐，但我从不觉得它可爱，我接受它是出于无奈。有一天，上司砍去了我负责的一项工程，交给新来的一个乳臭未干的英国佬，彻底断送了我升迁的机会。那天我真是忍无可忍，正想扔下这份差事，一走了之；或者发动一场叛乱，把英国人赶出印度；或者向议会提出控告；或者在《国民报》上发表一封匿名信。然而，我什么也没有做，垂头丧气地回到家里，一口水也不喝。发现儿子受凉发烧，浑身滚烫，我大发雷霆，痛骂妻子。妻子委屈得啪哒啪哒直掉泪珠子。那天我早早地躺下了，暗自叹息："唉，钱哪钱哪，我可为你受够气喽。"

两安纳、四安纳的硬币

妻子赌气不与我同枕共衾，但酣眠女神迈着无声的脚步走进了我的卧室。

蓦然,我看见我是一分的硬币,可我丝毫不感到惊奇。我记不起我哪一天走出古老的制币厂,只知道如同首陀罗种姓人生于梵天的脚趾头,我出生于制币厂最破旧的车间。

那天报纸上登载一则广告:两安纳①和四安纳硬币举行集会。手头没有急事,怀着好奇心,我骨碌碌滚进会场,找个角落坐下。

左臂挽着婀娜姣美的伴侣两安纳,肌肤白皙的四安纳鱼贯而入,挤满会场。他们有的住在制服口袋里,有的住在皮包里,有的住在精美的铁盒里。个别的时乖命蹇,流落到我住的那条胡同,成为我们的街坊,也被塞进人的腰包里,浑浑噩噩地过日子。

那天的会议议题是:采取紧急措施,断绝与一分的硬币的一切往来。因为它们是贱货!两安纳尖声叫道:"它们的皮肤似紫铜,身上散发一阵阵恶臭!"我身边的一位两安纳侧着芳躯,厌恶地皱皱鼻尖。挨着她的四安纳狠狠地瞪了我两眼。我惊恐万状,身子陡然缩成原来的四分之一。我暗想,你们八个、十六个地吃我们,提高自己的身价,怎么对我们一点也不感激?早先在地下,我和你们是一家人哪!

会上通过一项决议:两安纳们和四安纳们一致呼吁建造两座制币厂,分别铸造银币和铜币。虽说两种金属币上均印着女皇的头像,但我们不能接受所谓的平等。我们不能与一分的硬币在一个腰包、一个皮包、一个铁盒里同居!我们甚至要修改砸碎两安纳、四安纳,熔铸成一分的硬币,以及砸碎一分的硬币,熔铸成两安纳、四安纳的侮辱性法律条款!我们并不是不承认共产主义的优越性,但凡事有个限度。两安纳、四安纳与金币可以平等相处,但不能引申为一分的硬币可与两安纳、四安纳共享平等!

全体与会者齐声呐喊:"不能!决不能!"听得出,那个浓妆艳抹的两安纳嗓音最高最尖。我惶恐地请求大地女神让我返回原始居所——矿山。大地女神没有应允。我靠着墙壁,两眼赤红,无助地伫立着。

这当儿,一个新来的闪闪发亮的四安纳滚进会场。我见他登上讲台,站在大家面前,慷慨激昂地演讲起来,博得一阵阵哗啷哗啷的掌声。

可我听着听着觉得不对头。他的演讲虽极富煽动性,但语音并不是银

---

① 指印度旧货币单位。一卢比等于十六安纳。

质的。我满腹狐疑,等会议结束,我慢慢地朝外滚动,鼓足勇气,故意碰他一下。咚——唷!这是纯粹的本地音色,他身上的气息,我也闻到了当地的泥土味儿。

他勃然变色,厉声责问:"不要脸的家伙,你从哪儿钻出来的?"

我平静的回答:"我是你的老乡。"

这小伙子原来是我们家族的最下层的成员——半分的硬币。他在脸上抹了一层水银,混进会场。看着他窘迫的样子,我不禁哈哈大笑。

我在笑声中醒来,只见妻子躺在身边呜呜哭泣。我不觉心软了,好言抚慰一番。遂将梦中奇遇,从头至尾,叙说了一遍。哈,那小伙子在我面前露了马脚!

我明白了什么似的咕哝道:"从明天起,我也在脸上抹了水银再上班。"

"抹了水银,死了更好!"妻子冷冷地说。

神　思

中午，我坐在河畔村庄的一间平房里。墙角里，一只壁虎在爬行。两只麻雀鸣叫着飞进飞出，忙忙碌碌，从外面衔来草屑，想在墙洞里筑巢。河上行驶着木船，高陡的河堤后面，蓝天映衬的胀满风的白帆和桅杆，隐约可见。河风清凉，高天澄蓝。从远处的彼岸，到我所在的门廊前树篱围绕的花园，在明媚阳光下，宛如一帧油画。我心舒神爽，好似母亲怀里获得温暖、爱抚的幼儿；我偎依着自然古朴的胸怀，交融生气和关爱的暖意，浸入我的肢体。

构思作品的泰戈尔

你看那旷野里，一阵旋风卷扬着尘土、枯叶，旋舞何等猖狂！它霍地踮起脚，笔直地挺立，姿态刚健，随即呼地把一切抛扬，一转眼不知跑到哪儿去了。它的道具真多！干草、尘粒、沙土，凡是容易抓到的，全抓到手，兴高采烈地玩弄一番。杳无踪迹的中午，它就这样跳舞跳遍原野。跳舞没有什么目的，也没有观众，它没有观点，没有理论，关于社会和历史，它对任何人不训诫。它朝世界上最不起眼的、常被遗忘被捐弃的东西，吹口热气，使之即刻变成醒目的美。

假如我也毫不费力地吹口气，把周围的东西吹直，吹美，吹飞，舞棍弄棒玩耍一番，随心所欲地创造，又把创造物吹得粉碎。没有愁思，没有目标，无须拼搏；只有翩舞的欢快，只有美的雀跃，只有生意盎然的旋转，那该多好！辽阔的绿原，赤裸的蓝天，普照万物的阳光，其间，撒一把尘土，凝成幻景，倾吐疯狂的心中无羁的豪情，那又

该多好!

　　显然,这是梦想。可是,坐着像堆垒石块那样把僵死的观点垒成几尺高,累得大汗淋漓,有什么意思!它中间没有脉动,没有情义,没有生气,只有苦涩的成就。有人张大嘴巴惊愕地瞧着它,有人抬脚踹它——不管它是否值得受这样的关注。然而,这桩事,我是想推却也推却不了了。受文明的制约,人们不间断地娇惯称之为心灵的私物,把它抬到很高的位置上。如今你拼命甩它,它却死活缠住你不放。

　　我一面写作一面朝外张望,只见一个人用毛巾盖着头,抵御骄阳,右手用一把娑罗树叶引了火,朝厨房走去。他是我的仆人,名叫纳罗扬辛格。他四肢健壮,整天乐呵呵的,不知何谓忧愁,犹如一棵汲取了充足养分、枝叶茂密的油亮的榴莲树。

　　他这样的人与外部自然相处非常和谐。他和自然之间,没有明显的差别的痕迹。他挨贴着养育生物、生长庄稼的广阔原野的肢体,相安无事地生活,不感到乏味,自己与自己不发生矛盾。他又像一株蕃荔枝树,从根须到叶尖,没有一丝烦恼。

　　哪位好奇的幼神,如果顽皮地把些许神思植入那棵蕃荔枝树,翠枝绿叶清雅的生活中那将爆发多么严重的骚乱!陷入忧愁,娇嫩的绿叶将变得和桦树皮一样灰褐。从树干到枝梢,出现老人额头上那样的褶皱。春天来临,两三天之内,全身还会快活地萌发新叶?枝条还会挂满一嘟噜一嘟噜的新果?那时它整天单腿站立着沉思:为什么我只长叶子,不长翅膀?我使出全身力气,昂然挺立,为什么看不见想看的景物?地平线的那边隐藏着什么?天上的星星在远方的树枝间闪光,我怎样才能抓到那些树?我来自何处?前往何方?只要这些疑惑是疑惑,我的枯叶飘落,我的枝条干枯,我成为一截木头,天天苦思冥想。我存在不存在?我确实存在?或者确实不存在?找不到这些问题的答案,今生就没有幸福。漫长的雨季结束后的一天早晨,旭日冉冉升起,我的骨髓里掠过的一阵惊喜,我如何表露?冬去春来,一天黄昏,南风习习,一种欲望油然而生——谁为我解释,这究竟是怎样的欲望?

　　此乃奇事!蕃荔枝的花事歇了,甜汁盈满的果实成熟了。可它力图超越本身,期望改变模样,或是身高,或是体重,稍有变化就心满意足!末了,它体内忽然感到阵阵剧痛,从树干到枝梢,皮裂开了,里面飘出来写在不能

长久保存的纸上的文章、评论和关于森林社会的一句永恒的箴言。其间没有树叶的飒飒声，没有绿荫。

假如神通广大的魔鬼像蛇一样钻进泥土，在亿万虬曲的根须中间游逛，往世界所有的树木、葛藤、青草和荆棘中注入神思，世上难道还有悦目之地！谢天谢地，鸟儿飞进花园歌鸣，人们听不出歌鸣有什么含义。也没有看见枝头上未写上字母的绿叶让位于字母呈白色的干枯的月刊、报纸和广告。

幸运的是，树木没有神思！毒树没有抨击茉莉花："你的花有柔丽，但没有刚劲。"酸枣没有嘲讽榴莲："你觉得自己了不起，可我偏偏将尊贵的席位送给南瓜。"芭蕉没有说："我的花销最少，散发的报纸的版面最大。"芋头没有与芭蕉竞争，以更少的花费创办版面更大的报纸。

受辩论折磨、演讲得精疲力竭、心事重重的人，望着广渺天宇从无愁郁的皱纹、光润宽阔的额头，听着森林无言的簌簌声和没有特殊含义的涛声，沉入无心魂的广大宁静的自然之中，能够变得冷静、克制一些。为了扑灭神思的星星之火引燃的大火，无心灵的浩瀚海洋的宁静碧水，是必不可少的。

上面已经讲过客观现实破坏了我们所有的和谐，我们的神思如今无限地膨胀，任何地方都无法容纳它。它大大超过了衣食住行、幸福安宁生活的需求。于是，完成了该做的事，四周尚有大量多余的思绪。它坐着写日记，与人争论，成为报社的记者，把简单的搞复杂；从一个角度可以理解的，硬把它转移到另一个角度；永远无法探知的，撇下其他工作，非钻它的牛角尖，甚至做比这更可恶的坏事。但是，我那位不文雅的纳拉扬辛格的心思，可用身躯的尺度来丈量，与实际需求完全一致。他的思想使他的生活摆脱冷热、疾病、愧疚的困扰，又不疯狂地向四周奔跑。我不敢说，外面隐形的劲风不通过他的纽扣眼儿，吹进他的心灵之幕，波动他的情绪，但那样的情绪波动，对他的健康人生是极为有益的。

无所畏惧

死亡像一块坚硬硕大的黑色试金石，在上面擦一下，世界的真金全能检验出来。

你是否真爱国，最终的考察，看你能否为国捐躯。你是否真爱自己，最终的考察，看你能否为建功立业献出生命。

这种妇孺皆知的恐惧，如果不悬垂在世界的头颅之上，那么就没法把真、假和渺小、伟大、中庸检验出来，展示出来，让人看得清清楚楚。

在这死亡之秤上称过的一个个民族，得到了及格分数。他们已经证明，对于自己和他人来说，做任何事都没有犹豫的理由了。他们的生命经受了死亡考验。富人的真正考验是施舍财物；有骨气的人的真正考验是慷慨献身。没有骨气的人，特别怕死。

敢于牺牲的人，拥有快乐的权利。生活中两手抓住享乐和奢侈的人，幸福不会对他的奴仆打开它宝库的大门，只把一些残羹剩饭扔在大门口。听到死亡的呼唤，立刻响应的人，绝不回头看一眼世代人们追求的幸福，可幸福认识他们，眷顾他们。捐赠大方的人，也纵情享受。不懂得献身的人的马车和徽章，难以掩盖他们奢华中的精神贫乏、精神孱弱和卑劣低下。摈弃享受、受苦牺牲中蕴涵的钢铁意志，我们如果能够继承，就不会感到愧疚了。

人们面前有两条路，一条是刹帝利的路，另一条是婆罗门的路。鄙夷"怕死的言行"的人，拥有人世幸福的财富。能够拒绝人生享乐的人，拥有解脱的欢乐。这两者中均有铮铮骨气。

说"我要献身"这句话是很难的，而说"我不要享乐"这句话也不比说前一句话容易。活在世上，如果我们弘扬人性的光荣，昂首前行，那么但愿我们能说其中的一句话。或者勇敢地说"我要"，或者勇敢地说"不要"。说着"我要"光流泪，可没有接受的能力；说着"我不要"躺在地上；两者都没有实

际行动——受到这样的嘲讽,仍然苟活着的人,阎王大发慈悲,不带走他们的话,他们就要求死无门了。

孟加拉人进入了人类社会,不幸的是,还没有获得通过死亡之狱的通行证。所以,不管说多少大话,也不能向任何人提出受尊重的要求。他矫揉造作的空话,听起来是那么古怪,令人生疑。不真死的话,这毛病恐怕是改不掉了。

这是我们对祖父一代人最大的不满。如今他们不在了,可当年在或好或坏的情形下,他们为何不死得其所呢?他们要是那样死了,作为后人,我们对死得其所就有足够信心了。他们忍饥挨饿,为子孙们留下了购粮的财力,可就是没有留下从容赴死的正气。难道还有比这更大的不幸,更大的缺憾吗?

英国人叫来印度的一些斗士,对他们说:"你们战斗了,不怕献出生命。你们加入那些从不战斗、只会说空话的那些人的行列,参与国大党的活动吧!"

如何答复,可以进行争论。可争论消除不了愧怍。艺术之神不是雄辩家,为此,在凡世每前进一步都可以看见咄咄怪事。所以,那些怕死的人,不光在战时,在和平时期,也不能凝成一个团结的群体。在逻辑学中,这是荒谬的、毫无意义的,但在现实世界确实存在着。

所以,当我们背靠着安乐椅,在政治美梦中想象着"整个印度团结一致"时,脑子里浮现出一丝忧虑:锡克人凭什么要像对待亲兄弟那样和孟加拉人团结一致?难道是因为孟加拉人有了学士和硕士文凭吗?但一旦遇到更严峻的考验,哪里还弄得到及格证书?有时候光说空话也能办成事。但大家知道,做奶油饼的时候,空话代替不了牛奶。同样,需要洒热血的地方,正确的言辞也不能弥补热血的欠缺。

然而当想起我们祖母那一代女人为亡夫焚身殉节时,我们看到了希望:死亡似乎并不是一件难事。当然,她们并非全是自愿殉节的。但外国人也可以作证,许多女人是心甘情愿地死的。

在任何国家,不是所有人都能从容献身的。只有极少数人慷慨赴死,其余的人中间,有的和许多人一起死,有的羞愧而死,有的在陋习的逼迫下麻木地死去。

恐惧不会在心里自行消失。但胆小怕事,在自己心里和在别人面前应感到惭愧。从儿时起,就应对孩子们进行这样的教育,从而使他们不再随随便便承认自己胆小害怕。接受了这样的教育,人们有了廉耻感,就会勇敢起来。如果不得不假充好汉,那么嘴上说"我胆大",是最可原谅的。因为,精神贫乏也罢,无知也罢,愚昧也罢,人性中像恐惧这种成分是最渺小的了。有人嘴上说不怕,装得很勇敢,至少说明他有廉耻感这样的优点。

没有大无畏精神的地方,培养廉耻感,也是有用的。廉耻感和勇敢一样,给人力量。有了在人前的廉耻感,献出生命不是不可能的。

所以,应当承认,我们祖母那一代女人中间,有的是因廉耻感而奉献生命的。她们有献身的决心,不管是因为廉耻感或因为爱情,还是因为宗教狂热,她们献出了生命,这一点,我们应该记住。

事实上,集体死亡相对说来是容易的。一个女人纵身跳进火堆的英雄行为,在战场上也极为罕见。

此刻,谨向孟加拉献身的祖母致敬!她升入天堂,愿她不忘记她哺育的民族!啊,雅利安女性,让你的儿女摆脱人世最大的恐惧吧!你做梦也不曾想到,你遗忘了的英雄气概,使当今世上英雄好汉也感到愧疚。如同傍晚做完家务活儿,悄悄地爬上夫君的卧床,在夫妻生活中止的那天,你告别家庭的活动领地,坦然穿上衣裙,在分发线上抹上吉祥朱砂,跳进焚烧丈夫遗体的火堆。你美好了死亡,高尚了死亡,神圣了死亡!你使焚尸火堆变得像洞房花烛那样喜气,那样吉利!你生命的圣洁祭火,为孟加拉留下了火种——从今往后,我们要牢记在心。我们的历史默不作声,但我们家家户户的火焰传承着你的心声。我们每日向象征着你永不衰朽的纪念堂的火焰,向临终的婚礼上你那条闪闪发光的永新的绸纱丽顶礼膜拜!让那火焰像你高举的双臂为我们每个人祝福吧!啊,天国里永远沉默的女人,让火焰从你那儿把"死亡多么容易,多么灿亮,多么高尚"这个信息,带到我们的庭院,弘扬视死如归的浩然正气吧!

疯　子

孟加拉西部一座小城。中午,我们驻足伫立的前方,大路边稻草屋顶上方,五六棵棕榈树,像哑巴的手势那样伸向天空。破屋旁边,一棵老罗望子树的一簇簇轻灵油亮的密叶,像一片片绿云,向外扩张着。小山羊在屋顶已塌落的宅基地上吃草,身后,一排排翠绿的树木一直延伸到天边。

今天,雨季突然从这座城市的头上完全揭去了她的黛色面纱。

我急于完成的许多作品被搁置了,躺在抽屉里。我知道,它将成为今后的遗憾。随它成为遗憾吧,这是不得不接受的事实。"完美"什么时候突然以怎样的面貌出现,没人能够事前知道,并做好思想准备,但一旦出现,不应该只挥手对它表示欢迎。这时,人世间能够权衡利弊得失的人,是精明人,前程似锦。可是,啊,在细雨绵绵的雨季,出现了一个阳光明媚的日子,在由白云的花环装饰、骤然崛起的你的面前,我把所有要紧的事情抛到一边。今天,我不考虑前途,我把自己交托给了今时。

一天天来临的日子,不对我提出任何要求。这时,计算不会有差错,一件件事顺利完成。生活把一天与另一天,一件事与另一件事联结起来,顺顺当当地朝前迈步。一切相当均衡地向前延伸。但是,不打一声招呼,某一天突然像渡过七大海洋的王子一样,来到跟前,与平常的每一天毫无相同之处,于是连缀许多日子的纽带,顷刻之间就会消失——计划中的事情就很难继续做了。

湿婆是快乐大神

然而，这一天是一个伟大日子——这是打破常规的日子，是破坏日常琐事的日子。这打乱我们每天格局的一天，给我们带来快乐。其他的日子，是聪明的日子，是谨慎的日子，而有那么几天，完全献给了彻底的疯狂。

"疯狂"这个单词，在我们眼里不是可憎的单词。正因为贾伊笃纳①疯疯癫癫，我们才崇拜他。湿婆大神，是我们的疯神。天才是不是体现一种疯癫，欧洲就此正在争论，但我们毫不犹豫地同意这种看法。天才确实是一种疯癫，它突破规则，把一切搅得乱七八糟。它像今天这反常怪异的日子，突然降临，使爱干活儿的人干不了活儿，有人对它破口大骂，有人则为了它欢呼雀跃，兴奋不已。

在印度宗教典籍的描写中，湿婆是快乐大神，在所有的神明中间，只有他放荡不羁。我在今天雨水浣洗过的蓝天上明媚的阳光中，看到了这位疯神。听见"中午"强劲的心跳中回响着他敲击的鼓声。今天"死亡"赤裸的吉祥塑像，静静地矗立在今天琐事停止的世界上——多么美好恬静的形象！

湿婆大神，我知道你脾性古怪。你常常提着行乞的篮子，模样丑陋地站在世人门口。我认识你的天宫卫士南迪和随从波林吉。我不能说，他们没有让我分享一点你修成的正果。因此，我也有点儿疯了，做不成一件正事，今天一切全乱套了。

我知道，安逸是每天的重要元素，而快乐是超越每天的。"安逸"谨小慎微，总怕肢体沾上尘土，而"快乐"在尘土中打滚，粉碎与万物的隔阂。所以，对"安逸"来说，尘土是可恶的，而对于"快乐"来说，尘土是首饰。"安逸"提心吊胆，总怕失去什么，而"快乐"分发它的一切而感到快慰。所以，对"安逸"来说，欠缺就是贫穷，而对于"快乐"来说，贫穷就是财富。"安逸"在制度的框架内，谨慎地守护自己的花姿玉容，而"快乐"在破坏的自由中慷慨地展示自己的美。所以，"安逸"因于外部的规则，而"快乐"推翻那样的束缚，创立自己的规则。"安逸"眼巴巴地瞧着琼浆玉液，而"快乐"毫不费力地消化痛苦的鸩毒。所以，"安逸"只要事物好的一面，而对于"快乐"来说，好坏同等重要。

创造领域也有一位疯子②，带来了许多不可思议的东西。他凭借离心

---

① 贾伊笃纳(1485—1533)：系毗湿奴教派诗人。
② 指创造大神湿婆。

力,把万物往规则的外面拽去。规则之神费尽心机把凡世所有的道路变成循环之路,而这位疯子把一条条路向外扩张。这个疯子按照自己的心意在蛇族中创造了鸟,在猴族中创造了人。人世间凡是显现的,凡是已经存在的,总有人千方百计给予它恒定形态,保存下来。而疯子把它砸得粉碎,为未诞生的事物开辟道路。他手里没有吹出和声的笛子。他的神弓琤琤作响,震塌法规之坛,于是新鲜事物不知从何处飞来,加入万象的行列。疯癫体现他的成就,天才人物也体现他的成就。在他强大的引力下,谁的心弦断裂,谁也疯狂起来。谁的心弦弹出前所未闻的乐音,谁就是天才人物。疯子在众人之外,天才人物也是如此。但疯子向来待在外面,而天才人物扩大众人的范围,扩大众人的权限。

不光疯子,不光天才人物,在我们每日清一色的琐事中间,突然还显现他闪光的蓬发。它十分可怕,它扫过之处,自然界出现意想不到的灾难,人群中间出现前所未有的罪恶。那时,多少安乐窝一片狼藉,多少心灵的纽带被割成一截一截。啊,楼陀罗①,用你额上第三只眼喷射的熊熊火焰的火星,就可点燃黑暗住所里的灯盏,可黑夜里那火焰全部喷来,家家户户着火,人类的聚居区响起无数人的哭叫声。唉,大神,你狂舞起来,右脚踩出高洁的善德,左脚踩出十恶不赦的罪行。"每日"用僵硬的手,在凡世上面盖了一条平庸之被。愿你用好坏这两种猛击,将平庸之被击碎,以出人意料的狂热,在生命之河上掀起波涛,展示创造力的新颖游戏和创造的新貌。啊,疯子,但愿我胆小的心不会畏首畏尾,不会不敢扑进你狂野的欢乐。

在毁灭的血红天空,但愿阳光辉映的你的第三只眼,以永恒之光,照耀我的内心!狂舞吧,啊,疯子,狂舞吧!在那旋转的狂舞中,当太空亿万星辰组成的明亮星云飘移的时候,但愿那愤怒之歌的节拍,不因我胸中的惊悚而紊乱!啊,战胜死亡者,在我们所有的好坏优劣中间,赢得你的胜利!

我们的疯神并不经常显身。他的疯癫渗透创造之中时,我们才能时时对他有所了解。死亡时刻更新着生命,拙劣时刻映衬着优长,不可思议的鲜活,时刻使琐细变得有价值。当我们有所感悟时,在我们的面前,"无形"在"有形"中显现,解脱在羁绊中显现。

今天万里无云,在我面前,阳光中显现了"无形"的形象。以往,带着平

---

① 楼陀罗:湿婆的名称之一。

日的老印象,观看前面那阡陌,那屋顶铺着稻草的杂货店,那残壁断垣,那狭窄的胡同,那树木,觉得全微不足道。所以,它们禁锢了我,每天把我软禁在些许景物之中。今日,那渺小的印象烟消云散。我发觉,我以前把永久的陌生一直当做熟悉之物,并未深入观察。今日,所有这一切,是我看不完的。在我周围的一切,没有限制我,每样东西都为我让路。我的疯子曾经在这儿——他至高至尊,永远无形而陌生,从不对杂货店的稻草屋顶熟视无睹——只是其间可以见到他的阳光,没有落到我的眼睛上。今天,奇怪的是,那前面的景象,那近处的物件,在我看来,都获得了悠远的光荣。它们与湿婆和妻子雪山神女居住的雪山的崎岖、波涛汹涌的大海的浩瀚无际一起,显示着自己的特性。

就这样突然有一天得知,与之一起料理家务的人,身处我的家务之外。以为有的东西时刻捏在手心时,尽可高枕无忧了,可实际上没有别的什么比它更难掌控。以为早已谙熟的东西,在它四周划了界限,可忽然发觉,它一瞬间越过界线,变得神秘莫测了。从规则的角度,从稳定的角度看,有的东西相当细小,合乎需求,觉得它完全是囊中之物,可如果从破坏的角度,从焚尸场游荡的疯子的角度,突然看见它,就一句话也说不出来了——真奇怪呀!他是谁?以前一直认识的,究竟是谁?从一个角度看,他是家里的,从另一个角度看,他又是内心的。从一个角度看,他在实际工作中;可从另一个角度看,他又在一切需要之外。从一个角度,他是我接触过的;从另一个角度,他又是不可把握的——从一个角度审视,他与大家相处融洽;可从另一个角度审视,他我行我素,与大家格格不入。

平常我看不见他,今天我看见他了。我挣脱了"平常"的控制。我以前在心里想,在四周的熟悉之栏中间,我被每日的规则束缚着。今天我发现,我一直在"新颖"博大的怀里做游戏。以前我曾想,我落到一个像公司的大老板似的、成天板着脸、算盘打得很精的人手里,每天也得算账,今天我听见比大老板更了不得的、挥金如土的疯子豪放的狂笑穿透天堂地狱,在陆地、水域、天空袅袅回响,我不禁长出一口气,如释重负。我的稿本全搁着吧。我把要事的负担扔在放荡不羁者的脚边——让它在他的狂舞中破碎,化为尘土,四处飞扬吧!

百分之九十三

有些富翁的花园面积,比住所大很多。住所是必需的,可花园是锦上添花,没有也可以过日子。财富中内敛的慷慨,总是通过做一些并非非做不可的事情,昭示自己。山羊不太长的犄角,对它来说大有用处。但我们看到梅花鹿百分之九十三无用的犄角,心舒神爽。孔雀的彩翎,并非只靠艳丽取胜,它无用部分的荣耀,让黄鹂、鹁鸪和百灵鸟的尾巴艳羡不已。

把自己的毕生精力全部用于做应做的事情的人,无疑是楷模。但所幸的是,没有太多的人以他为榜样。假如都向他看齐,人类社会就会像一只只有果核没有果肉的水果。确实,不能不称热衷于公益事业的人是俊杰,但人们都喜欢平庸之辈。

因为,平庸之辈可以从各个角度袒露自己。世上总做好事的人,只从益处的狭隘角度,触及我们生活的一小部分。他以公益的神圣高墙圈围自身,只开了一扇门,我们透过门向他伸手,他透过门向我们布施。我们那位平庸之辈,不从事任何事业,所以他四周没有高墙。他不是我们的支柱,仅是我们的伙伴。我们从乐善好施者那儿获得一些东西,与那些平庸之辈一起消受。和我们一起消受的人,是我们的朋友。

托上苍的福,我们大部分人像梅花鹿的长角和孔雀的彩翎,是闲人。我们的大部分人生,不值得写传记。所幸的是,我们大部分人不用拿着募捐簿,眼含泪水,走街串巷地募捐,以便死后请人雕刻自己的石像。

我们像梅花鹿的长角

只有极少数人死后永垂不朽,所以这个世界才适合人居住。如果火车全成了专列,普通旅客会落到怎样的境地啊!这个世界是大人物的天下,换句话说,只要他们活着,至少他们的崇拜者和谴责者的心田,不过是一百多人的领地。他们死了,也不放弃地盘。非但不放弃,不少人还利用逝世的机会,扩大自己的权限。我们唯一的安慰是,他们人数极少。否则,在他们的墓地和石碑中间,贫贱者连造一间茅舍的地皮也找不到了。世界非常狭小,生者与生者为土地而争斗。不管是土地上还是在人们心田,为了比其他人多得一点儿权利,多少人弄虚作假,着手在做从今世步入来世的准备。生者与生者的争抢,是平等的争抢,可死者与生者的争抢太惨烈了。死者如今超越了一切弱点,超越了一切局限性,徜徉在想象的世界。而我们在凡世的人,受到各种引力和推力的折磨,哪里斗得过他们呢?所以,天帝将大部分死者流放到遗忘之国。在那儿,没人缺少地盘。天帝假如把我们这些渺小的生者送到伟大的死者的领地,弄得我们形容枯槁,萎缩在角落里,那么他又怎能把这大千世界整治得如此美好,如此灿烂!对人来说,人心竟那么值得追求,这到底是什么原因呢?

伦理学家指责我们虚度人生,催促我们说:"苏醒吧!建功立业吧!别再浪费时间了!"

毫无疑问,许多人不做事浪费了光阴。但做事浪费了光阴的人,既坏了事也糟蹋了时间。大地在他们脚下瑟瑟发抖,为了使无助的世界免受他们拼搏的折磨,天帝大声疾呼:"从今往后,克制些吧!"

人生虚度?!就让它虚度吧!大部分人生创造出来,本来就是为了虚度的。可这百分之九十三的"无用"人生,证明了天帝的富有。在他的生命宝库里,从来没有贫乏,一生失意的我们,是它的无数证人。看到我们层出不穷的个体,看到我们古怪的多余存在,自然而然会想起天帝才是至尊至荣的。如同竹笛通过笛孔传播乐曲,我们通过占人口总数百分之九十三之多的我们的失败,宣告天帝的光荣。释迦牟尼是为了我们脱离红尘的,耶稣是为了我们献出生命的,仙人是为了我们进行苦修的,探索者也是为了我们夜不成寐的。

人生虚度?!就让它虚度吧!因为,虚度是必然的。必然的虚度也是成功。江河在流动——江河的水,不会全部用于我们的沐浴、饮用和稻田。大部分水仅仅保持着流动。不做别的事情,仅仅维护流动本身就是巨大成

就。我们挖河开渠，把水引进池塘，但不饮用。用陶罐汲水，装满水缸，沉淀过的清水才饮用，可上面失去了光影的喜庆。认为善行是唯一成就，是吝啬鬼的观点。把达到目的当做唯一的结局，也是贫乏的体现。

我们是占人口总数百分之九十三的凡夫俗子，但不要因此自认为低贱，我们是人世之河的流动。人世间，我们的生命权限隐藏在人心之中。我们绝不会占有什么东西，也不会死死抓住什么东西，我们飘然而去。潺潺的乐章，由我们奏响，所有的光影在我们上面颤动。我们欢笑，痛哭，爱别人——与朋友做莫名其妙的游戏——与亲人海阔天空地闲聊——与周围的人一起毫无目的地消度白天大部分时间。之后，为儿子举行隆重婚礼，设法让他进办公室上班，没有在世上留下什么名声，去世，火化，成为一撮灰——我们是阔大的人世之河中波涛的神奇游戏的一部分。是我们微小的好奇和笑容，使人河闪闪发光；是我们琐碎的交谈和轻微的啜泣，使整个社会呈现热闹景象。

我们所谓的失败，也属于大部分自然景物。大部分太阳光失落在太空中，树上极少的花蕾最后变成果实。不过，它是谁的财富，谁心里清楚。他的花销是不是浪费，不看艺术之神的账本，我们不能作出正确判断。同样，我们大部分人，除了彼此接触，互赠动力，也不做别的事情。为此，只要我们不责怪自己和别人，也不焦躁不宁，而是面带甜美笑容，唱着欢快的歌儿，坦然地在默默无闻的终结中获得解脱，那么，在那毫无目的地生活中，就能恰当地实现人生目标。

天帝即使懊丧地创造了我，那也是我的荣耀。但我要是在高人名士的督促下认为，我必须行善修德，必须做大事，那么，我只会制造惨痛失败，那是自找的，为此必须反思。不是每个人来到凡生都能为别人造福，所以不能造福也不必感到惭愧。未能成为传教士去"拯救"中国，如果你称狩猎虎豹和参加跑马赌博过日子是人生的失败，那么，比起"拯救"中国，这是刺激性极强的令人兴奋的"失败"。

野草没有全变成水稻。地球上野草比比皆是，相比之下水稻很少。但愿野草不为自己正常的不结稻穗而号啕大哭——希望它想起，它以绿色遮盖了大地干燥的尘土，以永远惬意的清凉减弱了阳光的炽热。也许，在草族中，蒲草曾施出浑身解数，拼命想变成水稻；也许它不愿一直当渺小的野草，为了引起他人的注意，成就自己的人生，心中曾勃发激情，但最终仍未变成水稻。当然，它用锐利的目光时刻盯着他人，不遗余力做了怎样的努力，它心里一清二楚。总之，可以说，它这种极端妒忌他人的行为，不符合天帝的意愿。比起它来，默默无闻的、清丽的、温和的、不结稻穗的普通野草，更好一些。

简单地说，人分为两类。一类人占百分之九十三，另一类人占百分之七。"百分之九十三"是安分的，"百分之七"是不安分的。"百分之九十三"是多余的，"百分之七"是不可缺少的。空气中流动的可燃氧气数量很少，但安分稳定的氮气数量极大。假如出现相反的情形，世界就要烧成灰了。同样，在人世间，"百分之九十三"什么时候千方百计想变成不安分、不可缺少的"百分之七"，这世界就不太平了；那些命该永垂不朽的人，也得准备死了。

甘地的绝食斗争

圣雄甘地

　　如同全食日的黑暗渐渐吞没白昼，今日，死亡的阴影笼罩着印度大地。举国悲痛，这在印度历史上是前所未有的。极度痛苦触动了各界群众，给了我们些许纯洁的慰藉。经过长期苦修，与印度同命运共呼吸的圣雄甘地，今天以全体国民的名义，开始了决死的斗争。

　　不管依仗武器、军队强占别国领土的人怎样耀武扬威，他们被阻止进入别国心灵的领地，他们无力占有别国针尖般小的一块心田。纵观历史，一批批夷人一次次以武力占领印度，他们插在印度土地上的旌旗，一一倾倒，化为尘土。

　　企图在域外筑起武器的铁丝网，培植拖延存在的幻想的人，有朝一日在历史的召唤下退入幕后的时际，他们的"业绩"的垃圾，倒进帝国大厦倾覆的废墟里。而凭正义的力量获胜的人的伟业，超越其年寿，千载万年活在民族的心中。

　　在全国心中拥有这种权利的圣雄甘地，作为国民的代表，今日踏上彻底自我奉献的道路，开辟胜利的航程。今天是我们静心深思的日子，他毫不犹豫地付出如此沉重的代价，究竟为排除哪些坚固的障碍？

　　印度有一种令人忧虑的时尚。我们往往赠以普通的赞礼和低廉的荣誉，打发走思想品德；夸大称号的作用而缩小真实。现在，一些领导人作出决定，号召全民绝食。叫我说，这样做并无过错，但令人担忧。圣雄不惜以生命换取真理，相比之下，这种表面文章大失水准，只会增加愧疚。不到一

天的略为痛苦的表情,轻描淡写地诉说心头的愤慨,就算尽了责,这样的事儿不发生为好。

圣雄甘地在绝食,我们也要搞一次绝食活动——将两者相提并论的愚蠢念头,但愿不在任何人脑子里产生。这两者根本不是一码事。圣雄的绝食不是活动,是表达心声,用最美的语言才能描绘的心声,死亡永远在印度在世界传播他的心声。倾听他的心声若是一项责任,就应当正确地履行;应当通过自己的探索,在心里接受他找到的真理。

细细咀嚼他讲过的话吧!从人类历史的第一页开始,我们看见一群人把另一群人打入底层,站在他们头上炫耀自己的进步。一群人在另一群人的奴隶地位上扩散自己的影响。这是世代常见的现象。但我仍要说,这是不人道的。奴役基础上的财富,不会长存,其间不独有奴隶的痛楚,也有奴隶主的灭顶之灾。我们如果侮辱别人,把别人踩在脚下,他们必然成为我们前进道路上的障碍,把我们往下猛拽。我们要是贬低别人,别人也会贬低我们。吃人的文明病入膏肓,终将寿终正寝,这是民神的法规。在印度,我们剥夺了一些人的应有的人的荣誉,他们的不体面是印度不体面的缘由。

目前,成千上万的印度人关在牢房里,像牲畜似的受到折磨、凌辱。将人集中起来加以侮辱的暴行,也玷污着国家统治,使之难以维持。同样,我们把社会的一部分人囚禁在不光彩的樊笼里,头顶着他们委琐的重荷,寸步难行。不仅监狱里有囚徒的生活,削弱人的权利,也意味着将他投入监狱,尽管实际上没有损害名誉的牢狱。印度的社会监狱,是我们自己一步步扩建的。在囚徒的国度里,我们怎样获得自由呢?一句话,还人自由,自己自由。

岁月如水流逝。我们一直不明白我们在何处沉沦。蓦然,印度在争取独立的斗争中苏醒。我们发誓,绝不容忍外国统治下残杀人性的社会制度。天帝及时指明哪儿是使我们栽跟头的陷阱。印度独立斗争的勇士发觉遇到的阻挠竟来自被鄙弃的人。昔日的卑贱者今日使高贵者一事无成,我们打击的下层人,给予我们最大的打击。

圣雄甘地早就尖锐地向我们指出了社会歧视和不平等的问题,可惜这

方面的改革不尽如人意。我们重视梭子和土布①，看到了经济危机，但对社会罪恶视而不见。克服来自外部的经济危机并不太难，但捣毁建在社会罪恶之上的敌人的营垒，我们束手无策。圣雄甘地宣布对保护伞下的社会罪恶发起攻击，不幸的是，他可能在战场上捐躯。他把战斗任务交给了我们每一个人，如果我们真心诚意地接受任务，今天是一个有意义的日子。听了他的庄严号召，谁要是绝食一天，第二天对社会罪恶依旧无动于衷，就只能从痛苦走向痛苦，从饥饿走向饥饿。但愿一时半刻的苦行不至于羞辱对真理的追求。

我不知道圣雄甘地的圣战将怎样给一意孤行的统治者以何种程度的打击。诚然，今天不是展开政治辩论的日子，但我仍要说一句该说的话。我发觉大部分英国人不领会圣雄采取极端方式的寓意。他旨在阻止印度社会严重分裂的决死斗争，与英国人常用的斗争方法截然不同，因此觉得它非常古怪。我想提醒他们不要忘记历史——爱尔兰从联合王国分裂出去的时候，曾经发生何等可怕何等残酷的流血事件。西方国家习惯采用政治暴力手段，爱尔兰争取独立的血淋淋的场面，任何人，至少大部分人，不感到惊奇，但对甘地的非暴力的自我牺牲的和平方式，却大惑不解。

"甘地不同情印度受歧视的种族。"允许这种无稽之谈进入脑子，是因为他掀起的危机的风暴震撼殖民帝国的王座。殖民政府的官员惊慌失措，故意无中生有地造谣中伤。他们不懂得国家统治的铡刀将印度社会铡成两截所带来的祸害，对印度教徒来说不亚于死亡。假如外来的第三势力当年将新教徒和天主教徒分成两大阵营，屠杀不是不可能发生的。印度教社会面临严重危机的时刻，生灵涂炭的战争由甘地化为论战。新教徒和天主教徒之间长期形成的权利差别，是社会自己消除的，并未请土耳其国王出兵干涉。解决印度社会问题的责任，同样应由我们承担。

在国家政治领域，圣雄甘地近年致力于宣传非暴力政策，现在他不惜牺牲生命身体力行地执行这项政策，理解他的言行，我不认为很难。

---

① 指甘地发起的抵制洋货，提倡使用国货的爱国运动。

圣雄甘地的神圣事业

世世代代,偶尔有伟人降临人世。我们不可能随时见到他们。见到他们是我们的幸运。时下,灾难无穷无尽。我们每天忍受着许多苦难、许多贫困、许多悲恸、许多烦恼、许多疾病的折磨。我们的痛苦累积如山。可是,今天,一种欢乐超越了所有的悲苦。一位无与伦比的伟人在印度诞生,出现在我们生活、行走的大地上。

在伟人来临的时候,我们不能深切地认识他们。因为,我们的心灵胆怯、不明澈,我们性格软弱,我们懒散成了习惯。我们心中缺少充分理解伟大的质朴的力量。于是,一次又一次,我们将最伟大的人推拒于千里之外。

认识知识渊博、品德高尚的求索者,不是件容易的事。因为,我们的知识、智慧和习性,与他们不合拍。不过,理解爱,不是难事。我们大体上能以爱去认识以爱作自我介绍的伟人。所以,印度出现了一个奇迹,我们已经感受到了这一点。通常这种情形是不会发生的。来到我们中间的这位伟人,非常高尚,非常伟大。可我们接受了他,熟悉了他。大家都认识到,他是属于我们的。他的爱中间,没有贵贱之分,没有智者和愚者的区别,也没有穷富的区别。他把他的爱平分给每一个人。他说:"让所有的人幸福,让所有的人安逸。"他不是说说而已,而是以他的痛苦实现着他的希望。他为此经受了无数折磨和凌辱。他的一生是受苦受难的一生。他不仅在印度忍受了苦难和侮辱,在南非,一次次的谋害,曾把他推到死亡的边缘。他甘愿受苦,不是为自己的物质享受,不是为谋私利,而是为大众的利益。他受到那么大的打击,可从不抱怨,从不大发雷霆。他坚强地承受着明枪暗箭。他的敌人目睹他的高洁和坚忍不拔,不胜惊异。他实现他的决心,不是受了某种压力。他以奉献,以痛苦,以执著的追求,夺取了胜利。他出现在人们面前,伤筋累骨,承负着印度沉重的苦难。

我不知道你们是否都见过他。有些人也许荣幸地与他见过面。不过

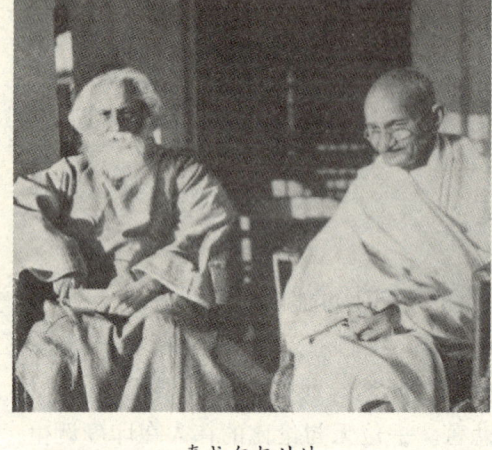

泰戈尔与甘地

大家都知道他,整个印度都知道他。每个人知道,整个印度是多么崇敬他,尊称他是"圣雄"。奇怪,大家是怎样熟悉他的呢?另外有一些人也被称为"圣雄",可影响不大。但称这位伟人是"圣雄",意义深广。只有灵魂崇高的人,才是"圣雄"。灵魂卑微的人,追名逐利的人,终日考虑金钱和家庭的人,精神趣味低下。而"圣雄",把民众的苦乐当做自己的苦乐,把民众的安逸当做自己的安逸。因为,他把民众放在心上,民众的心里他拥有一席之地。印度的典籍中,称天帝为"圣雄",天国的挚爱和爱情的财富,在人世间却是罕见的。谁表露了那种爱,我们大致可以感受到他真心爱所有的人。

读了基督教《圣经》,我们知道墨守成规的犹太人,把耶稣当做敌人,给予痛打。但伤害的难道仅仅是肉体吗?同样,甘地前来以生命开辟福祉之路,堵塞那条道路,难道不是伤害?那是最酷虐的伤害!今天,他忍受着多么难忍的剧痛,进行绝食,以死明志。我们若不承认这是神圣的斗争,难道不是对他的打击?我们难道不为渺小心灵的惶惑、畏葸而感到羞耻?我们在内心深处难道感受不到他的痛楚?我们难道不能接受他的馈赠?我们为何如此踟蹰,为何如此胆怯?在他的身上从无这种胆怯的痕迹。他显示无穷的勇气,视死如归!戒备森严的监狱和它的一根根铁链,遏止不了他的浩然正气。

这样一个伟人,今天来到了我们中间。我们要是吓得后退,我们将无地自容!他进行决死的斗争,是为了不分贵贱团结所有的人。让他的勇气,他的毅力,融入我们的智慧和工作吧!让我们大声说:"你别走!我们接受你的神圣事业!"做不到这一点,任这样崇高的生命陨灭,难道还会有比这更惨重的损失吗?

我们常常说,外国人与我们为敌。比起他们来,更厉害的敌人在我们

的骨髓中，那就是我们的懦弱。天帝通过圣雄甘地的生命，为我们送来了战胜那懦弱的力量。圣雄来临，要以他的无畏消除我们的恐惧。我们难道要逼他收回他的馈赠踏上归途吗？这位围着腰布的求索者，走街串巷，叩击一家家门扉，提醒我们，我们的危险潜藏在哪儿。凡人之神，不愿进入人欺侮人的所在。千百年来，我们让凌辱人的毒液，在印度的血管中流动。我们把不堪承负的卑贱的负荷，压在无数低垂的头上。它们的重量，压得整个印度疲惫不堪，极度虚弱。头顶这样的罪恶，我们挺不起腰杆。我们在前进的路上，挖了一个个泥坑，我们的大部分鸿运，正落入那些泥坑中。兄弟们互相往脸上抹黑，圣雄忍受不了这样的罪恶！

你们以整个心灵倾听他的呼唤，感受他的决心有多么巨大的力量吧！这位求索者今天已开始绝食，连续几天不吃食物。你们难道不肯给他食物？听从他的召唤，就是他需要的食物，就能拯救他的生命。

让我们把圣雄甘地想给所有人的尊严，分给每一个印度人。让不能做此事的人，躲到一边去！让阻挠兄弟们互相承认的腐朽社会，销声匿迹！在我们认识了真理却不愿接受真理之时，最大的怯弱暴露无遗。这样的怯弱不容宽恕！

今天，我来向你们转告他最后对我说的一番话。他在远方，但离我们不远，他在我们的心中。如果他为我们献出生命，我们将体味无尽的悔恨。

让我们低下头仔细想一想吧。他期望我们进行的求索，极其艰难，可他已做了比这更难的事情，他进行的斗争比这更艰苦。让我们勇敢地接受他交给的任务吧。我们所畏惧的，其实微不足道，那是幻觉，是空无。那不是真实，我们不予理会。你们大家齐声说：我们不理会那样的虚幻！说吧，由衷地说："恐惧，不值一提。"他战胜了对死亡的恐惧。他已收缴全部恐惧。从今往后，我们不再恐惧，不再感到对人的恐惧，对王室的恐惧，对社会的恐惧，我们不再畏缩不前。我们踏上他开辟的道路，跟随他前进，不让他再遭受失败。

全世界在注视着印度。没有同情心的人在冷嘲热讽。如此重大的事件触动不了我们，没有一个好结果那才是可笑的。如果他的伟力之火，在我们大家的心中熊熊燃烧，世界将为之惊叹。如果我们齐声呐喊："你的苦斗将获得成功，胜利属于苦斗者！"胜利的欢呼声将从大海的此岸，传到大海的彼岸。各国的人们将会说："真理的声音不可战胜，光荣啊，印度！"

此时此刻,这位苦斗者,坐在死神面前,让天帝端坐在他的心座上,心田上燃烧着爱的纯火,胜利是属于他的!你们发出胜利的欢呼吧,你们的声音将传到他耳边。对他说吧:"我们拥戴你,我们接受你的真理!"

　　我还能说什么呢,我的语言没有威力。他的话语,不是用耳朵,而是要用心去听的。那是至高无上的话语,一定传到了你们的心中。

　　陌生人变成亲人,这对我们来说是莫大的荣幸。而亲人变成陌生人,则是最大的危险。今天,你们自觉地把以前摈弃的人召唤回来吧!让罪过终止,让凶兆远去,让我们给人以尊严,并获得人性的光荣的权利。

圣 诞 节

我们承认耶稣是至圣者,他的诞生富于神性,但不是历史性事件。

晨光不独属于初升的黎明,亦属于万世的黎明。我们沐浴的晨光是新生的,又是永恒的。它在崭新的复苏中间展布元初的光明。天文学家知道,透入我们的眼眸的星光,几个时代之前就已起程。同样,我们欣遇真理的使者的日子,并非他年寿的肇始。真理的动力,储于漫长岁月的心中。但愿我们懂得,任何年代不会有他最后一次的临世。

对某年某月某日主持富有特色的祈祷的头面人物表示敬意,同随随便便还一笔钱,如出一辙。不理会其他三百六十四天,偏偏在第三百六十五天,我们唱起他的赞歌,慰藉自己干枯的虔诚。这不是寻求真理,而是否认责任。人就是这样自欺欺人。我们叫几声他的名字,似乎就已尽心尽责;在艰苦地寻找真理的路上,却往往一个比一个落后。我们不是在奋斗中崇尚他,而是唱着颂歌献上一份廉价的供养,便心安理得。谁来帮助我们砸碎表面文章的桎梏,我们就把谁囚禁在做给人看的仪式的重复之中。

有人请我去参加一天庆祝活动,美其名曰履行职责。我感到耻辱。如果面对他作出献身的承诺,则不失为一件有意义的事。发一通议论,表面上遵循他的训示,骨子里不过是超级敷衍。

莫非要我对照年历宣告今天是他的华诞?掐掐算算就能认识尚未铭记在心的某一天的重要性?我们以正义的名义作出牺牲的那一天,怀着纯洁的爱称他人为兄弟的那一天,天父之子在我们中间诞生,这一天就是圣诞节——不管它是几月几号。

他的生日偶尔进入我们的生活,但他被钉在十字架上的死亡,日日来临。我知道这一天各国教堂里响起赞美他的歌声,他把天父的旨意带给了人类。可是那教堂外面的世界,流动着惨遭杀害的兄弟的血河。寺院里一片赞美声中高喊他圣名的人,在枪炮声中将他抛到九霄云外,从空中投掷

死亡,尖刻地嘲讽他的教诲。如今贪欲急剧地膨胀,弱者口中的食物被掠夺。没有勇气挺立在强盗面前喊着耶稣的圣名拥抱死亡的人,立在祭坛前,诵念滚瓜烂熟的经文,欢呼着被矛戟刺死的仁慈者的胜利。那么,今天算是什么节日?如何让我相信耶稣已降临人世?有什么值得兴高采烈?莫非要我们一面玷污他,一面空话连篇地宣扬他的复活?人类历史上,他每时每刻一次又一次被钉在十字架上。

作为天父之子,他召唤人类,倡导兄弟情谊。他在人类正义的祭坛前献出生命,永远为我们留下了和睦相处的号召。

可是,我们一代又一代地拒绝他的号召。对抗他教诲的活动,甚嚣尘上。

吠陀典籍曰:他乃天父。同时祝告:愿吾辈颖悟他乃天父。临世传播对天父的感悟的耶稣连连受挫,受尽讥讽,在我们的门外徘徊。我们不应唱着赞歌掩盖这一客观事实。今天是忏悔的日子,不是欢庆的日子。人类的羞愧遍布世界。让我低下高昂的头颅,匍匐尘埃,两眼垂泪!圣诞节是考验自己的日子,是净化自己灵魂的日子。

净 修 林

印度文明发源于丛林,而不是在都市,这是一种奇特的现象。印度文明最初惊人地发展的地域,人口不多,林木、河流、湖泊获得足够的机会与人相处。那儿,有人,有空阔,唯独没有人群拥挤。但空阔不曾迟钝印度的心,反而辉煌了它的思想。

为环境逼迫,藏身于深山老林中的人,生活习性接近于野人,或猛虎般的凶残,或麋鹿似的温驯。然而印度古代丛林的僻静,非但不曾麻木人们的灵性,反而增加其活力。从森林栖居中流出的文明之河,滋润整个印度,至今汩汩流淌。印度从森林栖居者的修行中赢得的力量,不是在繁杂需求的竞争中苏醒,也不是由外部冲突锻铸的;从根本上说,它不是外向性的。它通过冥思默想进入世界深处,建立灵魂与景物的联系。印度不是在物质财富上展示文明,印度文明的舵手是稳士,是衣不蔽体的苦修者。

净修林

海滨把经商的富裕给予它养育的民族。吮吸沙漠干瘪的乳房、忍饥挨饿的游牧民族,成为所向披靡的征服者。特殊的境遇中,人的力量开辟特殊的道路。

北印度平坦的林地,为印度送来特殊的机遇,鼓励印度的智慧去开掘人世最深的奥秘之光。所有的人,应当承认它从沿海岛屿采撷精华的必要性。日日夜夜,每一个季节,自然的生命的作用,在农作物和林木身上显

露。生命的游戏，在繁复奇妙的姿态、声籁、具象中，以常新的面目出现。置身其间，神思注入冥想的人清晰地感受到周遭一种欢乐的奥秘，脱口说道："一切在源自元初生命的生命中颤动。"他们素不蜗居在用砖石、木头和钢铁建造的坚固城堡里。在他们的栖息地，他们的生活与寥廓的宇宙息息相关。丛林给予他们凉荫、花果、苇草和点燃祭火的柴薪，他们每日的劳作、需要和闲憩，无不与丛林保持着互相交流的关系。通过这个途径，他们学会了在生活上与幽静的环境打成一片。他们不认为环境是空虚的、沉闷的、隔绝的。他们从自然手中接受的阳光、空气、食物、水等赠品，不是土壤的，不是树木的，也不是茫茫宇宙的。他们从切身体验中明了，那些赠品的源头在鲜活的无穷欢乐之中。

　　由此可以得知，森林是怎样在自己娴静的绿荫和深邃的胸中滋养印度之心的。森林曾以乳母的身份，照看印度古时候两个漫长的时代——吠陀时代和佛教时代。不只是吠陀隐士，佛陀释迦牟尼也曾在芒果林和竹林里讲经布道，王宫里没有他的立足之地，森林爱怜地把他搂在怀里。

　　时过境迁，印度的藩邦相继建立城镇，与外国开展商品贸易。贪图粮食的农田将浓荫蔽日的密林一步步往远处推去。然而，声名远扬、富裕昌盛、朝气蓬勃的印度，对欠森林的债从不感到惭愧，授予修行的荣誉一直大大超过其他行业。君主将古代森林里的修道士视为先辈，以此感到光荣。印度的神话故事中，大凡神圣的、精彩的、令人叹为观止的，皆浸透对古代净修林的追忆；它不希冀读者铭记显赫一时的君王开创的帝国，而在绵绵不绝的变迁中，把森林的整体当做生命的整体负载至今。在人类历史上，这可谓印度的一大特点。

　　笈多王朝的超日王在位时，优禅尼是京都，迦梨陀娑是宫廷诗人。那时净修林时代已经结束。我们印度人站在汇集的人群中，中国人、匈奴人、厌哒人、波斯人、希腊人、罗马人，聚集在我们四周。国王一方面扶犁耕作，一方面向来自异域的求知者传授梵语知识，这样动人的场面以后再没有看到。但只要阅读一下在那富足的值得骄傲的时代名垂千古的诗人迦梨陀娑关于净修林的描述，就立刻明白，远远地退出我们视野的净修林，仍矗立在我们的心田上。诗人描绘的净修林的美景，表明他是印度无与伦比的诗圣，谁能像他那样生动地昭示净修林里苦修蕴涵的完整的精神愉悦！

叙事诗《罗怙世系》①的帷幕拉开，呈现在我们眼前的是幽美圣洁的场景——苦修者在林地外采够了水果、苇草，返回净修林，无形的祭火仿佛在恭候他们。梅花鹿好像仙人的孩子，吃饱饮足，懒洋洋地躺在门口。隐士的女儿在树四周挖了土洼儿，灌满水离去，盼望鸟儿毫不胆怯地飞来饮水。日头西斜了，院落里堆满稻谷，梅花鹿惬意地躺着反刍。欢迎客人的一缕缕芳香的青烟袅袅飘荡，净化着走近道院的凡身肉胎。这幕场景的寓意是人与树木、藤蔓、禽兽完美的和睦相处。

诗人巴那维笃在梵语叙事诗《迦昙摩婆哩》里这样描写净修林：柔藤翠蔓在风中翩翩施礼，芳树一面撒花瓣一面祈祷。场院里晒着金灿灿的稻谷，采集的珍奇果品散发着沁人心脾的香味。小婆罗门朗朗的诵经声在林地回荡。饶舌的鹦鹉在学说听惯了的对来宾的欢迎词，雉鸡享用祭祀用过的食物。水泽边摇摇摆摆走过来几只雏鹅，啄食喷香的稻谷，梅花鹿舔着道童的脚跟。剧本通过净修林传达消除人与动物、植物之间隔绝的题旨。印度这种古朴的憧憬跨越数千年，至今令人神往。

名剧《沙恭达罗》中的净修林鄙夷骄奢淫逸、残酷无情的王宫。有情感和无情感之物的亲谊的温馨，是贯穿全剧的基调。

剧中的两座净修林，一座在地上，一座在天上，使沙恭达罗的悲欢在广阔的背景下趋于圆满。地上的净修林中，芒果花香和新绽的素馨花的清芬团聚的吉日，隐士的情窦初开的女儿欣喜不已。她们用饭团饲喂失去母亲的幼鹿，苇根扎伤它的嘴，疼得张不开，她们为它抹植物油，精心照料。这座净修林赋予国王豆扇陀和沙恭达罗的爱情以质朴、坚贞的美质，将其融入世界的合唱。

尊者摩哩折和妻子阿地提②在暮云般的北极山苦修，葛藤如网、树林里筑有无数鸟巢的北极山，像危坐蒲团上的大神湿婆，面对太阳，沉入默想。顽皮的仙童把啜奶的幼狮搜来，一同玩耍。幼狮哀叫着离开母怀的情景，令阿地提一阵心酸。天上的净修林为受辱的沙恭达罗的离愁别恨抹上幽远的恬静色彩。

---

① 《罗怙世系》、《沙恭达罗》均为迦梨陀娑的作品。

② 摩哩折和阿地堤是因陀罗的父母。沙恭达罗被失去记忆的国王豆扇陀遗弃后，曾住在他们的净修林里。

显然,第一座净修林是人间的,第二座则是仙境的。第一座平平常常,第二座至圣至洁。第一座以第二座为目标,不断地净化、完善,向第二座转变。两者的关系颇似湿婆和妻子萨迪。萨迪普通而真实,湿婆却至高无上。经过苦修消除世俗的情欲,萨迪与湿婆结为伉俪。沙恭达罗的生活中,通过苦修完善自身,最终到达高洁的境界。历尽苦难,凡世终于贴近了天堂。

在玛纳斯湖畔的净修林里,人并未脱离现实单独生存。坚战①前往天堂,爱犬还跟在他身后哩。印度古典叙事诗中,人与自然一起登天,脱离自然不会变得高洁。摩哩折的净修林里,人是苦行者,北极山峰也是苦行者;雄狮弃绝凶残的本性,林木主动填补徒弟的空缺。人不是残缺的,人在万象之中是完整的。

印度的这一特点,在修行和复杂的心理活动方面也得到反映。人一般在两种情况下,即独居和合群中,通过自我享受或广泛交际,感受自身的高贵。不言而喻,印度采取的是后一种方式,视人和自然的汇合之处为圣地。

喜马拉雅山以及南、北印度的分界线——温德亚山脉是圣山,以乳汁哺育城镇村落的河流是圣河。恒河与朱木拿河的交汇处是神圣的,恒河的入海口也是神圣的。

在自然的怀抱里,人借助阳光看清景物,借助太阳能量维持体内生命的搏动,用水沐浴,消受食品得以生存;从云雾缭绕的奥秘的宫阙的重门,走出众多的使者,以乐音、香气、色泽、情味使人的知觉永远清醒。印度在这样的自然环境中,把自己的虔诚播布万方。

印度膜拜、恭迎大千世界,不以享受将它毁损,不以冷漠拒之于劳作的领域之外。印度的圣地宣告:凭借与自然的神圣纽带,印度看到了自己是广袤的真实。

---

① 坚战:是印度史诗《摩诃婆罗多》中般度国的太子。

婆罗门

大家知道,最近在穆哈拉斯特罗邦,一位英国老爷脱下靴子,毒打雇佣的婆罗门,他被控告侵犯人权。官司一直打到最高法院。最后,法官轻描淡写地说这是区区小事,不予审理。

这样的奇耻大辱,本不应在这份月刊①的文章中叙述。挨打的婆罗门是应该放声大哭,含愤自尽,还是应告状上诉,许多人在报纸上发表文章,各抒己见。他们的观点,我无意重复。

但这件事引起了我对许多重要问题的思考,现在是表达我看法的时候了。

法官声称这件事微不足道。现实生活中,我们看到,它确实沦为"微不足道"了。所以,法官先生并未胡言乱语。但透过被视为微不足道的这件事,我们痛心地发觉印度社会堕落的步伐加快了。

婆罗门

英国人认为他们的威严非常宝贵,因为它经常扮演军人的角色。所以在被统治者面前,他们首先总摆出威严的神态。但南非战争伊始,英帝国一再遭到一些农民组织的羞辱,英国人在印度于是感到前所未有的恐慌,我们大家听见,连他们的皮靴正步走时也不像先前那么响亮了。

印度的婆罗门过去也有很高的威望,他们肩负统治社会的责任。那时,谁也不曾考虑婆罗门是否有效地保护印度社会,他们有无保护社会所需的大公无私的品德。

---

① 指《孟加拉之镜》。

对于结构特殊的印度社会,那种威望是不可缺少的。正因为不可缺少,印度社会才给予婆罗门很高的荣誉。

印度的社会体制是个庞然大物,时刻承托着整个国家,竭力遏制亿万人群滚向罪恶和堕落。否则,英国人凭借警察和军队不能维护少有的安靖。蕃王统治时期,王朝出现多次危机,但社会依然安宁,民风依然淳朴;平民依然真诚地交往,作伪证遭到谴责,借贷人不会上当受骗;人人怀着朴素的信念,遵守教规。

确定社会的目标,唤醒人们的守法意识,是婆罗门的职责。婆罗门是社会的舵手和组织者,享有履行职责所需的名誉地位。

当他们放弃自己的责任,声嘶力竭地宣扬死亡的恐怖时,他们在社会上层的席位就保不住了。

赢得声誉是要付出代价的。可现代的婆罗门不愿付出代价,热衷于争名夺利。他们的威望渐渐化为泡影。不仅如此,他们对从事社会的崇高职业所表现出来的疏懒,正一天天使社会的身躯脱臼、瘫软。

如果要以东方的思想体系维护印度社会,如果借鉴欧洲的制度改变印度历史悠久的庞大社会根本不可能,或者违背民意,那么有一批纯正的婆罗门是合乎情理的。他们贫穷,知识渊博,忠于教规,是讲经的师尊和各种教派的宗旨与道院的象征。现在的婆罗门只要坚定而廉洁地保护社会的精神财富,社会就绝不允许任何人污辱他们,法官就不会说,用靴子揍高贵的婆罗门是微不足道的小事了。虽是外国人,法官也懂得婆罗门的尊严。

但是婆罗门低头哈腰地在英国老爷的公司里任职,浪费时光,出卖自己的职权,或当学校里的知识商人,法院里的审判的经纪人,为了钱财,臭骂自己的婆罗门身份,那他如何坚守自己的理想?如何保护社会?他混同于老百姓,汗流浃背地跟人争夺蝇头微利,不以正道把社会引向崇高,而把社会推向衰亡。

我们知道,教派成员难以严格遵守教规,不少人偏离正道。《往世书》上列举的事例表明,众多婆罗门的举止与刹帝利、吠舍如出一辙。但教派只要有鲜活的宗旨,只要准时举行祭礼,只要正道上有不计较别人超过自己或不会看不起别人落后的征人,只要大多数教徒看到为实现理想的生动榜样,整个教派就能抵达胜利的彼岸。

可惜,现在的婆罗门胸无大志。他们的儿子学习英语,接受英国生活方式,他们并无反感。获得硕士学位的穆克帕达亚、贾塔巴他耶①为什么不把学生叫到家里,把学到的知识传授给他们? 为什么不让自己和婆罗门阶层成为教育的债务人?

他们或许会反问:"我们如何养家糊口?"如果他们安于清贫,不贪图山珍海味,社会将主动照顾他们的饮食。没有他们,社会的车轮转动不起来,社会自会抱住他们的脚,保护他们。可如今他们伸手要薪金,社会只得出示单据,付给薪水,强迫他们日以继夜付出相应的劳动。他们受制于规章制度,机械地劳作;他们不尊重别人,别人也不尊重他们。他们背负洋人皮靴的模样,经常成为妇孺皆知的可悲事端的起因。

印度社会中重新恢复婆罗门职业的可能性,我不认为非常小。我不愿随随便便放逐心中的希望。印度亘古如斯的品格,将修正它片时的变态。

许多非婆罗门也将参与恢复婆罗门的专职。古时候,非婆罗门曾接受婆罗门的修行方式,学习典籍,传播教义。婆罗门也向他们学习,此类例子不胜枚举。

那时,婆罗门并非唯一的再生种姓,刹帝利、吠舍也可以割断尘缘,剃须削发,左肩缠挂圣线,皈依婆罗门教,钻研经文。

后来印度的婆罗门残剩为唯一的再生种姓。婆罗门为再生而苦修的规则迅速偏离正道。婆罗门在知识、信仰和情趣等方面,逐渐与卑下的权贵为伍。四周全是茅舍,保全自己的特性,造一间用蒲草铺屋顶的茅屋,就足够了。梦想花大笔资金,千方百计在那儿建造有七幢配楼的大厦,心中难免不滋生邪念。

古代的婆罗门、刹帝利、吠舍是再生种姓。换句话说,整个雅利安社会可以再生。所谓的首陀罗②,是指土著人,即绍塔尔族人、比罗族人、柯罗族人和弹格罗族人。雅利安人和他们的教育、风俗和宗教浑然交融是绝对不可能的。但那无关紧要,因为整个雅利安社会是再生的,教育只有一种模式,差别仅表现于职业。相同的教育对维护各自志趣的纯真极为有利。刹帝利和吠舍帮助婆罗门举行受戒仪式,婆罗门也帮助刹帝利和吠舍从事他们的职业。整个社会的教育目的若不崇高,那是不可思议的。

---

① 印度教徒的两种姓氏。
② 印度的最低下的第四种种姓。

当今社会,如果需要长一个"头颅"①,这个"头颅"如果高尚,可称之为婆罗门;与此同时,它的"臂膀"和"腰部"假如和土疙瘩一般高,那是无法接受的。社会不高尚,它的头颅也高尚不了,呕心沥血保持社会的高尚,是其"头颅"的义务。

印度现代社会的文明群体——医务人员、知识分子、商人、职员,如果不被社会视为再生种姓,婆罗门就无望崛起。单腿直立,社会做不出优雅的姿势。

有的郎中左肩缠挂圣线,卡耶斯特种姓人宣扬他们是刹帝利,商人称自己为吠舍。我看不到不相信他们此言此行的任何理由。模样、智商、才干和雅利安特性方面,他们与现在的婆罗门相差无几。孟加拉任何地方举行大会,绝对无法将不挂圣线的婆罗门与商人、卡耶斯特种姓人区分开来。但很容易将他们与非雅利安人,即土著人区分开来。

纯正的雅利安血缘和非雅利安血缘的混杂,在我们的肤色、容貌、习俗、宗教和思想弱点等方面是显而易见的。但那样的混杂局限于婆罗门、刹帝利和吠舍之间。尽管有混血现象和佛教时代的动乱,印度社会仍将婆罗门限制在一定的范围之内。

印度社会缺少婆罗门便举步维艰。受特殊结构的束缚,近代历史上,这样的事例时有发生。

某些地方,根据宗教需要,蕃王培植一批婆罗门,钦赐圣线。孟加拉的婆罗门在习性、举止、才学诸方面成了名不副实的婆罗门时,蕃王不得不从外地招募婆罗门,主持祭典仪式。养尊处优把他们拖向颓废、堕落,蕃王无奈,命人编造世系,以触醒他们濒临死亡的声誉。

为延续教典规定的宗教礼仪,印度社会屈从于现实需要,采取给婆罗门特殊照顾的措施。但在孟加拉社会,无须将刹帝利和吠舍禁锢在古老严酷的传统之中。他们打仗也罢,做生意也罢,不受社会制约。没有必要以特别的标志把军事、商业、农业、工业等领域的人群区分开来。

婆罗门和整个印度社会应该奔向古朴的理想,恢复自身的荣誉。单让婆罗门上路,其他人原地不动,那是不妥的。整个社会不朝一个方向前进,它的任何成员趋于完美都是不现实的。

---

① 据印度神话,婆罗门、刹帝利和吠舍分别生于神的头部、臂膀和腰部。

印度呼唤婆罗门远离蒙辱之地，远离城市的浮嚣和围绕利益的拼杀，在净修林里登上讲坛的冥想之座。否则，婆罗门无异于首陀罗，印度社会永远挣不脱微贱，古印度巍巍山峰般的伟大灵魂，就会像被遗忘的历史边缘的云雾，随风飘散；一群劳累的印度文书，死命抱住一排靴子，像看不清的一群小蚂蚁，把爬向泥洞当做唯一的生活方式。

森林女神

——在斯里尼克坦春耕、植树节上的讲话

创造之初,地球是冷酷的,不育的;看不见怜悯生物的任何征兆。地震频繁发生,岩浆喷溅,大地瑟瑟战栗。某一天森林女神不失时机地向大地的庭院派遣了女使者。她那方嫩绿的披纱朝四周铺展,遮掩了大地赤裸的羞臊。不知过了多少年,受到生命之神款待的绿树青藤姗姗来临,但动物尚未诞生。林木忙于准备迎迓动物,为它们筹措解饿的粮食和纳凉所需的绿荫。

火是森林最贵重的礼品。森林后来把从阳光采集的火,献给人类。文明至今举着火炬阔步向前。

人类是肆意挥霍的动物。在大森林里栖息的时候,人类与森林充分地进行交换。但后来迁居城市,对森林的感情逐渐淡薄。为了建造房屋,人类忘恩负义,凶狠地袭击最初的知音——送来神明的恩德的树木。人类散布可怕的诅咒,鄙视为之祝福的一身绿装的森林女神。

现在北印度地区树木稀少,夏天的酷热不堪忍受。《往世书》的读者知道,北印度过去覆盖修士隐居的一望无际的森林,点缀着凉荫婆娑、景色幽美的村落。人类贪婪地收下自然的馈赠,一旦有限的赠礼不敷享用,便无情地砍伐树木,造成沙漠卷土重来的恶果。由于水土流失严重,波勒普尔的地表露出了骨骼,灾害步步逼近。昔日的情景迥然不同,那时大片森林保护着田野,提供人们赖以生存的水果、根茎。

哪儿的森林遭到破坏,哪儿的人蒙受苦难。如欲遏制灾难,唯一的办法是呼唤布施恩惠的森林女神,祈求她护佑这片土地,赠与水果,赠与绿荫。

采取有效措施防止森林资源被贪欲鲸吞,不仅是印度也是世界各国面临的难题。美国的大森林遭到破坏,滚滚而来的黄沙,毁坏着淹没着农田。天帝派遣的生命,在大地营造了庇护所,人类的贪欲则在里面繁殖死亡的细胞。人类社会违背天意,必然受到无穷的诅咒。一些利欲熏心的人,乱砍滥伐承担净化空气的、以落叶肥沃土壤的树木,残害森林,也招来了自己的灾祸。人类忘记了自己的长远利益,糟蹋了天帝仁慈的赠礼。

现在是忏悔的时候了。我们今天起誓:以我们微薄的力量,在我们的生活环境中,建一座赐福的森林女神的祭坛。今天的春耕、植树节有两大内容。第一,耕地——为了我们需要的作物和粮食。耕地是履行自己对自己承担的责任。第二,为了弥补由此产生的大地的损失,我们应当回赠礼品。为了对大地负责,让它免受伤痛,我们植树造林。我衷心希望这项活动无止境地扩展绿荫,让水果、稻麦飘香的乡村更加美丽,更加快乐。

教育与生活

终日囚禁在"需求"的监狱里,过的不是真正的人的生活。事实上,我们有时身缠"需求"的长链,有时则享受自由。孟加拉人平均身高约为六十三英寸,建造的房子也只有六十三英寸高,显然是荒唐的。为了行动自由,住房的高度必须大大超过身高,否则身心健康受到损害,生活中无乐趣可言。这个例子也适用于教育。将小学生禁锢在教科书之中,他们的智力不可能得到充分发展。学生死背书,不广泛阅读其他书籍,难以成为有用之才,到了成人的年龄,智商上仍是儿童。

不幸的是,印度学生没有泛读的时间。印度学生的头等大事,是在尽可能短的时间内掌握一门外语,通过毕业考试,谋到一份肥差。从孩提时期开始,就得气喘吁吁地朝前奔跑,不敢疏忽大意,左顾右盼,除了背书,挤不出时间再做别的事。看见孩子手捧一本杂书津津有味地阅读,家长就会嗖地把书抢走。

那令人爱不释手的杂书哪儿去找哟!这样的孟加拉语书几乎没有。容易找到的是改写本《罗摩衍那》和《摩诃婆罗多》。但学校里不系统地教授孟加拉语,他们在家即使有空想读,孟加拉诗歌的情味,他们也品尝不到。不幸的学生英语也不精通,甚至未读过英语的儿童文学作品,尤其是英国儿童必读的作

国际大学校园

品。那些作品用纯正的英语写成,题材广泛,内容丰富,可获得学士、硕士学位的孟加拉学生不见得能完全读懂,深刻领会。

可怜的小学生面临各种实际困难,手边除了语法书、地理课本和词典,没有别的书籍,世界上他们最最不幸。别国同龄的学生用长出的新牙咀嚼文学的甘蔗,可他们坐在长凳上,晃动着细瘦的两条腿,衣摆随之抖动,只有挨藤教鞭的份儿。他们吞咽的是先生尖刻的斥骂,而非文学精品的营养。

结果,他们的欣赏能力低下。孟加拉儿女无暇顾及体育锻炼,缺少必需的食品,身体孱弱,精神器官更是远未健全。印度人啃了一大堆书,通过学士、硕士的答辩,但心智并不成熟、强健。印度人的言谈举止、对世界的看法观点,不像是成人的。只得以夸夸其谈、装腔作势掩饰精神空虚。

落到这步田地的主要原因,是印度人从小接受刻板无乐的教育。印度人背了非背不可的一摞书,为的是今后应付差事。这种学习方法不利于智力开发。吸入的新鲜空气填不饱肚子,解饿必须吃饭,但新鲜空气对于正常消化必不可少。同样,课外读物对于教学内容的正常消化也大有帮助。心情轻松地读书,阅读能力不知不觉地提高了。理解能力、鉴赏能力、思辨能力,自然而然地随之增长。

孟加拉人如何摆脱不利于智力发展的刻板教育的魔掌,暂时还想不出什么有效的办法。他们受到各种条件的限制。首先,英语是外国人的语言,词组和句子结构,与孟加拉语完全不同。另外,情感表达和陈述方式,也是外国式的,孟加拉人很不熟悉,领会之前只好死记硬背,囫囵吞枣。比如说一本儿童读物中有一个关于英国农民跳的圆舞的描写,英国孩子知道那种舞蹈,读起来很有意思。又如"查尔斯"与"凯脱"打雪仗,发生口角,整个过程对英国孩子来说,饶有趣味。但孟加拉孩子读外文书,勾不起脑子里的一丝回忆,心幕上看不见任何形象,自始至终在黑暗中摸索。

其次,低年级的老师有的是高中毕业生,有的还是肄业生,英国的语言、情感、习俗、文学,知之甚少。可偏偏是他们首先把英国人介绍给我们。他们的英语和孟加拉语水平都不高,哄蒙学生是他们的特长,做起来得心应手,这比教书容易得多。

平心而论,这也怪不得这些可怜的先生。英国人说"马是一种文雅的动物",这句话很难译成孟加拉语,译成"马是神圣的动物,马是非常珍贵的

动物,这种动物很漂亮",都不确切。碰到这类句子,只得含糊其辞地搪塞过去。我们刚开始学英语,听到的那些含混的解释,若排队的话,一眼望不到头。小时候我们学英语,内容那么少,错误那么多,还谈什么品尝艺术趣味!对于英语教学,其实谁也不抱希望。先生和学生都心安理得地说,一篇文章,大概知道是什么意思,就算打赢一场战役。只要通过考试,就业之路就铺平了。桑格尔贾尔查这样描绘英语教学:

认定单词的含义没有含义,
里面没有快乐没有真实。

除此之外,命运之神为孩子们还安排什么?学习孟加拉语,意味着读《罗摩衍那》和《摩诃婆罗多》。不想读了就去玩耍:爬树、纵身跳进河水、摘花,无休止地跟自然母亲捣乱,这样快快活活,身体反倒长得壮实,儿童天性的要求得到满足。硬着头皮学英语,到头来英语学不好,游戏也得放弃,进入自然王国的良机丧失殆尽。

身心内外有两个宽广的游乐场,人性在那儿积累生命力和健康;繁丽的色彩、形态、馨香,奇异的跃动,歌曲、情谊和欢愉,时刻波澜起伏地冲醒我们全身的感知,使我们的身心得以健壮。难道非得从这片美丽的土地放逐不幸的儿童,给他们戴上锁链,押往外语的监狱?

一个个年龄段像一层层阶梯。不消说,成熟了的少年便成为青年。青年人一步跨进工作领域,不可能马上有工作所需的才华。支撑生活的不可缺少的东西,像手和脚,与我们的年华一起增长。它们不像制成品,需要的时候,可以完整地从市场上买回来。

毫无疑问,思维能力和想象力是人生旅途中两种宝贵资本。换句话说,想成为人才,这两种资本缺一不可。小时候不培养思维能力和想象力,走上工作岗位,它不是唾手可得的。这可谓经验之谈。

所以,不要只关注培养孩子的记忆力,要给他们充分的机会去最大限度地扩展思维空间和想象力。死背书,如同从早到晚只用犁耕地,只用耙弄碎土块;如同只舞棍弄棒;如同只付一种押金,这对于人生这片沃土是远远不够的。不停地翻耕的同时,保墒不容忽视,因为土壤的湿度适宜,庄稼才长得秆粗叶茂。此外,在某个节气,稻田需要下场大雨,过了这个节气,下一千场雨,稻粒也不会饱满。同样,童年,对于确保富于朝气和崭新想象的人生的成熟和丰润,也是至关重要的。

在这个年龄段,从文学的天空落下的绵绵细雨,会带来五谷丰登。当萌发的心灵之芽初次在黑暗的土壤里仰首观察广阔大地和无垠的蓝天,之后行至幽秘的来世的门前,初识外部世界,带着新的惊奇、兴趣和爱意翘首四望,这时如果和风吹拂,阳光普照,从天国乐园飘落祝福的甘霖,人生到时就充盈甜汁,结满硕果;这时如果只有干土、灼烫的黄沙,只有枯燥的语法和外语词典,密密匝匝地将它覆盖,以后纵然大雨倾盆,欧洲文学中新鲜生动的真理,奇特的想象和高尚的情操散落在它的周遭,也不能结果,文学蕴涵的生命力不会顺利地在它的生活中表现出来。

我们人生的大好时光在单调乏味的教育中消度。我们从幼年步入少年,从少年步入青年,扛着文字的包袱。在艺术女神的王国,我们是苦力,脊椎骨压弯,人性得不到充分展示。我们走进英国人的思想王国,不能轻松地漫步,也不能将他们的思想观点融入心灵。

一直到二十二岁,我们学到的书本知识,与我们的生活未起化学反应,思想呈现畸形。学到的一些概念,用糨糊粘贴在一起,时间久了,一块块剥落。就像有些粗俗的人文身,扬扬得意,不知道遮住了人体天然的亮泽和肌肤的美色,我们也把英国书中的知识抹在身上,趾高气扬,其实它与我们的真实生活鲜有联系。又如有些缺乏审美情趣的土司,身上缀挂英国便宜的彩色玻璃片、玻璃球,乱用英国服饰,不晓得一身打扮多么古怪可笑,我们也采集英国一些闪光的语言,把自己装饰得五光十色,常在不适当的地点滥用至理名言,浑然不知在不自觉地上演一幕绝伦的丑剧,见人窃笑,当即援引欧洲历史上的事例,妄图证明自己的正确。

印度的教学之雨,洒落在离我们生活的根须约几百尺的地面上,渗透阻挠,接近根须的水分,不足以消释生活的干燥。我们一生接受的教育,只能让我们当一名秘书或商人。专装办公室里用的叠得整齐的缠头巾和披毯的大箱子里,又装进学到的全部知识,日常生活中虽不经常使用,按照教学大纲却非学不可。

这怨不得印度学生。他们的书本世界和栖居世界相距甚远,连接的桥梁是语法和词典。于是出现一种怪现象:通晓欧洲哲学、科技和伦理学的学者,极力维护陈旧的传统习俗。他们一面鼓吹自由的光辉理想,一面时

刻用千百张奴性的蜘蛛网罩住自己,软化自己。他们一面独自享受感情丰富奇妙的文学精品,一面却不愿将生活置于情感的高峰。他们的心思全放在如何发财上面是不足为奇的,因为他们的知识和为人之间,横亘着穿不透地道的屏障,两者从未密切结合。

我们为之耗费三分之一的年华的教育,如果永远脱离现实生活,如果我们总被剥夺接受其他教育的机会,我们靠什么力量去发现真理呢?

促使教育与生活的结合,是当前最迫切的任务。

相依为命的诗歌

如今写诗对我来说好像是享受幽禁的快乐。为下一个月的《求索》，我至今未写一句话，编辑每隔几天来信催稿。未来的阿斯温月和加尔底格月①的合刊，空着手，直视着我的脸，厉声呵斥，我只得跑到我诗歌的私宅，隐藏起来。

我每天觉得，今天不足二十四小时。缺分少秒的一天天，悄然流失。我抓耳挠腮，想了半天也不知道什么是我的本职。有时觉得，我能写许多篇短篇小说，没有一篇是劣作，一面写一面享受无穷的乐趣。有时又觉得，心中涌动的滔滔情感，不宜以诗的形式抒发，最好以日记的形式表达出来，那样做既有艺术成果，也可享受快乐。有时候，极有必要就社会问题与国人展开辩论，于是不管别人是否参加，我跳出来去尽那份恼人的责任。可有时候却厌烦地想：统统滚一边去吧！世界会给自己的织布机加油，择选恰当的字当韵脚，创造优美的旋律，写短小的抒情诗才是我

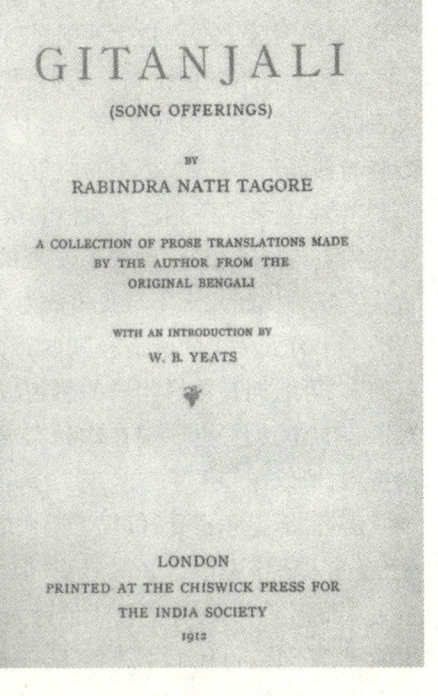

《吉檀迦利》初版封面

---

① 印历七月，公历10月至11月。

驾轻就熟的行当,把其他琐事抛在脑后,在自己的内心世界里潜心创作吧。

我的境况,似乎有点像嗜酒的高傲的美女,拥有一批情人,舍不得放弃一个。我也不愿让众多文艺女神中哪一个对我失望,结果我的工作量骤增,弄不好,在文学之路上长跑,任何一种文学门类的技巧,都不能为我掌握。在文学领域,也有不同的职权,当然与其他领域的职权略有不同。有了文学的责任感,不一定非得考虑哪种职业可为世界带来最大的福利,可我非考虑不可的是,选择哪种文学门类,我将获得杰出成就。经过深入思考、比较,我或许在诗歌领域会有最深的造诣。

然而,我饥渴的熊熊大火,力图在宇宙和精神世界处处播撒自己的火焰。当动笔写歌曲,就觉得持之以恒地写下去,必定有所建树。当我参加戏剧演出,不知不觉便入了迷,觉得无论如何这也是一项值得为之献身的事业。后来,我写的文章《论童婚》和《教育的各种模式》发表了,自己读了一遍,觉得写政论文也是生活中最高尚的职业之一。

要我大言不惭地说句真心话,那我先得承认,我时刻把失恋的贪婪目光投向绘画艺术。但我在绘画上是没有前途的,毕竟学画的年龄早过了。绘画与其他艺术一样,是不易掌握的,它宛若"罗摩断弓"①,若不经年累月地刻苦练习,是得不到艺术女神的欢心的。

独自与诗歌相处,对我来说是最快活的。她对我袒露她的情怀,她是从我童年时代起几十年与我相依为命的深爱的我的伴侣。

关于有人提出的所谓缄默的诗人的问题,我的看法是,张扬的人和缄默的人,可能拥有数量相同的感情,但诗才是另外一回事。它不仅表现在对语言的驾驭上,更体现在作品布局谋篇的能力上。依仗看不见的、隐秘的技巧,情感在诗人手中呈现为多彩的形态。那样的创造力,是诗才的根本。语言、情感和感受,仅仅是诗人的材料。有的人掌握语言,有的人有感受,有的人既掌握语言又有感受,但另一种人,既掌握语言,又有感受和创造力。最后一种人,才能给予他诗人的桂冠。前三种人,可能保持缄默,也可能喋喋不休,可他们不是诗人。称他们中有人是脑力劳动者,是用了一个恰当的单词。他们也是人世间难得的人才,诗人时刻对他们敞开热忱

---

① 典出印度史诗《罗摩衍那》。罗摩拉开湿婆的巨弓,将其折为两段,遮那迦国王才同意把悉多许配给他。

的胸怀。

有了上面的开场白,解释我的诗作《撒网》就容易一些了。这首诗放在面前,我可以较深地理解并较为详细地作一番解释,不过脑子里有一个大致的印象。你不妨施展一下你的想象——有一个人在他人生的早晨,站在海边,遥想旭日东升。那大海是他的心灵,抑或是外部世界,或者是两者之间的一个情感的大海,但究竟是什么,诗中没有讲清楚。尽管如此,凝望着极为壮美的深邃的大海,他忽然想起,把网撒入这奥秘之海,看看可捞到什么东西。说干就干,他一扭身把网撒进海里。

各种精美的物品捞了上来,有的像笑容一样洁白,有的像泪珠一样璀璨,有的像羞色一样鲜红。他异常兴奋,撒网拉网忙了一天,他把深不可测的海底所有精美的奥秘全部捞上来,堆在海滩上。就这样,他一天的时光消逝了。黄昏时分,他觉得这一天他打捞的东西够多的了,赶紧把这些东西给"他"送去吧。"他"是谁,诗里也没有说清楚。可能是他的情人,也可能是他的祖国。可不管给谁,"他"从未见过这些珍品。于是,他心里纳闷:这些到底是什么东西?有必要捞上来么?可以用它们消除匮乏么?送去让店主鉴别一下,它们值多少钱。

总之,这些不是科学、哲学、历史、地理、经济、社会学、宗教和伦理道德,而仅是五光十色的情感。哪一样叫什么名字,有什么来历,都无从稽考。结果,一整天撒网,从深海捞上来的这些珍宝的受纳者,奇怪地问:"这些是什么东西?"这时渔夫也懊丧不已,心想:确实,这不是什么特别的玩意儿,我不过撒了网,收了网,我没有去集市,没有花一分钱,我不必缴费,不必纳税。他略为羞愧、神色黯然地把那些东西捡回来,坐在门口,一件一件扔到路上。第二天上午,路过的旅人把那些珍品拾起,带到异域的家中。

也许,这首诗的作者认为,他同时代的读者理解不了他这首诗的寓意,他们不能确定它的价值,因而暂时把它们扔在路上。今夜消失之后,就让后人把它们拾起来带往别的地方吧。

然而,那位渔夫消气了吗?不管怎样,后人像赴幽会的美女,在漫漫长夜一步步朝诗人走去,夜尽天明,大概就能走到诗人的身边,大概谁也不会反对让诗人享受这种想象的快乐。

韵 律 琐 谈

我们的身架承负肢体的重量,行走依赖于四肢的协调动作,对立的体重与活动配合默契地嬉戏,也就是跳舞。肢体的优美动作,丰富了身躯的职责,这不是出于谋生的需要,而是表现了创造的愿望,并给身躯以动态的艺术形象。我们称之为舞蹈。

形象创造的无穷的浪潮,就是宇宙。形象源于韵律,现代原子理论深刻地阐明了这一点。普通的电流释放光,散发热,从电线看不见形象。但当电子达到一定的数量和速度,叩击我们的感觉之门,我们面前形象立即闪现,有的化为黄金,有的则是铅。一定的重量和一定的速度协合为韵律;没有韵律的神力,形象无从显露。世界创造的韵律之奥秘,深藏在人的艺术创造之中。

《梨俱吠陀》云:凡人的各种艺术,是颂扬神的艺术。凡世的各种艺术,是对神的艺术的模仿。换句话说,人的艺术追寻宇宙艺术的奥秘。那本源的奥秘在韵律中,在光波中,在声波中,在血液中,在神经的电子波中。

人首先在自己的身体上创造韵律,因为人体适宜于韵律创造。人奋力挣脱地球的吸引,腾向空中。从人走的每一步都可以察觉到不稳的平衡,其间有颠踬,也有收获。对他来说,跌倒比疾行容易得多。山羊生下来就会行走,但婴儿要花很长时间培养富于韵律的迈步的能力。前后,左右,一步一晃悠,艰难地保持着平衡,朝前走去。这绝非易事,看着幼儿摇摇晃晃地努力掌握步履的节奏,就能深刻地理解这一点。在发现步行的节奏之前,他只会爬行,也就是说他屈服于地球引力,无舞姿可言。

四脚动物终生爬行,它的行走是向地球投降的行走。它纵身跳起,片刻之后又回到大地的怀里,耷拉着脑袋。反叛的人,使沉甸甸的躯体冲出大地的统治,他的行走使他得以正常工作,进行生活中并非都需要的游戏。他依靠韵律的帮助,战胜地球引力。

《梨俱吠陀》云：艺术是心灵的文化。形象塑造属于文化，当然可以称为艺术。人调节灵魂，改造灵魂，也就是说给它丰富的形象，那就是艺术。不独树木、石头，人也是艺术的素材。人不断地完善自己，最后脱离了野蛮。这样的文化是他自己创造的具有韵律的艺术。古往今来，这种艺术在不同的国家表现为不同的文明，它的韵律是五彩缤纷的。

和人的灵魂一样，人类社会也需要富于韵律的文化。社会也是艺术。社会中有五花八门的观点、宗教和阶层。社会内部的创造理论如果十分活跃，它发明的韵律中，各种成分就不会有重量上的太大差别。

韵律的缺损，是许多社会成为残废的根由，韵律的罪过造成许多社会的死亡。社会中某种音调骤然变得过于强烈，昏沉的社会行路便摇摇晃晃，偏离韵律。换句话说，繁杂的观点、信仰和习俗的包袱扛在肩上，呵护韵律的社会步履维艰，被压垮恐怕难以避免。运动是世界的特性，变化则是家庭的特点，它们的坐骑是韵律。没有韵律的运动是向地狱的下坠。

人富于韵律的身体不仅促进生命运动，也促进情感变化，这在其他动物中间是看不到的。其他动物体内也有情感的语言，但不像人的神态具有灵性，所以它既没有动力也没有隐喻。

事情到此并没有结束。人是创造者，进行创造，必须把人生阅历融于世界的真实之中。人千方百计把体验过的悲欢怨恼带出幽秘深处，熔铸为形象的要素。"我爱"，这句话可以用自己的语言说出来，表明一段人生经历。然而，更应让"我爱"这句话脱离"我"，用于艺术创造，这样的艺术创造属于人类和历史。例如，沙杰汉①的悲恸创造了泰姬陵，沙杰汉的创造凭借绝伦的韵律，超乎沙杰汉个人。

舞蹈艺术的第一篇序言，是以肢体无意义的优美写就的，只包含韵律的欢乐。最原始的歌曲只有单调的节拍和乐音的重复，那不过是节拍的感染力的累积，给听觉以震撼。渐渐地，其间掺入了情绪的感染力。但是，当情感的宣泄忘却自身，换句话说，当倾吐感情不是目的，最高目标是形象创造时，舞蹈便可为大家欣赏。那舞蹈可能被人遗忘，但存在的日子里，舞蹈形象上必然打上永恒的印记。

---

① 沙杰汉：是印度莫卧儿王朝第五代皇帝，他按照其王后慕玛泰姬玛哈尔的遗愿，下令修建世界七大奇迹之一——泰姬陵。

我们看见白鹤翩翩起舞，它的舞蹈不是动作的同义词，也就是说，没有在技巧中终结。我们在鹤的舞姿中能窥见情感和高于情感的东西。雄鹤决心打动情侣的芳心，它的心灵会设法设计舞蹈语言和舞韵的奇特表现方式。白鹤的心灵能以翅翼创造舞蹈艺术，因为它的身躯是自由的。

狗的感情炽热，可惜身躯典押给了大地。激动不已时，尾巴有节奏地摇摆，就是它的舞蹈，身躯似烦躁不宁的囚徒。

人的自由之躯跳舞，人的自由的歌喉也跳舞，其间韵律创造的奥秘拥有很大的地盘。蛇是无足动物，完全不同于有足的人。它委身于泥土，从不跳舞，诱它起舞的是耍蛇艺人。外部的激情使它身躯的一部分自由了片刻，摇摆颇有韵味。可它的韵律是从别人那儿获得的，不是自己情绪的韵律。韵律意味着情绪的波动。人的情感企望在繁复的艺术和韵律中赢得形象。早已泯灭了的众多文明的废墟中，被遗忘的时代的情绪的声音，仍在大量画作、陶器和塑像中回响。人的欢乐情绪是那韵律之戏中的舞王。各种语言的文学作品中，情绪随着新舞荡漾。

人的轻快步履中有隐形的舞姿，如同诗韵隐藏在散文语言中。我们说某人走路姿势优美，某人走路样子难看，差别在哪儿呢？差别在于如何解决驾驭体重的问题。人的体重太裸露，步态不优雅，说明未能妥然解决这个问题；解决得好，必定是优美的。

帆船行驶是优美的，船的重量和船的速度相得益彰，两者在和谐中诞生飘逸，具有韵律美，没有受蛮力的洋罪。水手划桨，船工撑篙，尽量以动作的协调减少劳累，姿势也很美。无始无终的流光中，茫茫宇宙承载巨大的重量，以和谐的韵律运行。这和谐确保露珠乃至太阳都以圆的韵律构成，所以，花瓣、叶片和涟漪，或艳丽，或翠绿，或清澈地漾散。

上面谈了可观的舞韵。人的无言的肢体率

帆船行驶是优美的

先表露韵律的欢悦，之后肢体的暗示从语言的暗示中透露出来。下面再谈谈语言的韵律。

　　动物的声音的传播范围并不太大，虽有强度，但分量很轻。狗叫，狼嗥，传播时不会面临克服重量影响的问题。在某些场合，这种问题也曾显露端倪。我们无意不公正地对待毛驴。毛驴不仅驮一堆脏衣服，吃苦受累，由于自己的嗓音还背负沉重的恶名。当它拖长吭吭的叫声，不得不一段段地分割重量。关注自己的洗衣房的生意，又说毛驴叫唤富于韵律，我们是很犹豫的。真不知如何评说它的叫声！

　　人应当掌握语言的长度，控制延续的语言的重量。当曲子与人的语句叠合，音乐艺术得以扩展，支撑它的是运用的各种节奏。但称节奏或格律是载体是不妥的，它不是扛麻袋的苦力。它把重量分布在各个音程，给予律动。富于形象的歌曲，能拨动我们的心弦。

　　我们以语言传递信息，确保文章的真实性是我们的唯一责任。但当我们展示形象，较之真实，更需要的是韵律。"从前一只老虎喉咙里卡了一根刺。"这纯粹是信息。作为一个事件或一个故事，是无需分辩的。但想把喉咙里卡了刺的老虎的尾巴投映在心幕上，语言中应加添韵律的魔力。

　　　　有如闪电的长尾摇摆，
　　　　霹雳击穿乌云，落下滂沱大雨，
　　　　喉咙里卡刺儿的老虎，
　　　　疼痛难忍，翻滚怒吼。

　　诗歌文学不只是趣味文学，更是形象文学。一般来说，语言的文字具有意义，但在韵律中却附丽于形象。

　　以上是我对韵律的粗浅看法。给世界和人的语言以形象，是韵律的职业。在这篇文章的第二部分，我将具体分析孟加拉诗歌的韵律。

罗摩衍那

未将《罗摩衍那》、《摩诃婆罗多》与其他诗歌进行比较,确定其类别时,它们名叫"历史"。近日,在外国文学宝库里,经过一番鉴定,它们被命名为"epic"。"epic"译成孟加拉语是史诗。于是我们称《罗摩衍那》、《摩诃婆罗多》为史诗。

史诗这个名字非常响亮。这个名字是它的正确定义。现在我们不认为它是译名也无妨。

承认它是译名,却不完全符合外国修辞学中"epic"这个单词的特征,冠以史诗之美名的长诗,就得为自己辩护。我认为发表一篇辩护词是多此一举。

我们准备讨论何谓史诗。但下不了决心将它与"epic"作详细的比较。如何比较呢?《失乐园》一般被认为是史诗,它是史诗的话,《罗摩衍那》、《摩诃婆罗多》就不是 epic 了。两者怎能平起平坐哩!

诗大致可分为两类。有的诗是诗人个人的作品,有的则是庞大人群的杰作。

所谓个人的作品,并不意味着别人无法读懂。难以理解的诗,只能称作疯话。实际上,诗人依凭自己的才华,施展想象力,通过抒写他们的悲欢和生活体验,反映人类永久的激情和人生真谛。

除了他们,另一类诗人通过自己的作品,袒露情怀,阐述经验,展现一个国家或一个时代,从而使他的作品成为人类永恒的财富。

第二类诗人可称为大诗人。整个国家、整个民族的文艺女神可以信赖他们。他们的作品不应被认为是某个人的作品。它像一棵参天大树,生于国家的大地之腹,为国家提供遮阳的绿荫。读完迦梨陀娑的《沙恭达罗》、《鸠摩罗出世》,我们领略了他的大手笔。但是,《罗摩衍那》、《摩诃婆罗多》像恒河、喜马拉雅山那样属于整个印度,广博仙人、蚁蛭仙人不过是作者群的代表。

事实上,广博仙人、蚁蛭仙人并非某人的姓名,而是为满足读者的欣赏需要而起的名字。容纳幅员辽阔的印度的这两部鸿篇巨制,其实已失落参与创作的众多诗人的名字,诗人远远地隐藏在史诗后面无人知晓的僻静处。

印度有《罗摩衍那》、《摩诃婆罗多》,古希腊、古罗马则有史诗《伊利亚特》、《伊尼德》。这两部史诗生于希腊、罗马的心莲,住在希腊、罗马的心房。诗人荷马、维吉尔把他们的华丽辞藻赠给了他们各自所在的国家和时代的喉咙。优美的诗句似清泉,汩汩流出本国幽深的心底,世代沃泽本国的土地。

现代诗歌中看不到史诗的宏丽。尽管弥尔顿的《失乐园》语言凝重,韵律典雅,感情深沉,可它不是全体国民的珍藏,而是图书馆的宠物。

所以,不把屈指可数的古代名著归入一类,冠以史诗之名,还能起什么更恰当的名字呢?它们和远古时代的神仙、魔鬼那样庞大,但它们的家庭已绝灭了。

古雅利安文明的一条支流流向欧洲,另一条支流流向印度。两条支流分别以两大史诗保护了各自的话语和歌曲。

作为外国人,我们绝不能断言,希腊和罗马是否在两大史诗中表露了它的完整本性。但可以肯定地说,印度在《罗摩衍那》、《摩诃婆罗多》毫无遗漏地展示了原貌。

因此,一个个世纪荏苒地逝去,但在印度,《罗摩衍那》、《摩诃婆罗多》之河,从未干涸。村村寨寨,家家户户,每天诵读史诗;从普通的杂货店到富丽堂皇的王宫,史诗受到同样的欢迎。荣誉属于两位仙人,岁月的辽阔原野上,参与创作的佚名者的心声,至今以千百种方式,往亿万男女的门口送来力量和安恬,携来一个个古老世纪的淤泥,至今时刻肥沃着印度的心田。

由此可见,光称《罗摩衍那》、《摩诃婆罗多》是史诗是不全面的,它们也是历史;当然不是记叙事件的历史,因为那样的历史依傍具体的年月。《罗摩衍那》、《摩诃婆罗多》是印度世代的历史。其他历史随岁月而变动,但这两部历史书万古不变。印度的探索、追求和信念的历史,端坐在两座宏伟诗殿里永恒的御座上。

鉴于这个原因,对《罗摩衍那》、《摩诃婆罗多》的研究,不应低就其他诗评的标准。罗摩的品行高尚还是卑下,我喜欢不喜欢他的异母弟弟罗什曼那,陈述个人的看法,显然是不够的。应该怀着敬意,冷静地分析几千年印度是怎样接受史诗的。不管我这位批评家名气多大,若不低眉垂首,分析漫长岁月中流淌着的一个古国的历史,那便是狂妄,无异于耻辱。

印度在《罗摩衍那》中诉说了什么,承认哪种理想是崇高的,目前,这需要我们谦卑地加以探讨。

一般人的观念里,"epic"是英雄史诗,因为在英雄威震四方的时代和国家,"epic"必然以英雄业绩为中心题材。《罗摩衍那》也有战争描写,罗摩的神力也无与伦比,但《罗摩衍那》最鲜明的主题,不是英雄精神,字里行间不曾宣扬武力光荣,战例并非史诗的主要情节。

这部史诗没有描写大神的转世下凡。诗人蚁蛭仙人的眼里,罗摩不是神的化身,而是普通人。学者将提供这方面的佐证。在这篇序言里,不可能展开学术讨论,我只想简单地说,史诗中诗人如果不描写人性,而描写神性,《罗摩衍那》将沦为一部平庸之作,诗句不可能广为流传。罗摩的品德之所以高尚,就在于他是人。

着手创作首篇,蚁蛭仙人设计了史诗的男主人公,他摆了男主人公的许多优点,问隐士那罗陀:"天神可曾下凡化身为这样的男子?"那罗陀回答说:"神仙中我从未见过如此高贵的男子。你听着,人间的月族人有你讲的这种品德。"《罗摩衍那》叙述的是月族而不是神仙的故事。《罗摩衍那》中天神不曾屈尊为人,是高尚的品德使人跻身于神的行列。

树立凡人的光辉榜样,是印度诗人创作史诗的动机,从古到今,印度读者以极大的兴趣诵读有关凡人的楷模的章节。

《罗摩衍那》的主要特点,是展示放大了的家庭本质。父子、兄弟和夫妻之间的宗教关系、亲情关系和相敬如宾的关系,表现得如此圣洁,使作品轻而易举地成为不朽史诗。夺取王位,诛戮仇敌,强大的对立双方之间你死我活的斗争等场景描写,通常可组成史诗中跌宕起伏、引人入胜的情节。但《罗摩衍那》的高雅旨意并不体现于罗摩和罗婆那之间的激烈战斗,战事不过是更加辉煌罗摩和悉多的夫妻真情的手段。《罗摩衍那》昭示的是儿子对父亲的恭顺,为兄弟作出的自我牺牲,夫妻之间的坚贞不渝,国王对平民所负的责任,可以达到怎样的高度。像这种凡人的家庭成员之间的关系,在别国的史诗中未被当做值得描写的内容。

史诗让人看到的,不仅有诗人也有印度的本来面目。研读这部史诗,可以懂得家庭和家庭责任,对于印度有多大分量。史诗表明,在古代印度,家庭占有很重要的位置,建立家庭谋求的主要是幸福,而不是便利。家庭支撑着整个社会,培养真正的人。家庭是印度雅利安社会的基础。《罗摩衍那》是家庭的史诗。《罗摩衍那》让家庭陷入对抗,在被放逐森林的艰难中获得特殊的光荣。尽管在王妃吉迦伊和贴身宫女曼他罗的阴谋的沉重打击下,京城阿喻陀的王室破裂,但《罗摩衍那》宣告,家庭责任坚不可摧。《罗摩衍那》以辛酸的泪水为之洗礼的不是膂力,不是获胜的决心,不是治国的功业,而是充盈宁馨的琼浆的家庭责任,并把它置于豪迈的英雄气概之上。

不以为然的读者兴许会说,在这种情形下,性格刻画就必然变成夸张了。哪儿是两者恰切的界线,突破想象的哪一道界线,诗歌艺术便成玄虚,这不是一句话说得清的。有一位外国诗评家抱怨说,《罗摩衍那》中人物性格刻画太简单了。我要对他说,作品的种类很多,在一种作品中显得简单,在另一种作品中则是恰到好处。印度在《罗摩衍那》中并未见到过度的浅显。

任何地方都实行一定的艺术标准,过分地超越艺术标准,就不能被人接受。我们的听觉器官听懂多强的声波,是有限度的,超过限度,跳到第七音符之上,我们的耳朵便拒绝接收。这也适合史诗中的人性刻画和情感表达。

这种观点大概是正确的。千百年来已经证实,《罗摩衍那》的任何篇章,在印度心目中都不臃肿。印度的男女老少,各界群众,不仅从中得到教诲,也汲取欢乐;不仅把它顶在头上,也藏在心里;《罗摩衍那》不仅是他们的教典,也是他们抒唱的诗歌。

我们面前,罗摩既是神又是人,《罗摩衍那》既使我们倾倒,又被我们供奉。假如这部巨著的诗美,在印度看来只是幽远的想象之国里的物件,进不了我们的家庭范围,那种情形就不会出现。

即使外国评论家采用其诗评尺度,称《罗摩衍那》是通俗读物,与他们国家的作品进行比较的过程中,印度的特点也照样显露出来。印度从《罗摩衍那》得到了想得到的东西。

我就是从这样的角度审视《罗摩衍那》和《摩诃婆罗多》的。谐和着它的"奥奴斯杜波"格律，几千年印度的心脏强劲地跳动着。

挚友迪纳斯昌德拉·桑嘱我为他的《罗摩衍那评论》作序时，我虽然身体不适，时间又紧迫，但依然从命。他以真诚的音调反复吟哦诗句，不知不觉喜获研究的成果。我认为，他那种充满祭拜热情的分析，是真正的诗评，采用这种方法，一颗心的敬意悄然渗进另一颗心中。换句话说，祭拜者的虔诚在读者心中也掀起虔诚之涛。

我们目前的文学批评，起着检查物价的作用，因为文学作品也是商品。为避免上当受骗，大家渴望得到高明的商检人员的关照。这样的商检固然有必要，但我仍要说，透辟的评论雷同于祭仪，批评家是祭司，他不过是表达了交织着他个人与大众的虔敬的惊喜。

虔诚的迪纳斯昌德拉站在庙宇的庭院里，取火点燃灯烛，突然交给我摇铃击磬的重任，我立即站在他身边履行责任。鼓乐声太响，会淹没他的祭仪。所以我只说一句话——读者不会把记述罗摩的漫游看成是诗人的作品，而认为是印度的《罗摩衍那》。这样，他们通过阅读《罗摩衍那》全面地认识印度，通过回顾印度的历史，正确地领会《罗摩衍那》。他们明了，印度要听的是有典型意义的完人的传记，而不是精彩的历史故事，而且至今毫无倦意地愉快地谛听着。

完美，是印度由衷的追求。印度不冷淡完美，不相信完美脱离现实。印度承认它是生动的真实，为此感到无比欣喜。《罗摩衍那》的诗人，唤起并满足了对完美的追求，永远买下了印度敬慕的心。

重视"绵延的真实"的民族，不倦地追寻客观真理。视诗为本性之镜的人，在世界上从事各项艰巨的事业，非常值得敬佩，人类永远对他们感激不尽。另外一些人，执著地探索圆满结局中一切欠缺衍化而成的完善，一切对抗中诞生的和平，欠他们的债也偿还不清。他们的生平事迹如果湮灭，他们的训诫如果被忘却，人类文明难免在尘土飞扬的工厂的人群中，在呼吸熏黑的空中，渐渐被折磨得形容枯槁，凄然死去。《罗摩衍那》的每一页记载着那些追求不朽完美的人的事迹，如果我们对《罗摩衍那》中描写的手足之情，对丈夫的忠贞，对父辈的尊重，对真理的热爱，表示淳朴的敬意，万分珍惜，大海纯净的暖风，就找得到吹进我们工厂的窗棂的路径。

孔雀啼鸣

听见我家养的孔雀啼叫,我一个朋友突然说:"孔雀的叫声,我可受不了。实在想不明白,诗人们为何在他们的作品中,给孔雀的叫声一席之地。"

当诗人同样爱听春天杜鹃歌鸣和雨季孔雀欢啼时,有人心里会忽然觉得,也许诗人已处禅定状态,对他来说,是非好坏以及优美和刺耳声音的差别,不复存在了。

岂止孔雀的叫声,蛙鸣和蟋蟀的叫声,也没人说是甜美的。但诗人们从不忽视它们的声音,虽说不敢把这些声音比喻为情女的嗓音,却把它们当作六个季节大合唱的主要组成部分,极为重视。

如有一种甜美声音,货真价实,毋庸置疑,它不用片刻工夫,就能证明自己是柔和的。有了感官的确凿证据,心灵不作任何争辩,就承认它的美。这样的美,来自感官,不是心灵的发现。所以,心灵有些瞧不起它,说:它非常甜美,不过仅仅是甜美而已。换句话说,感知它甜美,不用在心里品啰,单靠感官就感知了。同样,有些听歌的行家,以不屑的口吻说,某某唱的歌很好听,他未说出口的意思是:嗓音挺好的歌手,把歌送到我们的感官之家,以极易获得的称赞,贬损了歌曲本身,他并未进入高雅情趣和受过教育的心灵之殿。

轻易变甜的东西,极快地给心灵带来的是慵倦,使心灵不能持久地精

神集中。心灵不一会儿就觉得超过了它接受的程度，不耐烦地说："啊哟，太多了嘛。"

所以，在某个学科接受专门训练的人，不看重低层次极为简单的美感。因为，他清楚那浅陋的界限，知道它不会跑得太远。所以，他的心不会在其间兴奋起来。没有上过学的人，也能感知低层次的一些简单美感，但看不清它的界限，所以那浅陋的东西，是他唯一的快乐，还认为行家的快乐是一种怪物，经常把它视为过分虚伪。

由此可见，在各种艺术领域，知识分子和文盲，在不同的道路上行走。一方说："你懂什么！"另一方生气地回答："可以弄懂的，难道只有你懂吗？这世上别人都不懂？"

深沉和谐的快乐，全面完整的快乐，维系悠远的快乐，与环境共创繁复的快乐——这些是精神愉悦。不进入其间，不深刻领会，就没有分享的办法。这比起那些唾手可得的乐趣，深邃得多，稳固得多，宽泛得多。肤浅的东西，随着教育普及和审美习惯改变，逐渐衰弱，它的贫乏便暴露出来。而凡是深厚的东西，尽管暂时不为许多人认知，但它是长寿的。其间至高的审美理想，不容易衰老。查亚德卜①的长诗《柔藤》是好作品，但流传的时间不长。感官把它送到心灵之王的面前，心灵摸它一下就把它搁在一边了。它在感官享受中结束生命。在《柔藤》旁边，且看《鸠摩罗出世》②的一节诗：

　　她③身穿红霞似的鲜红衣裙，
　　丰乳若隐若现，体态婀娜，
　　款款行走，一似缀满花朵、
　　萌生新叶的青藤轻轻摇曳。

这不是自由体诗，诗中有较多的复合辅音。可仍让人产生一种错觉：比起《柔藤》，这些诗行听起来更悦耳。然而，这是错觉。其实，是心灵依凭

---

① 中世纪创作黑天颂歌的孟加拉诗人。
② 古代梵文长篇叙事诗，作者系迦利陀娑。
③ 指印度神话中毁灭大神的妻子婆婆蒂。

自己的创造力,满足了感官的愉悦。在没有贪婪的感官聚集的地方,心灵获得这种创造的机会。在诗行"萌生新叶的青藤轻轻摇曳"中,音流上扬,强弱恰到好处地相融,使旋律跌宕起伏,它不像查亚德卜的诗行的节奏感那么容易感受,它是内在的。心灵处在慵懒状态中,是不易捕捉到的。一旦发现,便乐不可支。这诗行中的一种情愫之美,也与我们的心灵合谋,创造的一种听不见的乐音,超越词汇的乐音,漾散开来,仿佛感动了耳朵。其实不是感动耳朵,而是内心的错觉欺骗了耳朵。

不给我们的神奇心灵以创造的机会,它是不会长久地把任何甜美当做甜美的。它获得合适的元素,就能将强烈的旋律变得悠扬,生硬的单词变得柔软。它向诗人提出让它使用这种潜能的请求。

孔雀的叫声,耳朵听了觉得不美。但在特定的情况、特定的时间,心灵有本事让耳朵听了觉得很美。那样的甜美,本质上与杜鹃叫声的甜美是不同的。新的雨季来临,山脚下藤蔓错结的古老森林里,响起的陶醉的激情之歌,就是孔雀的叫声。在阿沙拉月①,墨绿的棕榈树林里浓稠了两倍的幽暗中,在如同渴望吮啜母乳、高举双臂的千万婴儿,摇曳的无数枝条发出欢快的飒飒声,时断时续的孔雀的叫声中,隐约地奏响自然的锣鼓,在苍老的大树中间,洋溢着盛大节日的欢庆气氛。诗人笔下孔雀的叫声,是雨季之歌,耳朵不能,但心灵能够品味其底蕴。所以心灵听着完全陶醉了。与此同时,心灵还得到许多东西——乌云密布的天空、阴影遮覆的丛林、青岚缭绕的山峰、广阔迷蒙的自然无从表达的莫名喜悦。

诗人笔下孔雀的叫声,与思妇的离愁密切相关。孔雀的叫声使踽踽独行的情女动容,并非因为它好听,而是它揭示了雨季的真谛。青年男女的爱情中间,蕴涵远古的初始情愫,十分贴近外在的自然,与陆地、水域、天空身子挨着身子。六个季节,随着不同时期绽放的鲜花,以各种颜色缤纷了爱情。那使叶片摇颤的,使江河波涛汹涌的,使稻穗摇摆的,也以新鲜的激情,使爱情生动活泼。十五的涨潮,使爱情蓬勃生长,暮空的红霞为爱情披上羞赧的婚服。一个个季节以自己的点金棒点触爱情,于是爱情不能不喜颤着苏醒。它和树林里的花叶一样,受到自然隐秘的爱抚。沉湎于青春柔情中的迦利陀娑,以他的生花妙笔,描写了青年男女的爱情,以及在六个季

---

① 印历三月,公历6月至7月。

节的六根琴弦上弹奏的各种情曲。他深知季节嬗变最重要的事情,是唤醒爱情,催开鲜花等其他事情,都是次要的。因此,作为雨季的本真乐音,孔雀的叫声必然冲击离愁别恨。

毗达波迪①写道:

> 痴情的青蛙啼唤着雏鸡
> 心儿破碎。

青蛙的呱呱叫声烘托的,不仅有新雨的温情,也有滂沱大雨的浓烈情感。今天,乌云没有富丽色彩,没有清晰层次。萨茜的那位老女佣用乌云严实地遮盖了天宫,远远地望去,是黑蒙蒙的一片。在种植各种农作物的大地上,明亮的阳光之笔没有涂抹,未呈现五彩缤纷的景象。水稻光润的墨绿,黄麻的深黄,甘蔗的葱绿,融入漫无边际的幽黑之中。没有一丝风。村民担心即将下大雨,不敢出门在泥泞的路上行走。田里的农活儿几天前就已干完了。池塘积满了雨水。在这没有光亮、没有绚丽、没有农活、没有忙碌、天地混沌的日子里,不绝于耳的最优美的音乐,是青蛙的叫声。它的乐音,就像无色的云彩,就像不闪烁的微光,渗透沉寂阴暗的雨天,并使之浓郁着向四周扩展。它比岑寂还单纯,它是宁静的喧闹,它和蟋蟀的叫声和谐地共鸣着。和乌云、雨影一样,蟋蟀的鸣声也是特殊的帷幕。它是声音王国的"幽暗"之象,它使雨夜臻于完美。

---

① 毗达波迪:系14世纪的孟加拉诗人,以写表现罗陀与黑天的爱情的诗歌而著称。

孟加拉语《泰戈尔全集》序

国际大学出版委员会的教授们下决心收集我的全部诗歌、散文和其他种类的作品,采用特殊方式编排。这是一项浩繁的工程,其难度可想而知。依我看,恐怕谁也没有本事编出一部文学批评家个个满意的全集来,我本人也一直不敢答应接受这项任务。现在出版委员会的教授们准备勇敢地挑起这副重担,我真有点为他们担心。

自孩提起,我的作品之河与我的人生之河融浃着向前奔流。随着环境和氛围的变化,借鉴不断地丰富我的写作经验,使成熟的作品几度转向,呈现崭新的面貌。不同时期的作品打上的一脉相承的印记,表明它们有着血缘关系,这已被在外部进行探索研究的人的智慧所揭示,但作者本人并不清楚。当各个季节心田上开花、结果,个中的激情和真实性,诗人一目了然。某些时候空气只供给少许生命力,收成相应减少。那些零星作物,是上一个季节收割的庄稼遗留下的种子的幼芽长成的。不结果的年月本应该遗忘,可对于收集史料的人来说,那是块尚有稻穗可拾的农田。然而,史料和诗歌精品毕竟不是同类产品。

历史设法铭记一切,但文学忘怀的甚多。印刷厂是历史学家的依傍,而文学的一大特点是要筛选,印刷厂妨碍它的行动。诗人的创造领域宛如星云,浩瀚朦胧的星光中不时迸发出成形的恬静的创造,那就是诗,是诗人全部作品中的宠儿。弥漫着浑沌烟雾的罅隙,不属于真正的文学。历史学家偏偏又是"天文学家",云气、星座、空隙……一样不肯割舍。

我正走向人生的终点。我这位耄耋老人最后要做的一件事,是择选、保存我认为具有文学水准的作品,其余的一律扬弃。这是表明酿造文学情味的诚意的唯一办法。不加选择地堆垒全部作品,就无法看清创作的真貌。如能清晰地展示我——一个文学家的心灵,于我那是最大的成功。想看清森林,首先必须清除荆莽杂草、枯藤老枝,必不可少的是斧头。

我并不是说非得挑选佳作扎成花束。清一色上乘之作的标准,不同于常见的普通作品的标准。普通作品的价值也有高低之分。一列火车有一等、二等、三等车厢。它们的装饰和服务标准不一,但相同之处是都装在车轮上。它们服从一条共同的成品的标准。车间外面的半成品是不应该运来的。然而,读了全集首卷的诗歌,会发现一些半成品被运来了。雾不是雨,那些半成品也不是诗。读者见了少年时代那些早产的未成形的诗例,想笑只管笑,不过请他们平心静气地想一想,并且记住,幸运的是,那是起点,而不是终点。顺便说一下,收入全集的歌剧的歌词,其实是诗,但愿无人对此产生怀疑。

文学作品的艺术性,由于种种原因,不可能达到同样的高度。将它们胡乱地捆在一起,对它们反而有害。记得比宾昌德罗在《毗佐亚》杂志上发表文章,评析我的歌曲。他的批评失之偏颇。被他召来推上"审判席"的歌曲,含有许多稚拙的成分。所作的论证,在它们身上涂了一层让人迷惑的色彩。它们尚未成熟,在诗歌文学的筵席上不会掩饰自己的羞赧。为了提供史料,文学界把它们送到印刷厂排字工人手中。若提出撤换的要求,历史就打着修史的陈旧幌子,予以拒绝。

如果现在确已到了推出我全部作品的时候,上、中、下三类作品各得其位,这就可以被接受的了。它们汇总起来形成一个非常自然的整体。"不成熟的作品既然过去已经发表,出于历史的考虑,应当承认它们的权利。"这种话是不值得尊重的。把它们抛到视野之外,才能维护全集的尊严。

所以编纂全集意味着汇总至少达到我订的文学标准的作品。天帝手中每每出现不完美的创造,但绝无出现了就能生存的道理。它们与整体不

孟加拉语泰戈尔全集

和谐,为此需作出解释。全集首卷的若干作品,佩带着写有"有待解释"字样的徽章。读者大模大样地从它们中间走过去,是对它们的友善态度。首次耕耘的时节,雨水不曾润泽土壤,干瘪的种子萌发的虬曲的嫩芽,在作出某种表示之前就夭折了。《暮歌集》就是那种嫩芽似的作品,没有收藏价值。它唯一的价值,在于它曾以心底喷射的激情,猛烈冲击刻板韵律的锁链。

汇集数十年的作品的时候,脑际跃出一个想法:它们是不同年龄不同心境的产物,既是我的心灵亦是周遭心灵的成果。文学之舟,穿过无法躲避的历史风云,驶向自己的圣地。最显著的差别,是写作能力的多寡,今天吸引心灵去酿造特种意蕴的物境,明天吸引不住心灵,于是只得另辟蹊径,那样做无损于作品,只要表现力足够刚劲。我们所说的稚嫩,作为诗歌内容非常之好,作为写作技巧则应受到冷遇。我在人生旅程的一个阶段写的作品,一般不同于另一个阶段。题材雷同的,大都采用不同的体裁。形式和蕴藉的转变,如果在某个时期获得表达的适当载体,那就无可指摘。时代演变,是历史机体的一部分。但文学的一条基本原则——印度修辞学称之为味论——透过各种变化,给人心以欢愉。情味不是用古代或现代供应的特殊原料酿造的。有时候,社会、经济、政治蛮横地复活,闯进酿制情味的殿堂发号施令,手持棍棒在四周实行专制统治,以为它们的影响永世不可抵御。让它们的勋章耀花了眼的,是情味王国之外的人。他们是一群应声虫,一听到长呼短叫,就激动不已,蜂拥而来。情味的性质,被认为是幽秘的,不可理喻的,它不受短促的亢奋的法规管束。它的豁露和隐逸,与人性玄奥的特点息息相关,谁也无法清晰地加以描述。在灵性深处的创造室的强烈鼓动下,人制造玩具,又毁坏玩具。我们是技工,为制造和毁坏的游戏提供材料。不过,那些并不纯粹是玩具,人每回渴望那是成就,否则他就懒得再动手了。与此同时,抱着恬淡的超然态度更好。

目睹汇集我八十岁前的文学探索,赋予其整体结构的辛劳,我有几分把握地猜度,整体结构的几面墙上,未来岁月的遗忘的使者,日日以看不见的墨汁,勾描行将湮灭的标志。对此,我不抱幻想,并认为恼火是枉然的。

果真如此,我真不知道该说什么,才能对认为我的作品值得保存的热心人表达我的敬佩。此时此刻,更有必要回顾一下世界生物进化史,多种生物跟不上时代,未能适应变化了的环境,被无情地赶下生命的舞台,但这

不是所有生物的结局。许多生物与时代的步调一致而未灭绝，它们追求新颜，又不弃绝旧貌。无论是艺术领域还是文学领域，假如没有应该表现它们的充分证据，那只能说明造物主摈弃人心，烧毁身后的路，径自前行了。而事实并非如此。人总是循着往昔，走向未来，否则迈不开步伐。假如有什么与往昔分离的文学，那一定是无首之躯，是反常的。

所以，我觉得，尽心尽力赋予我的作品有形的恒久荣誉的教授们，基于自己的艺术兴趣和文化修养，已经认识到它们将长期流传。人笃信自己的认识，才肯为大厦奠基。可能有失误，但人对不发生失误的坚信，具有更高的价值。这就是我要对编纂者说的话。

如果你们征求我的意见，谦虚地说听从太阳之子①的忠告，那我只有一句话："该留的留，该砍的砍。"我不会假装谦虚。朋友们给予我多年的笔耕以盈含敬意的价值，我珍视这种价值，从中接受我最后的礼品。岁月不会欺骗他们，也不会给诗人带来烦恼，相信而不是怀疑这句话，会有立竿见影的效果。在岁月的殿堂里，它们的最终裁决，是很遥远的事。

我要说的最后一句话是，我将尽可能地关注肩负出版重任的教授们的艰苦工作，他们随时可以得到我的支持。

---

① 指泰戈尔。

我 的 画 作

五岁那年,有一天学习、背诵完了教科书上的课文,我脑子里产生了一个想法:印刷的书页上,文学作品具有神奇的表现力,它代表纯洁的完美拥有的超常专制权。在我本人偶然发现:韵文创作权,并非只在未经训练的心灵和手写的歪歪扭扭的句子的领地之外时,我畏惧而沮丧的情绪,从我的心中消失了。从此,文字成为我情感表达的唯一手段,十六岁上,新增的音乐手段,对我来说同样是个奇迹。

与此同时,我侄子阿巴宁德拉纳特[①]在东方传统的道路上,开展了现代艺术运动。我怀着自卑而羡慕的心情,关注着他的创作活动。我完全确信,我的命运禁止我跨越文字的严格界限。

然而,韵律原则,是所有艺术的共同之物,它把僵硬的物质转化为生动的创造。我对事物的直接感受和运用格律的训练,让我明了,艺术中的线条和色彩,不是信息的载体;它们在画中寻觅富于韵味的展现。它们的最终目的,不是图解或复制一些外在事实和内心映象,而是营构一个和谐的

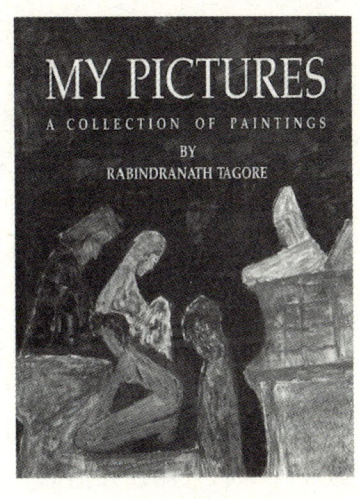

泰戈尔画册

整体,去寻找通过我们的视觉进入想象的途径。它既不向我们的心灵询问含义,也不以无意义的东西加重心灵的负担,因为它是超乎所有词义的。杂乱的线条,以其不谐和的呆木阻碍我们自由的审视。它们不与万物壮观

---

① 阿巴宁德拉纳特·泰戈尔(1871—1951):孟加拉现代绘画派的奠基人和领军人物。

的流变一起运动。它们没有生存的正当理由,于是冒出来与周围的事物对抗,它们不住地破坏安宁。由于这个原因,我初稿上东一块西一块地涂改,使我心生烦恼。它们体现令人懊丧的败笔,像一群目瞪口呆的蠢人,误入迷津,尚未决定如何离开,到哪儿去。但"这群人"心中的舞蹈精灵如果获得灵感,许多不相关的东西,就可能发现绝妙的完整性,摆脱成形或不成形的犹豫。我设法让我的"修改"跳起舞来,形成富于韵味的关联,把堆积转化为装饰。

这就是我不自觉的素描训练。我体味到了这项开拓性工作中的前所未有的愉快。为此我花了更多的时间,给予它的关照,多于唯一可要求我给予重视的手头上的文学创作任务,时常渴望世界永久的认可。当它们联结起来,衍生种种气韵,以各种姿态开口说话时,我便饶有兴致地密切注视线条是怎样发现它们的生命和特性的。我能想象万象变为线条的万象,在变动和融和过程中,循着无穷的瞬息之链,越过它们的个体存在。石头、云彩、树木、瀑布、火红的天体的狂舞,无尽的生命之旅,越过沉默的永恒和无限的空间,送来形态的交响曲,与之相连的无声哭泣的线条,犹如守寡的吉卜赛人,四处漫游,寻觅再次完婚的机会。

在我写作的草稿上,出现错误的线条和勾画,出现孤零零的不协调,矗立着对抗美和均衡的世界原则,承负着絮絮叨叨的抱怨。它们提出难题,接着为维萨卡尔玛(艺术之神)——伟大的艺术家,提供材料,因为它们是"罪人",它们无秩的本位主义必须调整,变为通常的新的和谐。

这就是我有关我草稿受"重创"的体验,那些被清除的错误的奇思怪想,转变为合韵的内在关系,给予新生独一无二的形式和特性。有些,呈现为过度夸张的似曾相识的动物,已莫名其妙地失去了存在的机会;有些,呈现为一只鸟,只能在我们的梦中飞翔;有些,在好客的线条中发现自己的巢,我们或许可把它献给画布;有些线条显示愤怒,有些则显示恬静的仁慈,在一些线条中回响的意味深长的笑声,拒绝申请一张嘴的形状的证书,它的出现纯属偶然。这些线条时常显示抽象的情感,演绎依赖于微弱暗示的特征。尽管我不知道这些不可分类、未曾探寻其源头的意象,能否要求在高雅艺术中获得一席之地,但确实给了我极大满足,使我常常放松我的重要工作。与此相类似的情形——音乐的自由表述,也在我脑海浮现。毫无疑问,起初配词的乐曲,诠释文字蕴涵的情感。但音乐随后摆脱辅助功能的束缚,表现文字中抽象的情绪和模糊的特性。事实上,获得解脱的音乐并不承认,可以表达的歌词中的情感,对其主旨是必不可缺少的,尽管它们可以在音乐结构中获得第二个席位。这种自由的权利,使音乐臻于尊贵。我猜想,绘画艺术和雕塑艺术着力突破客观事实和事件形成的固定格局,是在线条上面阔步前进的。

　　然而,用不着我来阐述艺术理论。我满足于说这样一句话:就我而言,我的画作的源头,不在训练有素中,不在传统中,也不在费力的审慎的图解中,而在我对韵律的天生感悟中,我的愉悦来自线条和色彩的和谐交融。

戏 剧 舞 台

《舞论》封面

婆罗多的著作《舞论》①有戏剧舞台的详细描述。但此书中我未看到有关布景的描写。为此，我并不感到有什么缺憾。

在文艺是霸主的地方，它拥有完满的荣耀。取了小妾，它的身价大跌，尤其是小妾特别强悍的话。如果拖腔带调地读《罗摩衍那》，从开篇到末篇，同样的声调必然是单调乏味的，这可怜的家伙也算是一种曲调的话，它一辈子不会有长进。名诗佳作按照自身规律，提供一种乐调，它高傲地漠视外来音乐的帮助。古典音乐依凭自身法则，说想说的话，它说话无须看迦利陀娑和弥尔顿的脸色。序曲中敲击出极为寻常的节拍，接着演奏优美的曲子。把画、歌和词掺杂在一起，做成艺术的大拼盘，某种程度上是一种游戏，它是市场上的商品，宫廷庆典上是绝对不让它身居尊贵席位的。

比起可听的诗，可看的诗受到更多的制约。它以特殊方式创制出来，是为了在外界的帮助下使自己活得有意义。它不得不承认，它盼望表演的良机。

我们不能苟同的是，优秀诗作只期待感情丰富的人，不期待别人，就像

---

① 《舞论》：又名《剧论》，系印度古代最早的文艺理论著作，一般认为成书的时间是公元前后。

贞妇除了丈夫不爱别的男人一样。我们每个人在读文学作品的时候，都在心里进行表演。表演中不能展现美的诗，不能使诗人声名远扬。

甚至你不妨说，表演艺术有极大的依赖性。它像个孤儿，静坐着眺望大路，等待剧本。依凭剧本的光荣，显示自己的光荣。

如同凡事看老婆脸色行事的男人，受到别人的讪笑。剧本如果只期待表演，从各个方面削弱自己，也会成为嘲笑的对象。剧本应不卑不亢地说："想演我就演吧，不演我，倒霉的是表演艺术，那样伤不着我一根毫毛。"

总之，表演必须承认它是诗的部属。但是，岂能说，它从此不得不成为所有艺术的奴仆！它想维护自己的荣誉，可以接受为现身所不可缺少的那份依赖性。而如果接受额外的依赖性，对它来说，那就是屈辱。

不言而喻，道白对演员来说是不可缺少的。诗人[①]为他提供发笑的词句，他一边念白一边就得大笑。诗人给他哭泣的机缘，他就得放声大哭，引得观众陪他落泪。可这当儿，一幅幅画来凑什么热闹？它们挂在演员身后，不是演员的作品，是别人画的。依我看，它们是演员无能和怯懦的写照。演员采用这种方法，在观众心中制造错觉，大大减轻表演的压力。这些画是他跟画家乞来的。

另外，来看你表演的观众，难道就没有艺术细胞？他们是稚童？难道不该信任他们，对他们的审美能力有所期待？他们要是确实幼稚无知，即使出双倍的钱，戏票也不应卖给他们。

当然，这不是在法院里作证，不需要起誓说讲的每句话是真话。对你充满信任的观众来看戏，是为了获得艺术愉悦，为什么大张旗鼓地哄骗他们呢？他们没有把想象力锁在家里。你解释几分，他们就能明白几分。你和他们之间有着互动的关系。

国王豆扇陀站在大树后面，偷听沙恭达罗和女友谈话。这是动人的场景。演员你只管声情并茂地念白，那棵大树虽说不长在我面前，可我能看到，这样的创造力，我还是有的。直接窥见符合豆扇陀、沙恭达罗及其女友波丽扬帕德、阿诺苏娅性格的每个动作、表情、说话的腔调，是不可能的，但当我看到他们动作、表情、说话的腔调的艺术再现时，心里便充满审美乐趣。而这时想象两棵树、一间茅舍和一条河，丝毫也不困难。这样的权利

---

① 这儿"诗人"指剧作家，当时剧本的语言是韵文。

也不给我们,而是挂几幅画加以表现,这说明对我们太不信任了。

相比之下,我更喜欢孟加拉民间剧团"贾德拉"的表演。"贾德拉"的表演中,观众和演员之间没有太大的距离。双方互相信任,互相补充,使之呈现真情的演出圆满成功。作为精髓的诗味,通过表演,像喷泉一样喷射出来,溅落到观众亢奋的心灵上。女园丁在鲜花稀少的花园里找花消磨时光,为了证明这一点,难道非得把完整的一棵树搬到演出场地上不可?在女园丁的表现中,一座花园就能呈现出来。如果做不到这一点,扮演女园丁的演员还有什么艺术功力可言?而观众一个个会像泥塑木雕似的坐着观看?

假如《沙恭达罗》的作者必须考虑舞台布景,构思剧本结构时,他就得舍弃国王驱车追赶麋鹿的一幕。当然,迦利陀娑是大诗人,舍弃那一幕,他也不会辍笔不写。但我要说,重要的章节,为什么要为不足挂齿的劳什子而瘦身呢?在感情丰富的人心里,有一座舞台,而且面积不小,在那儿,靠魔力自行配置了布景。那舞台,那布景,就是剧作家的心仪之地。任何人为的舞台、人为的布景,都不是诗人的想象之物。

所以,当豆扇陀和车夫站在一个地方,以对白和表演谈论车子行进之时,观众很容易明白这区区小事。舞台很小,可诗境不小。于是,为照顾诗的面子,他们心情愉快地原谅舞台这不可避免的缺陷,并让自己的心田从小舞台中间向四周扩展,使舞台得以气势宏大。可倒过来为照顾舞台的面子,贬低诗作,那谁能宽恕当做布景用的倒霉的几根木头呢?

剧本《沙恭达罗》不指望外在的布景,它自己创制自己的布景。它没有请任何帮手,凭自己的本事设置湿婆的修道院,天国路上的云彩,马里吉的净修林的布景。无论是人物塑造,还是性格描写,它依靠的全是自己诗的资本。

我以前在另一篇文章中说过,欧洲人需要的真实,非完全真的不可。想象不光愉悦他们的心,也把想象者变成百分之百的实物,像哄小孩一样哄他们。在他们看来,单单采到提炼诗味的仙草还不行,必须把长仙草的真的药山也搬来。现在是迦里[①]时代,搬运药山,需要现代机械,费用当然不少。英国光为装点戏剧舞台花费的惊人资金,足以淹没印度"饥饿"的摩

[①] 印度神话中世界的四个时代的最后一个时代。

天山峰。

东方的社会活动、游戏、娱乐大都是简朴的。我们印度人可以把香蕉叶当盘子用,吃一顿饭,品尝吃饭最质朴的快乐,换句话说,通过这种方法,我们可以把大千世界请到自己的家里。排场过于复杂,过于奢侈,只会扼杀所做的事情的要义。

我们模仿英国搞的戏剧,是臃肿的庞然大物,根本无法把它挪动,难以把它送到千家万户的门口。结果,原本蹲在粮仓上的白猫头鹰①,几乎遮掩了艺术女神的莲花。它伸手向富翁要的金钱,大大多于文人墨客的才华。观众如果不受英国的幼稚行径的影响,演员如果坚定地相信自己和孟加拉剧本,就可以从表演四周扫除昂贵、无用的垃圾,赋予表演以自由和光荣,这是忠实的印度儿女应做的一件事。"表现花园,就得搬来一座原封不动的花园,剧中的女角色,非得让女人演②。"向英国这种极端蛮横的行为说再见的时候已经来到了。

总而言之,人为的复杂化是无能的标志。刻板的写实,一旦像金龟子一样钻进艺术,就会像蟑螂一样吃光里面的精华。在缺少意味的衰败之地,昂贵的表面的华丽必然渐渐可怕地蔓延——末了,严密地覆盖精神食粮,下面累积起山一样糟粕。

---

① 暗喻铺张浪费。
② 在泰戈尔时代女角色常由男人扮演。

第四辑
政论文、书信、日记、游记、谈话

崇高必须一步步踩
着抨击的蒺藜向前迈进。

抨 击 别 人

这人世间,抨击别人的举动是如此悠久,如此广泛,骤然间发表反对它的意见,无异于一种狂妄。

盐水不宜饮用,这连小孩都知道。但当我们看到,七大海洋的水充满盐分,盐水环围着陆地时,我们再也没有勇气说,海水里没有盐分,是一件好事。一旦缺少盐水,整个地球变臭,那肯定糟糕透了。

同样,社会细胞中假如不融合"抨击别人",那么肯定会发生大灾难。它像盐一样,确保着世界不被腐蚀变形。

读者也许会说:"我懂了!你是想说一件极其古老的事情,换句话说,由于畏怕抨击,社会才处于正常状态。"

这抨击如果历史悠久,那着实是一件令人欣喜的事儿。而我想说——是的,凡是悠久的,都是可信的。

试想,没有抨击,世界上还会有人生的光荣?我着手做一件好事,可没有一个人对它进行抨击,那这好事的价值何在?我写了一篇好作品,却没有抨击者,对于优秀作品来说,难道还有比这更悲惨的冷落!我献身于宗教修行,如果无人看到其中隐秘的杂念,那修成正果就太容易了。

崇高必须一步步踩着抨击的蒺藜向前迈进。在这个过程中,气馁退缩的人,不可能获得英雄那样的最终胜利。人世间的抨击,不是为纠正犯错的人的过失,它最重要的任务,是把光荣赋予崇高。

只有极少数人说,他不在乎别人的抨击和由此发生的矛盾。任何心地纯洁的人,不会说这种话。心地越是纯洁的人,得到的痛苦也越多。因为,往往一看到真正的人和确有意义的事情,抨击的刀刃会立刻锋利十倍。由此可见,天帝给予较多权利的地方,痛苦更加炽烈,考验也更加严酷。让天帝的这种法则高擎胜利大旗吧!让好人贤士面对更多的抨击、悲痛和纷争吧!让能够真正领悟痛苦的真谛的人,蒙受痛苦吧!不要让抨击带来的痛

苦在不配经受的小人身上白白地浪费！

淳朴的读者又会说："我知道，抨击是有益的。把做错事的人的错误公布于众，是一件大好事。但指责无错的人，不利于这个世界。谎言这玩意儿在任何情况下都不是好东西。"

果真如此，抨击就不可能存在了。出示证据，证明做错事的人确实有错，那是审判。有几个人胜任此重任？又有几个人有那么多时间？此外，谁也不会对别人的事有过多的兴致。真有的话，别人根本无法忍受！然而，抨击者能够忍受，因为，他想：我也有反击对我抨击的快乐。但法官谁受得了啊。

事实上，我们进行抨击，手持极少的证据。如果抨击一点也不缓和，社会的骨骼就会碎成齑粉。抨击时所作的结论，不是最终的结论；受指责的人只要无动于衷，尽可不予反驳。甚至对指责的话一笑了之，也被认为是聪明做法。但抨击一旦成为法官的判决，那么理性就得向律师求助了。深知此道的人承认，和律师打交道，不是开玩笑的事儿。由此可见，按照人世的实际需求，必须保持抨击应有的重要地位，当然抨击应有的缓和，从来也不缺少。

前面不能接受我观点的那位读者，一定会说："不管有怎样牵强的证据，还是有确凿的证据，必须怀着难过的心情进行抨击，不应该享受抨击的快乐。"

说这种话的人，一定心地善良。所以应当想象一下他企望的情境——受到抨击的人痛苦不堪，抨击者要是也感到难过，那么，人世间悲痛的数量就将无限膨胀。于是，众多受邀者参加的会议一片沉寂，友人们的聚会死气沉沉。评论家眼含泪水，从他读者的心底发出热乎乎的阵阵叹息。但愿

抨击是有益的

土星①上的居民千万别这样!

　　另外,进行抨击又不感到快乐的这种怪异的抨击者,大概不属于人类。天帝创造的富于情趣的人,在吃饱饭保持生命活力的同时,当然也要享受消除饥饿和情趣满足的快乐。一个人乘电车到朋友家里,批评了别人,却没有得到快乐,这种不可思议的道德法则,值得膜拜,但无法遵循。

　　发现中有快乐的成分。如果梅花鹿悠闲地走来走去,看见猎人也不逃跑,这时候我们射杀它,就不是因为对它有怨恨了。这家伙躲在密林里,擅长奔跑,所以我们才要对它射击。

　　人的性格,尤其是人的缺点,藏在灌木丛中,听见脚步声就逃之夭夭,所以抨击它才有如此多的快乐。"我对一切了如指掌,什么也瞒不过我",听到抨击者说这样的话,就可判断,他是猎人一类的人。你不愿展示的那些东西,我偏偏把它兜翻出来,我用鱼竿钓水中的鱼,我用弓箭射落天上的鸟,我布网逮林中的野兽——从中可以得到多大的快乐呀!

　　人向来对稀罕之物有一种错觉,认为容易得到的东西不是真货,在上面的东西是遮盖物,深藏的东西才是真货。所以,发现隐秘,也不细细研究,就以为发现了真相,突然高兴得不得了。他从不认为,下面的真实不一定比上面的真实更加真实。很难对他解释清楚:真实在外面,也是真实,在里面的如果不是真实,那确实就不是真的。受制于这样的误解,读者喜欢认为,诗歌深奥的理论,比诗歌质朴的美更真实。有些智者认为,夜间的罪恶,比阳光下的善德更真切,因而觉得它更重要。所以,一听到对人的指责,就觉得发现了真相。人世间我与屈指可数的几个人朝夕相处,费力去了解成千上万人的真相算得上什么收获?然而,探寻事物真相的渴望是人的本性,是人性的主要部分,因而不必为此与其争执。只有当我们有时沮丧地长吁短叹时,才心中暗忖:那些美的,那些完整的,那些像果实一样在外面显现的,仅仅是因为在外面,聪明的人害怕受骗上当,就不敢相信它,不敢享受其中的完整的美。这样的"受骗上当"是人世间最大的上当受骗吗?不这样"上当受骗"难道是最大的收获?

　　当然,在这些领域探究的责任未落到我肩上,在我出生之前,人性就已塑成了。我只是试图领悟并让别人明白,一般人抨击他人得到的快乐,不

---

① 印度人认为土星是不吉利之星。

是憎恨的快乐。一般来说,憎恨是不能带来快乐的。如果憎恨在社会各个阶层蔓延开来,社会是无力消除它的毒素的。我们听说许多好人、憨厚的人也抨击别人。其原因并非社会中没有好人了,没有憨厚的人了;其原因在于,一般抨击的主流,并非不健康。

不过,"社会中没有憎恨的抨击了",写这句话要等到将来纯洁的时代。关于抨击,没有更多的话要说了。憎恨的抨击是本性使然,我只想默默祈祷,我能够原谅那些可怜虫。

西服和印式制服

最近，我国出现一种奇异的现象：身着英国服装的孟加拉男人，带着身裹鲜艳纱丽的妻子出门游逛，脸上毫无羞怯之色。夫妻俩端坐在马车的一张座位上，右边是礼帽、西服，左边是孟买纱丽，哪位画家若为孟加拉的新理想所鼓舞的这对"湿婆夫妇"画像，这幅画即便算不上庄重，距"庄重"恐怕也不太远了吧。

在动物王国，造化自古为雌性、雄性动物配备迥然不同的服饰，判断一对动物夫妻属一类动物，需有丰富的经验。由于未长鬃毛，很难认出雌狮是雄狮的妻室；由于没有彩屏，雄孔雀与雌孔雀夫妻关系也颇难确定。

在孟加拉地区，造化假如也制定一条法则，允许丈夫神气地张开自己的"彩屏"，与娇妻比个高低，那不会引起非议。但当家的男人假如把别人的羽翎插在自己的臀部，在居室里造成不和谐的气氛，这不独对家庭是件憾事，在别人眼里也是滑稽可笑的。

身着印度民族服装纱丽的女人

不管这种事多么不合情理，既然发生了，或许有一定的道理。

英国服装给人带来麻烦，原因是它款式的源头在英国。那儿服装缘何发生何种变化，我们一无所知，没有亲眼目睹的机会，只好多方打听，小心翼翼地模仿。最近归来的旅英印人，看到老一辈人穿的英国老式裤子和领子，心里暗暗发笑。而老一辈人看不惯年轻人的新式服装，也不客气地讥笑他们是"赶时髦"。

英国服装本不适合孟加拉人的身材，如再不文雅地穿戴整齐，难免招来嘲笑和冷眼。更有人脱口说道："你不会穿，长得又不魁伟，穿西服外出游逛不是出丑么？"

英国的衣服看上去单薄，远不如印度的衣服那么结实。原因是英国人穿戴不像印度人那么简单，一件又一件，极其烦琐。西服若太瘦穿得不合身，是对风度的羞辱。从头到脚，穿得服服帖帖，是高雅的要求。所以英国人一年四季总想方设法把衣服像水果皮似的包在身上。裤子稍短一点儿，上装稍肥一点儿，马上觉得自己低人一等，尊严受到损害。谁糊里糊涂地觉得很自在，很舒服，别人会为他感到害臊。

如今印度人穿上西服，得到吉祥女神的"青睐"，便不会再走到普通人聚会的天棚下面。然而，不能指望他们的儿孙个个能昂然出入富丽堂皇的建筑。如果儿孙继承父辈的服装的同时也继承劣根性，没有勇气放下老爷的架子，他们面前除了一条死胡同，别的大概什么也看不见了。

去过英国的人，对英国服装多少有些了解。没去过英国的人，免不了闹出点笑话。他们身穿睡衣，大模大样地走在旅游胜地大吉岭的马路上；或者带着小女儿出席聚会，那女孩穿着脏兮兮的缀花袜子，上面是一条英国布裙，反戴着一顶帽子。

关于此事，有必要展开讨论。首先，如果说务必穿符合时尚的流行服装，甚至脑袋也得打扮得引人注目，这当然听起来像大人物或有独立意识的人的高论。他们要谴责社会的奴役和传统的奴役等一切卑劣的陋习。但是，对从小爱穿西服，习惯模仿，浑身上下写满卖身契的人来说，自由的呐喊不会给他脸上增添光彩。自己养的山羊，可以随时宰杀。身着民族服装，与正规穿法有些出入，仍可显示品格的高洁。走别人的路，又踩脏别人的路，这绝不是豪迈气概。

从英国归来的印度人穿的西服，如同婆罗门手臂上绕的圣线，把它当做教派的标志区分开来是一种责任。时过境迁，如今不用再尽那种责任。他们不漂洋过海，照样弄到那样的标志。在我国肥沃的土地上，如同疟疾、霍乱等疾病无阻地流行，西服流行的日子也来到了，谁也没有本事不让它进入僻远地区。

穷困的印度哪天身着英国丢弃的破衣烂衫，它的苦难将是一副多么丑陋的面孔！如今它只有悲苦，而那时它的模样可笑得让人感到辛酸。如今它全身是缺少衣衫的朴素和谦和,而那时破制服的缝隙里,衣不蔽体的窘态可悲地裸露出来。狭小的死胡同无限扩大,最终吞噬印度的那天,一步迈到海边,一头栽倒在保护神毗湿奴的沧海之榻上,连同脏裤子的破烂贴边和头戴的破帽子,全身泡在海水里。

我们担心,他们许多人会提出这样一个尖刻问题:你们倡导的适合印度男子穿的民族服装在哪儿?拿来让我们穿呀!他们责问的口气仿佛是捶你一拳再啐你一口唾沫。该穿的时候他们照样得意地穿西服,该狡辩的时候阴阳怪气地说:"你们做不出民族服装,我们只好穿洋装啰。我们确实穿的是洋装,可你们没有像样的服装,更可怜,更悲惨!"

孟加拉绅士甚至以讽刺的口吻冷冷地说:"你们所谓的民族服装,不过是尖头拖鞋、长袍和披肩。我们怎能穿这种土里土气的衣服!"让你听了半响说不出一句话。

人活着不必依赖服装,服装离开人则毫无用处。从这个角度而言,长袍、披肩不是耻辱的根由。在孟加拉文豪毗达萨戈尔和肩搭披肩的众多婆罗门学者面前,身着燕尾服神气活现地自英国归来的印度人,不过是衣架饭囊。婆罗门学者曾将印度推向文明的顶峰,他们简朴的衣着也闻名于世。然而,我们不想就此展开激烈的争论。因为时代在变化,逆历史潮流而行,终归是站不住脚的。

应该承认,孟加拉地区人们穿惯的长袍和披肩不适合法院、政府机关部门现在的工作。但印式制服不应受到刁难。

西装革履的绅士们却说道,那也是外来服装。他们是在固执地狡辩。他们未吐出口的话是:既然是外来服装,他无意放弃,但打扮成绅士的特殊诱惑,却又使他们弃之不穿。

假如印式制服、西服对他们来说都是新式服装,假如走进办公室或登上火车的时候,只许选择一种,那极可能促发一场争论。实际情况是,他们穿过印式制服,那是从父辈那儿继承的遗产。他们把它丢掉,在西服领子中间的脖子上结了领带,既开心又自豪的时刻,绝不会与人争论:他们的父辈究竟是从哪儿弄来的印式制服?

围绕印式制服展开争论对他们来说不是件易事。因为他们不知道印式制服的来历,笔者也不清楚。服饰、文学、艺术等方面,穆斯林和印度教徒互相渗透,如今难以划出一条界线,弄清楚谁拥有多少。形成今天的式

样,凝聚着印度教徒和穆斯林的功绩。现在印度西部地区的许多王国,流行多种款式的制服,款式繁多中不仅融合穆斯林的统治权,也融合印度教徒的人身自由。

同样,印度音乐也是穆斯林和印度教徒的共同财富,是两大教派的音乐大师智慧的结晶。历史上穆斯林的统治允许印度教徒和穆斯林享有有利于团结的充分自由。

团结和自由,缺一不可。穆斯林是印度大家庭的成员,他们的艺术和道德理想并未远离印度,保持着原始特色。如同穆斯林凭借武力征服过印度,印度也受本性的不可抗拒的法则驱使,以博大的胸怀,以汹涌的生命力,同化了穆斯林。在穆斯林统治时期,绘画、建筑、纺织、刺绣、铸造金属器皿、象牙雕刻、舞蹈、音乐和行政事务,没有一样是穆斯林或印度教徒单独承担的,而是双方合作完成的。印度教徒和穆斯林是印度的左、右手,牵拽经线、纬线,织成一幅壮丽的山河织锦。

穆斯林和印度教徒在宗教上不能合二为一,但两大教派的人可以和睦相处。我们的教育、研究、崇高的利益都服从于这个目标。所以我们的民族服装应是穆斯林和印度教徒共同的服装。

但最恼人的事情是,当"印式制服很难看"这种言论引起争论时,最好闭口不语。因为有关审美趣味的争论,往往由拳头宣布结束。

社会隔阂

我们启程前往英国,这不仅是从一个国家前往另一个国家,对我们来说,也是进入一个新世界。生活方式的表面差异无关紧要。外国人的服装、饮食和我们不一样,这是必然的,用不着大惊小怪。然而,不只是生活方式,在生活理论的有些方面,也深藏着很大差别,片刻工夫把它展示出来,对我们来说是困难的。

一上船我就有这样的感受。我明白,从现在开始,我们要遵从另一个世界的法则。人通常不喜欢骤然发生的变化,因此,我们从不想方设法去审视它,只是勉强地接受,心里气恼地说,外国人的举止太虚伪了。

确实,他们和我们的社会状态之间存在着巨大差别。我们的社会局限于家庭和村庄。在这个范围内,有关人际关系,有几条刻板的原则。目光囿于这个范围,我们认定应该做什么,不应该做什么。这些原则既有不少虚假的成分,也有许多淳朴的成分。

泰戈尔启程前往英国

然而,这些原则是针对社会制定的,这种社会范围不大,是家族性社会。所以,我们的习俗带有浓厚的封建色彩。例如,父亲面前不准吸烟;见了师长要行触脚礼,要呈上礼品;媳妇在大伯面前,必须戴面纱,不得接近舅舅或公公。家族和村庄外面通行的法则,则是以种姓为基础。

实事求是地说，种姓制度已把家庭和村社像珠串一样连接在一起。我们已走到终端。印度似乎完全解决了它的社会问题，并觉得每天巩固这样的制度，就可高枕无忧了。因此，现代印度从各个方面采用一切可能的办法，加固着以种姓制度连接家庭、社会的传统。

应当承认，印度曾尽力解决它面临的每个问题。它在一定程度上消除了民族之间的对立，冷却了不同阶级之间的敌意；以不同的职业缓和竞争的矛盾；以种姓差别的壁垒遏制了因财富和才华的差异引起的怨恨的冲击。一方面，印度用各种方法造成了社会首领婆罗门与其他种姓人之间的天壤之别；另一方面，又采取大大小小的各种措施，尽量给平民各种优惠和受教育的权利。于是，在不少场合，平民也略微体味到富人的享受。达官贵人周济平民，满足他们的一些要求，从而赢得了好名声。在印度，穷人和富人之间，没有理由爆发激烈的冲突，也没有必要以法律救助弱者。

西方社会不是家庭型社会，而是大众型社会，其范围大于我们的社会。它在家庭中的领域远不如在外面的领域。我国所谓的家庭，不适合欧洲，欧洲人处于松散的状态。

欧洲的松散社会的特性是：一方面，它的约束是松弛的，另一方面却形式繁多，构架严谨。这犹如散文诗，它被置于较小的诗韵之中，约束是轻微的，但散文笔调潇洒自如。所以，它一方面是自由的，可另一方面，它的步伐又受到理性和思维的特殊规则的严格控制。

英国社会范围宽广，它所有的活动在外部扩展，所以它随时准备受各种社会规则的制约。它很少穿普通的衣服，它必须打扮，因为它不是在亲戚型的社会之中。亲戚可以原谅、容忍它的便装，但它别指望外人的赞许。自己的每件事，都得及时完成，否则会成为他人的负担。铁路假如是我一个人的，或者是我们几位兄弟姐妹的，列车想开就开，想停就停，想停在哪儿就停在哪儿。但是，在公众的铁路上，来往的列车很多，五分钟的误差，足以造成混乱，是绝不允许的。我们的社会非常保守，保守的习惯渗入骨髓，因而时空对我们彼此的关系和举止的约束，是相当轻微的。我们随意占据地盘，浪费时间，指责严肃的举止缺乏亲情。恰恰由于这一点，我们一进入英国社会，觉得处处无所适从。那里，谁也无权在外面恣意妄为，仍期望得到别人的宽恕。他们接受各种约束，是为了让大家有同等的便利。在会晤、邀请、服饰、礼仪方面，他们有一套固定的模式。那里不是亲属型社会,执行亲属型社会的松弛法则,一切势必混乱不堪,日常生活难以维持。

欧洲宏大的社会尚未完善。就外部的举止行为而言,它力图在固定的程式中保持克制,显得温文尔雅。但社会内部的各种力量,尚未团结起来,尚未采取措施完全避免彼此间的冲突。欧洲在试验、演变和革命中前进。那里的男人与女人,宗教社会与劳工社会,君主与平民,雇主与雇工之间不断发生矛盾。它不像星空那么幽美,但人们觉得那儿一切应有尽有。它像一座即将喷发的火山。

但是,我们岂能说,我们解决了所有问题,永久地稳固了社会制度,可以像僵尸似的无忧无虑了。随着时间的推移,制度可以维持一段时间,可时势是不容锁定的。我们面对整个世界,我们不能拖着保守的社会前进。世人中间不单有父兄、叔叔伯伯,还有国内外的人。像他们那样立身行事,必须十分谨慎,多动脑筋;心不在焉,松松垮垮,总有一天寸步难行。

我们为古老的传统自豪。但说印度社会不是历史的产物,绝对不符合事实。毫无疑问,在不同的历史阶段,印度在一场场新的革命中朝前迈进,历史上找得到这样的痕迹。"它的脚步停止了,从当下至悠远的未来,它一成不变地呆坐下去。"这种奇谈怪论,绝不会从我们嘴里吐出来。经过一场场革命,社会已相当疲惫,它关上门,熄了灯,准备睡觉。佛教革命之后,印度插上严厉的法规的插销,关死所有的门扉和窗户,一动不动地卧躺着,沉入酣睡。如果称之为永久的酣睡,并为此感到骄傲,那是非常可笑而可悲的。夜未尽之时,睡眠有益于身体健康,外面没有聚集的人群,大商店、大市场全关闭着。但早晨四周人声喧哗,你依然默不作声地躺着,可别人不会一语不发。死死地关着古旧之门,不过是自欺欺人。

黑夜的法规简单明了,它的事情很少,需求也很少。因此,稍微动动手,一切安排停当,尽可无忧无虑地闭上眼睛,沉入梦乡。夜里,东西放在哪里就老在哪里,没人去动。白天就不那么简单了。天一亮,做完一件事,甫想安安心心地抽一天烟。总有新的任务压到肩上,不能不卖力气。个人的生活不和外面的生活潮流合拍,吃饭、做事一切均不顺当。

有一段时期,印度墨守成规,安然消度夜晚。这种情况可以说是很惬意的,但不能持久。拳头落在酣睡的身体上,是最厉害最令人难受的。"白天"得面对挥来的拳头,所以白天醒着最舒服。

不管我们愿意与否,也不管身体是否疲劳,现在是该我们清醒的时候

了。我们受到社会里里外外的打击，全身疼痛。我们在贫穷与饥馑中备受煎熬。社会制度已经解体，几代人住在一起的大家庭已经瓦解，婆罗门的地位逐渐削弱。在"婆罗门社会"等组织的帮助下，婆罗门自吹自擂，暴露了自身的弱点。村社的长老会制度，脖子挂着政府的照牌，悬梁自尽，幽魂在村子里游荡。乡村学校依靠本地的食品供应，饔飧不继，只得靠政府救济。乡村的富翁吹熄故园的灯光，在加尔各答乘车兜风。一些大乡绅带着细软和女儿，投奔获得学士学位的女婿，在女婿面前低声下气。因为这些不体面的事情，咒骂黑暗的伽里时代、外国国王或洋奴都无济于事。事实上，我们时代的主宰派来了使者，他不能不把我们从传统的陋室中拉出来。我们不能使劲闭上眼睛，提前制造夜晚。世界已走到我们门口，我们应恭请它走进大厅。不请它，它也会破门而入。大门能不被推倒？

所以，我们必须重新考虑如何解决现实问题。照搬欧洲模式是行不通的，但必须向欧洲学习。学习和照搬，不是一码事。学习方法得当，可以克服模仿的毛病。不能正确认识别人，也就不能正确认识自己。

但我要重复一遍，带着保守、松垮的习惯，我们走不进欧洲社会。我们尚未准备就绪，总觉得别人在推我，谁也不等我。我们是受宠的生灵，在亲属型社会外面，处处遇到危险。我在这里发现，印度的孩子没有串门的习惯。大部分学子来这儿死背书，不与当地的社会接触。这儿的社会庞大，社会责任也很多，不承认这儿的责任，就不能与当地人相处。若不和睦相处，我们就得不到最好的教育。因为这里最大的真实是社会。这里最伟大的英雄气概和最崇高的品德体现于社会，而不是在战场上。大社会所需的牺牲精神和自尊心，处处表现出来。他们已成为真正的人，准备为他人殚精竭虑，在各个领域奉献自己的一切。现代印度受过教育的文明人，在国内把小学教育视为国家的教育，全然不知何谓大规模的社会教育。如果他们来到这里，进入小学的"工厂"，成为机器生产的商品出去，不直接进入社会中人性的诞生之地，他们就是白出了一趟国。

印度妇女

人类创造中，妇女的作用极为悠久。人类社会中，妇女的力量可谓元初的一支力量，是承负生命、培育生命的力量。

为了让地球适合生物的居住，洪荒时代造物主就开始铸造大地，在这个过程中，一个个时代流逝了。这项工程进行了一半，大自然开始创造生物。痛苦随之布满大地。大自然把求索生命的最初的痛苦，注入女人的血液、女人的心中，并且把养育生命的一切欲望之网一层层缠裹女人的身心。这种欲望在心灵中获得的地盘，自然比在心田获得的地盘更为广大。这种欲望以爱情，以慈爱，以温和的耐心，在女人中间编织了约束自己和别人的柔网。这是建造人类家庭的最初的建筑工程。这样的家庭是一切社会一切文明的基石。若无创造家庭的这项工程，人就像四处弥漫的无形气体，无从凝结起来，在一个地方建立团圆的中心。束缚社会的第一项任务，是女人完成的。

自然所有的创造过程，深邃而神秘，它自发的启动，是毫不犹豫地在瞬间完成的。那原始生命的简单的肇始，在女人本性之中。所以人们说，女人的性格，神秘莫测。女人的生活中经常看到的汹涌的情感之潮，超越争辩。它不像按照需要根据规划挖的池塘，而像一泓泉水，流淌的缘由隐藏在说不清道不明的奥秘之中。

爱情的奥秘,慈爱的奥秘,极其古老,无从剖示。它不容人就它的利益展开争论。它希望哪儿出现的问题,就在哪儿迅速得到解决。所以淑女一进入内宅,转眼间就变成了家庭主妇;婴儿到了怀里,母亲早为他准备了甜美的乳汁。

在生物的王国,很晚才有成熟的智慧。它寻找,它拼搏,终于有了自己的席位。它消除迟疑,花了很长时间。它在与"迟疑"的艰苦对抗中,渐渐壮大,最终获得成功。这种"迟疑"的波涛,时起时伏,其间流逝了一个个世纪,严重的谬误纠集在一起,一次次搅乱人类的历史。

男人的创造,在毁灭中消失,之后必须在新的领域重新建功立业。男人的工作,是考察旧的一切,是推翻旧的一切,是改变旧的模式。只要经验的更新,推动他的步伐,他就能朝气蓬勃。一旦没有修正错误的机会,他生命的载体出现越来越大的裂缝,必然将他拉向灭绝。从远古开始,创造和破坏贯穿男人的文明创建的全过程。而在这期间,女人中的情女,女人中的母亲,执行自然的使命,稳稳当当地做着分内的事情。她们在汹涌激情的冲击下,常常在自己家庭范围内,引发火灾。那毁灭般的激情,犹如宇宙毁灭的游戏,也像风暴和燎原大火,遽然发生,带有自杀的性质。

男人在自己的天地中,一再充当新的来客的角色。迄今为止,他无数次制定自己的法规。天帝没有为他开辟道路,在一个个国家,一个个时代,他只得自己开拓前进的道路。一个时代的正道,在下一个时代变成邪路。历史颠倒了,他随之销声匿迹。

跟随崭新文明的变更,女人生活的主流,在宽阔的河道里流淌。自然给予她的精神财富,没有以常新的耐心,用时刻好奇的智慧之手,反复掂量。女人脱不了久远的古拙。

男人走街穿巷,在一座座办公大楼里求职。大部分男人为养家糊口被迫从事的行当,不合他的意愿,少不得发发大材小用的牢骚。他不得不吃苦受累,学习新的工作。四分之三的男人体会不到应有的成功的滋味。可是,作为家庭主妇,作为母亲,女人所做的分内之事,与女人的脾性极为合拍。

男人必须克服各种困难,以男子汉大丈夫的气概,冲出逆境,才能获得崇高地位。不过,取得非凡成就的男人,人数很少。但是,可以看到,许多家庭的女性,以心灵的甘露滋润着的家庭的田野,稻谷飘香。她们从自然那儿得到的,是无从传授的成熟。她们轻易地获得甜情蜜意的珍宝。哪个不幸女人的脾性中缺少天生的柔情,任何教育,任何人为的方法,都不能帮她建立完美的家庭。

轻易获得的财富,蕴藏着危险。危险的原因之一,是这样的财富令他人垂涎三尺。列强总是考虑自身的需要,企图强占未花大力气就富裕起来的国家。土地贫瘠的国家,维护自己的独立,相对而言要容易一些。养鸟人,把羽翎艳丽、啼鸣动听的鸟儿关在笼子里,扬扬得意。贪财的人,忘记鸟儿的娇美是属于林地的。同样,长期以来,男人把女人的柔情蜜意和擅长侍奉置于个人的权力之中,严加看管。他们之所以很容易做到这一点,是因为女人生来有接受约束的天性。

事实上,养育生物是个人行为。它从不被推上与人无关的理论审判席。因而,它的欢乐,不是什么深广理论的欢乐。而且,女人娴熟的服侍尽管也有情趣,但在创造上至今没有获得很大的成功。

女人的智慧、女人的习性、女人的举止,长期以来受窄小范围的制约。她们受到的教育和她们确立的信仰,并未在博大的经验之中获得真理的充分机会。为此,她们无来由地惧怕一切凶神恶煞,逐个对他们献上不必要的虔诚的祭品。放眼全国,可以看到,这样的愚昧,带来了多么可怕的损失。扛着这愚昧的沉重负担,在崎岖的进步道路上前行是非常困难的。在印度,浑浑噩噩、头脑简单的男人为数不少。他们的性格从小是由女人塑造的,而正是他们对女人的态度却最为蛮横。眼看着,四周崛起一个个蒙昧的神魂的中心,其主要基座就是女人的糊涂观念。心灵的监狱,遍布全国,监狱的墙基日益坚固。

同一时期,世界上几乎所有国家的妇女,跨出了个人家庭的樊篱。我们发现,现代亚洲也出现了这样的迹象。原因是,打破樊笼的时代,已降临世界各国。有些国家以地理和民族的壁垒,闭关自守,那样的壁垒如今再不能使它们与世隔绝了。它们彼此袒露了胸襟,它们各自的经验增多了,视野越过了习常的地平线。外来的冲击,改变了现状。新的需求,必然使习俗和审美标准发生变化。

记得我们小时候,女人外出必须乘轿子。缙绅大户的轿子盖得严严实实。我的大姐,是首批进入贝特恩女子学校读书的女学生中的佼佼者。她坐的轿子不挂布帘,这给当时名门望族奉行的道德标准以不小的打击。在

那衣着简单的年代,女人穿紧身上衣被认为是寡廉鲜耻的表现。保持高雅的习俗,乘火车旅行,不是一件易事。

乘坐轿子的年代已经远去了,不是缓步离去,而是快速离去了。这样的变化,是随着外界的变化发生的。不用召集人举行会议,作出任何促变的决定。女孩的婚龄眼看着也增大了,这是顺理成章的事。天降大雨,河水上涨,河岸的界线自行后退。同样,从各个方面来说,女人的生活之河已经扩张,河岸的界线退得很远了。这条小河变成了宽阔的大江。

外界社会活动的变化不会只停留在外界,它必然在内心世界也起催化作用。适合于封闭家庭的女人的性情,在开放的家庭里,不可能原封不动。站在宽大的生活背景之前,她的灵魂,开始广阔地思考,审时度势。对陈旧习俗的审视,也自行启动了。在这种情况下,她可能犯各种各样的错误,但她在排除障碍的过程中,必将纠正错误。以前在狭小的生活圈子里,她的内心所习惯的评判方式,如果死死抓住不放,每走一步,必然导致与周围环境的不协调。改变习惯是痛苦的,甚至有危险,但忧虑重重,也不能逼迫时代的大潮回流。

女人的生活局限于家务的小圈子的时候,怀着女性的天然心态,她们很容易完成她们的分内之事。她们似乎不需要接受什么教育,因此,以前提倡的妇女教育,受到强烈反对和挖苦嘲讽。男人们把他们鄙视的陋习、不相信的观点、不身体力行的种种社会行为规范,巧妙地塞给妇女。从根本上说,他们的心思,与鼓吹一神论的统治者的心思,如出一辙。统治者知道,充满无知和迷信的环境,能为推行专制统治创造诸多机会。这样的蒙昧状态,有利于让女人牺牲了人性的权利,也感到心满意足。这是印度许多男人心中隐藏的想法。不过,在与岁月的搏斗中,他们必将一败涂地。

在时代的影响下,妇女的生活领域逐渐扩大。妇女进入了自由的家庭世界。为了维护自己的权利和自尊心,她们特别需要学习文化知识,开发智力。于是,不知不觉,她们面前的阻挠被粉碎了。对于上流社会的女性来说,目不识丁成了最大的耻辱。这比以前女人只知道撑伞、穿鞋的耻辱,有过之而无不及。与此相比,不擅长剁肉切菜、磨碎作料、得不到夸赞,实在算不了什么。换句话说,家务市场的价格,就是女人身价的标准,已不完全适用于当前的婚姻市场。公认的知识的价值,将日常生活的迫切要求远远地抛在了后面,如今,男人找对象,首先要了解女方有没有文化,以确定她的身价。

这种新的价值观,引导印度当代妇女的心走出家庭社会,一天天走向世界社会。

远古时期,地球被自己喷射的炽热烟雾所笼罩,在宏大的天体的星系中,地球感悟不到自己的地位。后来,阳光找到了进入地球的通道。地球获得自由,为自己揭开了光荣的时代。同样,"温柔"的湿润的浓雾,把印度女人的心环围在近在咫尺的家庭中。如今,自由的天空的阳光,大千世界的阳光,射穿了那浓雾。世代裹缠她们芳心的陈规陋习的罗网,虽说至今没有撕成碎片,但已是千疮百孔。像我们这些上了年岁的人,对此看得比较清楚。

世界各国的妇女如今跨出内宅的门槛,站在世界敞亮的庭院里。她们应该承担这广阔世界的责任,不然的话,属于她们的只有羞耻和苦痛。

以我之见,新时代已经来到人世间。长期以来,由男人肩负创造人类文明的重任。男人们建立了与文明相配的政治、经济和社会的体制。妇女在他们的身后,默默无闻,从不露面,在深宅大院里只做家务。这样的文明是片面的,造成了心灵财富的严重短绌。而大量的心灵财富,作为吝啬鬼的抵押品,封存在女人内心世界的宝库里。今天,那宝库的门开启了。

和过去围绕外部的文明财富发生惊天动地的大事一样,心灵财富的一座矿藏,如今对外展示了它丰富的储藏。大门不出、二门不迈的贞女,每日以世界女性的面貌出现了。此时,富于创造力的人心,与新奇的芳心,息息相关。文明中增添了新的活力,直接或间接地起着作用。男人单枪匹马创造的文明中,缺少和谐,常常显现毁灭发生的前兆。可如今有望实现和谐。社会的强烈地震,一次次震撼古老文明的基础。这样的文明中积聚了许多隐患,所以无人能够阻止它的崩裂。唯一让人感到欣慰的是,妇女现在充当了摧枯拉朽的角色,她们准备就绪,正在参与创造崭新的文明。不仅她们戴的面纱脱落了,迫使她们待在大部分世界后面的精神面纱,也已飘飞了。她们眼前,清晰地显现了她们诞生其中的人类社会的各个领域、各个部门。迷信的工厂里制造玩偶的游戏,再也轮不到她们去做了。她们与生俱来的养儿育女的才智,不单用在家人身上,也细心地用于保护所有人的事情上。

自古以来,男人不断地以人祭的血肉,垒砌文明的城堡。为了推行一

项政策,他们残酷地杀死一部分人。富人榨取劳动者的血汗,凝成他们的财富。权贵以无数弱者的鲜血,点燃权势的烈火。国家利益奔驰的战车上,绑着一群平民。这样的文明,由权力驱动,其中温情的地盘小得可怜。这样的文明射杀无数无辜、无助的生灵,以满足猎手的享乐。这样的文明,把人变得狰狞可怕,去对付生物界的动物,或对付人类自己。老虎彼此是不畏惧的,但世界上这样的文明使人类彼此怕得毂觫。在这种不正常的情形下,文明生下了自己的一个个掘墓人。今天,它又有阵痛了。与此同时,惊恐的人们,致力于制造生产和平的机器,但心中没有创造和平的方法,机器里出来的和平,是毫无用处的。可以断言,戕害人的文明,是长久不了的。

　　让我们期盼创造文明的新时代的来临!毫无疑问,我们的期盼实现之日,妇女一定会在创造中充分发挥作用。新时代的呼唤如今已传到妇女的心中,但愿她们以往保守的灵魂,不再把历代存积的不健康的垃圾怜惜地搂在怀里。但愿她们解放思想,焕发才智,执著地寻求知识。但愿她们记住,不作分析的盲目的守旧,是创造力的绊脚石。创新的时代正朝她们走来。想获得这个时代的权利,就必须让心灵摆脱幻想,使之在各方面受人尊重。时刻保持积极向上的精神风貌,不让自己被无知的顽石和各种臆想或真实的恐惧推向堕落。收获果实是以后的事,也可能没有累累硕果,可眼下,首要任务是增长才干。

日 记 一 则

1893年10月14日,轮船抵达直布罗陀海峡时,下着滂沱大雨。

今天在餐桌上,一个手指粗硕、留下浓密唇髭、身材高大的年轻白人,与身旁一个娇美女人,正谈论印度穷人为富人扇风的事儿。这位美人用有些抱怨的鼻音哼了一声说,印度穷人在夜里用绳子拉着拉着蒲扇就睡着了。年轻白人接口说,解决此问题的唯一办法,是踹他几脚,或用棍子揍他几下。这样,他就能不停地扇风了。

听着这番话,感到仿佛有一把烧红的刀,突然刺进了我的胸膛。

有些外国男女这样胡言乱语时,把印度一个受辱的弱者,一脚踢到人世的海边,这何尝是咄咄怪事!我也是那些受辱者中的一员呀。我还有什么脸面和他们坐在一张餐桌旁边,一起嚼着食物而感到快乐呢?我全身的愤怒涌到了嗓子眼,但奋力想说的话,一句也未能冲出喉咙。

他们操的语言,对我来说是地道的外国语。情绪一旦稍稍失控,就难以把想说的话,条理分明说出来。这时候,我头脑里所有的孟加拉语,像晃动着的巢里的蜜蜂,一起飞向口腔。我想,如此激愤是无济于事的。我应当冷静下来,在脑子里准备几句符合语法规则的英语。与人争论,最好先打好腹稿。

于是我在心里用英语写了如下的话:

先生,你说对了,打扇的人,夜里常常打瞌睡,会带来诸多不便。保持正常姿势,必然受累。为此,需有基督教的忍耐精神。而往往这种时候,文明与不文明,均暴露无遗。

猛踹那个被打而无力报复的人,是无以复加的懦夫行径,比任何不文明的行为更为拙劣。

与你们相比,我们是弱势民族,这是客观事实,我们没有办法否认。你们身强力壮,是重量级拳击手。

然而，那是如此荣耀之事，以至于使人性坐在低下的席位上？

你们会说，怎么啦，我们难道没有优良品质？

也许有吧。不过，你对一个半饥半饱、骨瘦如柴的穷人拳脚相加，并津津有味地讲给贵妇人听，而那些名媛淑女并不感到难过，这绝对不能称之为优良品质。

让我们分析一下那个可怜的穷人的"罪过"吧。清晨，他吃个半饱就出门，干了一天的活儿，为了多挣几毛钱，这个可怜的人儿，把夜间的休息以不到半块钱的价钱卖给了你。他干这营生，是因为他实在太穷了。他并未耍阴谋欺骗老爷。

这个人拉着拉着蒲扇就睡着了，这就是他所谓的过失。

但在我看来，这是人类原罪的恶果。他像机器似的坐着拉大蒲扇，"原人"的眼里，必然慢慢充满睡意。那位洋老爷不妨夜里拉大蒲扇体验一下。

雇一个仆人做不好的营生，可以让雇的第二个仆人做嘛。踹他的懦夫，其实是在侮辱自己。因为他当时就被人用脚回敬了一下，差别仅在于回敬人不是真用脚而已。

你们一有机会就讽刺我们说："你们中间至今流行童婚制等陋习，你们不配获得王国的任何自由权利。"

但更为真实的是，有些人看到四周环境是安全的，就怒斥弱者，当然你们称这是"数说"。在孟加拉语中找不到翻译这种"数说"的恰当词汇。有些人不由自主地做出这种不文雅的令人厌恶的事儿，只是有时虑及自身利益，装得略略温和一些罢了，他们才没有资格在外国参与王国的统治。

当然，资格有两种，即精神上的资格和行动上的资格。在某些地方，并非"成就"就是资格的唯一证明。只要有体力，许多事情，可以强行做成。但某些特殊事情，有了特殊道德品质，才能获得胜任的真正权利。

但是，不能说，如今看不到符合道义的统治，道义之国便呈现无政府主义状态了。

这些细小的残酷行为，和每日的横行霸道，储积起来，迟早将砸到你们头上。

我们默默地，或者咕哝着忍受你们的各种侮辱，没有规避的任何能力，但这不决会为你们带来福祉。

因为，不可阻遏的权利之牙，啃啮着民族品德之根。你们民族的骄傲建立在热爱自由的基础上,那热爱自由的纯洁性,正在一点一滴地腐蚀。所以听到英国本土的英国人讲,在印度的英国人是另类,把他们归入另类,不单单是因为他们肝火太旺,还在于作为人,他们更高级的内在感官,也有了病变。

以训诫和宗教恐吓代替踹踏,看起来是动人的,但以踹踏回敬踹踏,会有立竿见影的效果。这个古朴的真理,我们是知晓的。然而,在整个身心中,天帝只往我们的舌尖注入了力量。所以,唉,年轻人,听几句道德箴言吧。

据说印度人的肝脏出了点小毛病,因而他们的肚子承受不了英国老爷"家长式的治疗"。可英国人的肝脏情况如何,实际上至今未作检查,也无人关注他们的体检。

但我们的肝脏被踏破,猝死,是命中注定的。事后,你们满不在乎地打个楔子,要把这件事抛到爪哇国去,这是对我们整个民族的侮辱。只能说,你们不把我们当人看待。两三个印度人,在你们脚下死去,那是肝病所致。肝脏没病,踹一脚也能活着,也有可能再次被踹。

可话说回来,谁要是打着文明的幌子,毫不犹豫地欺侮弱者,对他说这番话,是对牛弹琴。

然而,我实在想不明白,你们英国那么多为世界美好前景奋斗的女人,缘何成立民间团体,对远方那些毫无关系或关系极远的民族表示同情。难道英国家庭的许多女性,不曾来到这个不幸的国家,把仁爱的琼浆的一小部分,在某些场合分发,略微减轻了一些人的心理负担吗?甚至在英国男性中,我也曾见到与人为善的事例。但你们的贵妇人在印度热衷于跳舞,与追慕的男人结为夫妻;与人谈话时,艺术地皱皱纤巧的鼻尖,对我们的同胞表示轻蔑。我不知道,出于怎样的考虑,天帝未把我们印度人塑造得能应对你们名媛娇女的敏感神经。

然而,不管自白多么精彩,没有舞台,是传不到听众耳朵里的。另外,我不奢望,由于气愤,心中迸发的这番话,能够稍稍打动那个唇髭浓密的"拳击手"的心。这当儿,当我的才思越发敏捷时,他们的交谈换了话题,我只得心里窝着火责怪自己了。

西行日记

一

上午八时，天空乌云密布，细雨中的地平线模糊不清，季风像一个烦躁的男孩，怎么也安静不下来。凶猛的海浪扑向港口的石堤，激起阵阵轰响，像是要揪住谁的头发，把他扔进海里，但始终抓不到他。如同心儿在梦中受到惊扰，在胸中奋力挣扎，憋在喉咙里的声音想化为号啕大哭，倾泻出来。这喷溅着白沫的哑巴似的海涛的咆哮，让人听了觉得，雨雾中白茫茫的大海，是一个深不可测、迷茫无助、充满忧愁的噩梦。

踏上旅途之前，这种恶劣天气常被视为不祥之兆，令人心情沉重。但我们的看法是成熟的、现代的，对气候的变幻满不在乎。然而，我们的血液却是幼稚的、原始的，它的忧思超越争论，颇像石堤上四溅的愚顽的浪花。理智躲避大自然那无言的暗示，趑回到逻辑的城堡里。而血液在理智的栅栏外流动，映着云影和海浪的起伏；风笛诱它翩翩起舞，从光影的暗示中发掘丰富的寓意；当天空显露不悦的神色，它再也无法平静。

我多次出国访问，提起沉入心湖里的锚，以往并不太费力，可这次它却牢牢地抠抓着岸堤。这使我感到，我已步入暮年。不想出访反映心灵的吝啬。积蓄日益减少，支出时必然犹豫不决。

不过，我心里清楚，客轮渐

渐远离海岸,将我往后拽的无形的纽带将慢慢松开。在大路上阔步向前的年轻人①有一天曾经吟唱:"哦,我心潮起伏,我渴望远行。"这首歌难道驾着逆风飘回去了?难道对揭开大洋彼岸不熟悉的女性的面纱一点不感兴趣?

蚕从茧里钻出来是它的特性。追求物质利益者强行从茧抽丝的时候,蚕的处境极为悲惨。跨过中年以后,我曾访问美国。他们先拉我去发表演讲,之后才给我自由。从那以后,我一次又一次地被拉到会场,发出正义的呼声,我诗人的身份退到了次要的位子上。作为民间人士,我在人世不引人注目的地方度过了五十年,按照古代哲人摩奴的观点,我这个人已到了该隐居森林的时候,却常常出现在社会需要的会场上。所以有些团体想方设法劝我去做官方工作,我从此陷入何等苦恼的境地,是可以想见的。

不管你是诗人,还是文学家,都得服从人的意志——皇上的圣旨,君主的指令,由形形色色的发号施令者组成的群体的要求。文人不能完全避开旨意的进攻。其原因是:他们在书斋膜拜文艺女神,但在客厅不得不尊奉财富女神。文艺女神召唤他们进入琼浆的宝库,可财富女神领他们步入粮仓。生长白莲的天堂与生长金莲的财神的宫宇不是毗连的。他们要到两个地方纳税,结果是一处高兴,另一处经济上拮据,常常使他们十分为难。时间花费在谋生方面,精神世界的工作又难免停顿。企图在铺电车路轨的地方修花园,那是很荒唐的。有鉴于此,通往办公室的道路与花园达成协议:园丁提供花卉,电车公司的老板提供粮食。但可悲的是:提供粮食者在世界上拥有很大的权力。赏花的爱好斗不过满腔的饥火。

人的工作有两个领域:生活需求的领域和艺术领域。需求的动力来自整个世界,来自匮乏;艺术的动力则来自心灵,来自情感。外界的订单使日用品市场异常兴旺,而心灵的渴望使艺术创造生动活泼。

所谓大众,顾名思义是指许多人。他们的需求是强烈的,大量的。对他们来说,要满足的需求的价值极高。因此他们漠视艺术。人挨饿的时候,茄子比素馨花价值更高。为此,我不能责怪饥饿者,但假如有人命令素馨花扮演茄子的角色,那么,我定要批驳这种无理要求。上苍让素馨花开在饥饿者居住的地方,素馨花本身毫无办法。它唯一的责任是:不管发生什么事,不管别人是否需要它,它照常到时开花,照常到时枯萎凋落,照常

---

① 指作者自己。

让人把它编成花环,如此而已。

任何小人物也拥有称作本性的财富。他自由自在地把本性的财富珍藏在弱小的身躯中。历史上没有留下他的姓名,或许还曾经被人贬低过,但他的姓名保存在心灵主宰的宫殿里。谁坠入贪婪的陷阱,出卖自己的信仰,如再敲响他人的宗教的铜鼓,那么即便在集市上名声显赫,在他心灵主宰的宫殿里也将销声匿迹。

我这样说自有我的道理。不能说我从无过失。沉重的痛苦中,我体会到我的过失造成的损失和悔恨。我为此变得非常谨慎。狂风暴雨的时候,由于见不到北斗星,人会迷失方向。在不同的时候,外界的喧嚣使人昏昏沉沉,听不清楚本性的自白。那时,许多人异口同声地高喊"职责",在他们的叫喊声中,我迷茫了,忘记了并无什么称为职责的可隔绝的东西。我的职责是指对我来说应尽的义务。赶车是一种普通的职责,但在危急关头,马如说"让我来代替驭手",或者车轮说"让我履行马的职责",那么,这种职责是可怕的。民主时期,这类变幻无定的可怕职责随处可见。人类社会总是向前发展的,这种发展是人们所期望的。可是人类社会前进的战车有很多部件——劳动者有劳动者的驾驶方法,贤人有贤人的驾驶方法。只有双方协作,互相帮助,战车才驶向前方。双方的职守混为一谈,势必造成停车事件。

在目前的年龄,我生活中最大的烦恼是:虽然我生来是个森林隐居者,但工作地点的煞星,却把我改造成社会活动家。长期以来,我在书房伏案写诗,不知哪一天,天帝的意志的渡船把我送到人海的码头。现在,我的时光在诗歌创作的书斋之外消度,我置身于民众的活动场所。当鸭子在陆地上摇摇摆摆走路的时候,我们不难发现它的脚掌生来不适宜陆地上的行走,而适宜水中游泳。同样,"可恶"的习惯和天帝赐予的写作的兴致,使我在民众的活动场所迈步的姿态至今不十分优美。在这里我没有当"主语"的资格,我所说的"不变格"的事情,我做起来也毛病百出。当义务工作者的年龄已经过去了;每逢灾年,我仍不得不手持募捐本到富豪关闭的大门口转悠,落下的泪滴比捐款的数字多得多。随后,有人请我作序;著书者寄书给我,请我评论;有人责怪我不复信,信中附寄邮票,强迫我写回信;年轻夫妇在信中请我为他们的新生婴儿起名字;出版社的编辑来函催稿件;即将结婚的恋人请我为他们谱写新歌;还有人来信请教我是怎样荣获诺贝尔文学奖的;有人来信责问我,在振兴民族方面,为什么与报刊专栏撰稿人的观点不一致。在他们激情的夹击下,我不得不积攒这些无聊之事的垃圾,好在岁月的清道夫擅长清除垃圾,我有望得到天帝的宽恕。

经常有人请我去主持会议。当我沉浸于诗境的时候,我没有这种烦恼。不会有人犯糊涂,恭请放牛娃端坐在皇帝的御座上,所以,他有时间坐在榕树下吹笛。但是,假如有一天把他召去,他用鞭子当君主的节杖来挥舞,那牧牛和国王的统治均受影响。我是诗歌女神的侍者,可在混乱的环境中,却无奈地戴着富翁的议事厅里的徽章。结果,诗歌女神常常把我抛弃,而富翁掌握的宣传媒介也千方百计找我工作中的岔子。

我缘何素无躺在指令的箭榻上的愿望,上面作了说明。此外,我作了申辩,讲清楚在众人合力劳作的地方,我已为卖掉的所有"闲暇"的牛犊按时纳税;我为何采取文明或不文明的不服从的方针;我未能躲避那些恳求,是我性格软弱所致。这世上大人物个个是板着脸的心硬似铁的人,在获取神圣财富的道路上,在中意的地方,以恰到好处的坚定口吻说声"不"的能力,是他们的盘缠。为了保护神圣的财富,他们在自己周围的地段,能够构筑"不"这咒语的工事。我不如他们那样崇高,做不了那种事。我脚踩着"是"和"不"这两条船,摇摇晃晃突然落进无底的水中。因此,我今天真心诚意地祈求:"哦,'不'这艘船上的船夫,请用力把我拉到你的船上,然后把我一直送到河中央。无事的码头在等待我,不要让我在犹豫中浪费宝贵的时间!"

哈奴纳马德号客轮上
1924 年 9 月 24 日

二

今天,太阳不时从云中朝下窥探,但它似乎仍被关在牢房的铁窗内,没有自由,似乎仍没有摆脱恐惧的阴影。身着雨霖之国的黑色制服的云团,在它四周巡逻。

阳光隐匿,我情感的江河里潮水哗哗退落,涨潮要等到阳光重现。

在西方,尤其在美国,我看到大部分青年对父母的依恋之情正在消失。

可在我们国家,这种依恋之情仍然存在。同样,我也看到,在那个国家,难以深切地感受到人与太阳在心灵上的联系。在这个阳光稀少的国家,人们为了阻挠阳光射入屋内,有时拉上一半窗帘,有时甚至把窗帘全拉上。我认为这是一种蛮横的行为。

人难道不与阳光息息相关?太阳的光流在我们的动脉中流动。我们的生命、灵魂、富于情感的容颜,都源自那个巨大的星球。太阳系未来的岁月,在它的火雾中漂荡。我们身躯的每个细胞都包蕴它成形的能量,它的光华与我们思维的波涛一起奔腾。在外部世界,太阳光里的颜色,使云彩、草叶、鲜花和整个世界的容貌色彩斑斓;在内心世界,太阳的能量与心绪交融,为我们的思维、情绪、痛苦和爱情染色。这阳光是如此五彩缤纷,如此婀娜多姿,如此引人遐想,如此令人回味。这阳光使一串串葡萄成熟,酿成一滴滴美酒。也正是这阳光为我的每首歌谱写优美动听的曲子。阳光像沉寂的梵音凝集在树木的枝叶里。从我的心灵喷涌的、在语言之河中漂游的思绪,难道不是阳光的一种有意识的活跃的形态?

哦,太阳,在你能量的火泉畔,地球隐秘的祈祷化为草,化为树,往空中生长,高喊:"夺取胜利!"呼唤:"揭开厚幔!"这揭开厚幔是它生命的游戏,是它花儿、果实的绽露。地球祈祷的泉水从远古的微生物中流出,流到今时人类的中间,从生命的码头流向心灵的码头。

哦,神圣的太阳,我高举双臂对你恳求:"请开启你金杯的盖子!我身上潜藏着真实,让我在你中间看到这真实的灿烂面貌,让我在阳光中袒露我的一生。"

1924 年 9 月 26 日

三

东方晨光熹微,太阳尚未升起。静谧的海水像杜尔迦女神脚下蜷睡的狮子,一动不动。陶醉于欢迎旭日喷薄而出的仙曲中,两行诗脱口而出:

呵,大地,你为何每天
阅读诉说不满的信件?!

我恍然省悟,每首诗在脑海中形成之前,复沓的诗行首先浮现出来。复沓的诗行常常像飞翔的种子飘落在我的心田,但并不是总能看清。

遥远的海边,大地铺展五彩的轻纱,独自面东而坐,看似一幅画。从上空不知何处掉下的一封信,落在它的膝盖上。它拾起捧在胸前专注地阅读,黑棕榈往后拖曳的浓荫,好似从头上散落的蓬发。

我诗中重复的诗句说,每天都是一封信。够了,不需要更多的信件,它如此宏广,如此朴实,能轻易地包容天空。

大地世代读着这封信。我在心里望着它阅读。天国福音通过世界的内心,通过喉咙,变成奇特、丰繁的形象。于是森林里有了树木,鲜花有了芳香,生命有了律动。那信中只有一个词——阳光。那是美丽,又是恐惧;它在笑声中闪耀,在哭声中垂泪。

读这封信本身就是创造之流,其中交融着布施者和受纳者的交谈,交融中涌动着形象之浪。交融的所在名叫分离。因为,若无远近的区别,河水就不流动,信函无从传递。在创造的泉眼里涌出奇迹:一泓清溪分成二条细流。设法让幽居的种子分裂,从中引出两片嫩叶,种子才有语言,否则它是哑巴,是吝啬鬼,不会享受自己的财富。原始细胞是单一的,裂变后成为雄性、雌性两部分。此后,两部分的空隙里设立"邮局",通邮永不停止,分离造成的空隙是一笔财富,否则一切都将沉默、湮灭。这空隙中间腾起期待的痛苦和不可抑制的强烈欲望,在欲施与欲纳的问答的此岸、彼岸之间往返运动。其间汹涌着创造的波涛。创造的季节发生嬗变,有时是夏季的苦行,有时是雨季的洪水泛滥,有时是冬季的犹豫,有时则是春季的恩惠。称它为虚幻不算为过。因为这封信的文字是模糊的,语言充满暗示,它的呈现与消失的全部含义并非每时每刻都能领会。不可目睹的热能不知何时沿着苍天之路潜入土壤,我想准是一去不复返了。然而不久,有一天我看到幼苗顶穿泥土之幔,引颈寻找他世的熟悉面孔。热能遁逃的那天,谣言四起,说热能遁入地下的黑暗,坐在熟睡的种子的门前,举手叩击。如此这般,看不见的充满暗示的无量热能,进入一颗心与另一颗心之间空隙的暗室,与谁窃窃私语,无从知晓。又过了几天,帷幕外面传来新奇的声音:"我来了。"

一位同行的朋友读了我的日记说:"你读大地的信,也读凡人的信,似

乎把什么搞混了。迦梨陀娑的名作《云使》清楚地感受到遭贬谪的药叉和他的爱妻彼此思恋的痛苦,可在你的作品中,弄懂哪是隐喻,哪是直抒胸臆,越来越费劲了。"我说,迦梨陀娑写的《云使》,反映的也是世界的事情。否则,遭贬谪的药叉怎会住在罗摩山,而他孤寂的妻子怎会住在阿罗迦的天宫?天堂、人间的离情充斥所有的文学创作。用梵语的韵律写的世界之歌正在演奏。分离的空隙中,分子、原子每天传递的看不见的信件,就是创造的梵音。男女之间,无论是通过眼睛、耳朵、心灵,还是使用纸张,那交换的信,是世界之信的一种特殊形式。

写给妻子的信

一

小媳妇①：

今天我们将抵达一个叫亚丁的地方。许多日子之后，终于又将看到陆地了，但不能在那儿下船，原因是怕把那儿的传染病带上船来。到了亚丁要换船，是一件特麻烦的事情。

这次海上旅行途中，我又生病了，真是一言难尽啊。一连三天，稍微吃点东西，马上吐个精光。头晕得厉害，身子摇摇晃晃，不想起床，真不明白，人居然还活着。

我记得很清楚，星期日夜里，我的灵魂脱离躯壳，飞回了朱拉萨迦②。你睡在一张床上，

泰戈尔写给妻子的信

身边躺着小丫头蓓丽③。我同你稍稍亲热了一番，我说，小媳妇，你记住，今天星期日夜里，我脱离身躯，回家与你相会了。等我从英国回来，我要问你，你可曾见到我。接着我吻了蓓丽，又悄悄地回到船上。我病倒的时候，你们会想起我吗？

旅途中我神魂不宁，急于回到你们身边。此时此刻，老觉得已没有老

---

① 泰戈尔对妻子穆丽纳里妮的昵称。
② 加尔各答泰戈尔祖宅。
③ 泰戈尔大女儿玛杜丽洛达·黛维的小名。

家一样的地方了。回国进了家门以后,再也不愿到哪儿去了。

上船一星期,今天第一次洗澡。可洗了澡,一点儿也不舒服。用咸海水洗澡,全身黏糊糊的。头发讨厌地缠结在一起。身子怪难受的。我打定主意,下船之前再也不洗澡了。大约一星期之后到达欧洲,踏上那儿的陆地,才能过上真正的人的日子。

今天夜里,大海丝毫不惹人喜爱。尽管海风凉爽,客轮并不剧烈摇晃,身上也无病痛。一整天,坐在船顶上一张大椅子上,不是和洛肯聊天,想心事,就是看书。晚上在船顶上铺张席子躺下,尽量不进船舱。进了舱房,浑身不得劲儿。夜里突然下起了大雨,不得不把席子挪到雨水溅不到的地方。大雨从那时一直下到现在。

昨天阳光明媚。我们船上有两三个小女孩,她们的母亲去世了,这次跟着父亲乘船去英国。我看着这几个可怜的孩子,同情心油然而生。他总带着她们散步,他没有钱为她们买漂亮的衣服,不知道今后过怎样的日子。她们在雨中跑来跑去,他劝阻她们,可她们说在雨中玩得很开心,他听了微微一笑。(也许她们心想,我们不愿意爸爸看见我们玩耍,就来阻止我们。)默默地望着她们,我想起了自己的孩子。昨天夜里,我梦见了蓓丽。她来到了船上,她太美了,太漂亮了,我简直无法形容。你跟我说说,我回国的时候,应为孩子们带哪些礼物?收到这封信,如写回信,也许我在英国可以收到。记住,星期二是往英国发送邮件的日子。替我多亲亲孩子们。你也让我亲吻几下。

泰戈尔
马沙里亚号船上
1890 年 9 月 6 日

二

小妹朱蒂①:

今天差一点儿呜呼哀哉。我的身躯之舟差一点儿和我乘的船一起沉

---

① 泰戈尔妻子的昵称。

没。上午,在般迪升帆起航,行至戈拉伊桥下,桅杆卡在桥石中间,太可怕了!急流猛推木船,而桅杆卡住了,扭动的桅杆发出嘎吱嘎吱的响声,一场灾难迫在眉睫。这时,一艘渡船驶来,把我接上船。两位船夫拽着船上的缆绳,跳进河中,游到岸边,使劲儿拉船。谢天谢地,幸亏当时船上和岸上有许多人,我们得救了,否则难逃灭顶之灾。桥下水流极为湍急,我不知道我能否游上岸,但木船肯定要沉没。这次旅程中,有过两三次这样的险情。前往般迪的途中,桅杆卡在很粗的榕树树枝中间,发生了类似的危险。在库斯蒂亚码头,拉升桅杆,绳子断了,桅杆倒下来,差一点儿砸死夫尔贾特①。船夫们都说,这次航行险象环生。

现在,天上堆满了乌云,河中波涛汹涌,看起来很美,但不是观赏的时间。快是中午了,我要去洗澡。雨季不在河上旅行,看不到河上的美景。然而,雨季几乎不能在水中游玩。到此搁笔,我要去洗澡了。

罗毗②

希拉伊达哈③

1892 年 7 月 20 日

三

小妹朱蒂:

今天从达卡回来,收到你的来信。我要在卡里格拉姆尽快处理完事情,返回加尔各答,妥善处理家里的杂事。

小妹,你不要无谓地伤心。尽可能怀着一颗平静而满足的心,应对各种事件。我时刻在心中这样努力着,使自己在人生旅途中成熟起来。我们不可能时时心满意足,可你们若能保持平静的心境,那么,在彼此的鼓励下,我也能坚强起来,获得满足带来的安宁。当然你年纪比我小很多④,生

---

① 诗人船上的船夫。
② 泰戈尔的简称。罗毗是诗人全名的第一个音节。
③ 泰戈尔家族田庄所在地。
④ 泰戈尔二十二岁那年与十一岁的穆丽纳里妮结为夫妻。

活中积累的各种经验是极为有限的,总的来说,你比我朴实、文静、克制、宽容。所以对你来说,想方设法使心儿摆脱各种烦恼的必要性,要少得多。然而,每个人的生活中,一旦遇到巨大困难,有时候需要努力保持冷静。事事处处满足的习惯,有利于问题的解决。这时就觉得,每天所有微小的亏损和阻碍,些许打击和痛苦,使人心里忧伤,坐立不安,实在算不了什么。怀着一颗爱心,把自己的事情做好,尽量愉快地完美地履行彼此承担的责任,之后,任何时候,让要发生的什么事都发生吧。

人的一生是短暂的,苦乐时刻在变化着。淡然面对哄蒙欺骗、损人利己,是困难的,但不这样面对,人生的负担将渐渐难以承受,就不可能守护心中的崇高理想。如果做不到这一点,如果一天天在不满意和烦躁中,在与客观环境中的一些细小阻力的对抗中消度岁月,那么,这一生就会碌碌无为。博大的恬静、高尚的淡泊、超越功利的情义、不谋私利的行事……这体现人生的成功。

你如果获得心境的安宁,能给周围的人以慰藉,你的一生就比女皇还要伟大。小妹,要是让心儿不停地发牢骚,那只会伤害自己。我们大部分痛苦是自找的。你不要觉得我这是在发表演讲,说大话,而生我的气。你不知道我内心怀着多么殷切的希望在说这番话。我和你的互敬互爱,相濡以沫,这是一条纽带,越来越紧密,由此产生的纯净的安恬和幸福,是人世万物中最珍贵的,与此相比,每日所有的痛楚和灰心丧气,就太渺小了——此时此刻,它像一种诱惑闪现在我的眼前。

少男少女的爱恋中,蕴含狂热。也许你在自己的生活中也感受到了。到了成人的年龄,在奇妙的大家庭的波涛中,男女之间名副其实的持久、深沉、克制、无声的情爱游戏开始了。随着自己家庭的扩大,外部世界渐渐远去。所以,家庭大了,家中的幽静也随之增加。缠绵的纽带从四周将两个人维系在一起。没有什么比人的灵魂更美,一旦它在近处出现,与它面对面地认识,真正的爱情才首次萌生。这时,不再存在幻想,没有必要把对方当做神,团聚和分离中,不再刮起疯狂的风暴。但远离或相守,享福或危难,匮乏或富有,都沐浴于无虑的信赖的纯正快乐的净光。

我知道,你为我受了不少苦,可我坚信,正因为你为我受了苦,也许有一天,你将从中得到无穷快乐。爱中有宽容,在心遂意满和自我满足中,才会品尝到受苦获得的幸福。眼下我心中唯一的愿望,是让我们的生活朴素而简约,让我们四周的环境宁静、欢悦,让我们的人生旅程远离奢华,充满善德。我们的匮乏是寡少的,我们的目标是高洁的,我们的努力是无私的,国家的事业高于个人的事情。即使我们的孩子渐渐离弃我们的理想,渐渐远去,我们两个人,自始至终,也会成为彼此人性的支撑,成为世事所累的心中的避风港,能够完美地走到人生的终点。所以,我如此急切地要让你们远离加尔各答的利益之神的石庙,来到这僻静乡村。在城里,无论如何无法忘记收益和损失、亲人和外人;那些鸡毛蒜皮的小事,时时让人恼火,最后,高尚的人生目标,分崩离析。而在这儿,不会误认为稀少就是足够,谎言就是真话。在这儿,时刻牢记誓言,不是件难事。

希拉伊达哈
1898年6月

四

小妹朱蒂:

　　我总是设法打消心中对孩子们的担忧。我们应该尽力让他们接受良好教育,健康成长,但为此忧心忡忡,是不对的。他们或优或差,或者普普通通,一生从事各自的事业。他们虽是我们的儿女,却是独立的。他们携带着各自的甘苦、善恶、事业,沿着无穷的时光之路前行,他们的道路,是我们控制不了的。我们应尽父母的责任,但不必焦虑而热切地期待其结果。他们成为怎样的人,完全取决于天帝的意志。我们心里不必抱过多希望。我怀着对我儿子的爱,强烈地期待他成为人中俊彦,这很大程度上源自骄傲情绪。其实,我没有权力对儿子心怀过分的期待。多少人的孩子身处极为艰难的境地,我们何尝为他们伤感!在人世间不管怎么奋斗,由于处境迥然不同,结局也千差万别,无人能够左右。所以作为父母,我们只能尽责,我们只有这点本事,不应因其结果而无端地寝食不安。我们应有坦然接受或优或劣两种结果的心理素质。这种直面现实的习惯,应日日夜夜逐步培养。当出现情绪过分急躁的倾向时,应及时克制自己,超然物外。我在哪儿待几天,就只在哪儿认真地做事——其他的不用我们操心!我们应时刻保持欢悦心情,也应使周围的人心情快乐;怀着毫无倦意的心,面带笑

容,使他们日子过得更好,更幸福。之后,即使我无所建树,那有又何妨!竭尽全力使人生富有意义,当然最终结果,由天帝掌控着。

罗毗
加尔各答
1900年12月

五

小妹朱蒂:

我已把蓓拉①送到她婆家,返回圣蒂尼克坦②。实际情况和你们在远处想象的完全不同——蓓拉在那儿心情很愉快——毫无疑问,她非常喜欢新的生活。现在她不需要我们了。我仔细想过,女孩子结婚之后,至少需要远离父母一段时期,获得和丈夫朝夕相处的充分机会。父母置身于他们之间,是一种障碍。因为父亲一方和丈夫一方的习惯、情趣等等是不一样的。双方应保持一定的距离。女孩婚后待在父母身边,不可能完全忘记娘家的习惯,与丈夫水乳交融。既然已把她嫁出去了,为什么还把她置于合拢的手掌里呢?在这种情形下,首先要考虑的是女儿的快乐和幸福,难道非得关注自己的苦乐,把她与娘家的纽带和与丈夫家的纽带缀联起来吗?想着蓓拉现在很快乐,平息你的离别之痛吧。

我确信,举行婚礼之后,我们要是老坐在他们身旁,不会有什么好结果。她远离我们,才能一直维持对她的关爱。在杜尔迦大祭节期间,他们回来探亲,或者我们到他们家看望,可以品尝到亲密的新鲜的快乐。各种各样的爱之中,应有一定程度的离别和自由。彼此总是形影不离,没有什么好处。拉妮③要是结婚住在很远的地方,对她来说是件好事。当然第一年他们两人可以和我们住在一起。但随着年龄增长,为了她的幸福,应该把她送到远离我们的婆家。我们家庭的教育、情趣、习惯、语言和志向,不

---

① 泰戈尔大女儿玛杜丽洛达·黛维的小名之一。
② 泰戈尔创办的国际大学所在地。
③ 拉妮是诗人的二女儿蕾努卡的小名,她十一岁成婚,两年后病逝。

同于其他孟加拉家庭。所以,我们家的女孩成婚之后,特别应该前往稍远的地方。否则,在新环境中一件件小事上稍稍受到挫折,就可能销蚀对丈夫的尊敬和信赖。拉妮生来就是这副脾性①——离开娘家,才能有所改变——总待在我们膝侧,她的习性是改变不了的。

想想你自己的经历吧。假如我娶了你住在福尔达拉②,你的性格和言谈举止可能和现在就不一样了。围绕孩子们得到的苦乐,应完全忘记为好。他们来到世上不是为了让我们享福。他们的安康和人生的成功,是我们唯一的幸福。

昨天蓓拉儿时的情形一直在我脑子里萦绕。我花费大量心血把她培养成人。记得她当时坐在靠枕中间,顽皮极了,一看到同龄的小男子,就大叫大嚷地朝人家扑过去。她是那么可爱,又是那么好强。住在公园路老宅子里,我为她洗澡。到大吉岭旅游,晚上起来为她热牛奶喂她。我一次次想起当初心中对她萌生的慈爱,可她对此一无所知。不知道也好,让她毫无牵挂地操持新的家务,心里怀着忠贞和情爱履行家庭责任,完美她的人生吧!我们就不要心酸了。

今天回到圣蒂尼克坦,我完全沉浸于宁静之海中。经常来这儿是多么有必要。这一点,不来这儿,在很远的地方,是难以想象的。我独自被无垠的天空、清风和阳光簇拥着,仿佛在远古母亲的怀里,啜吮着甘甜的乳汁。

你的罗毗

圣蒂尼克坦

1901 年 7 月 20 日

六

小妹朱蒂:

到了希拉伊达哈,不知怎的心情有些激动。在我的想象中,不得不离

---

① 印度女作家齐德拉·黛维的著作《泰戈尔家庭的女性》中,称拉妮是个任性的女孩。

② 泰戈尔岳父家所在地。

别的一切，都那么美好。希拉伊达哈的一切，交织着我们喜悦和艰辛，当然喜悦更多一些。

然而，目前希拉伊达哈的现状不太好。露水浸湿了一切，早晨八点依然浓雾弥漫，傍晚天气寒冷。水井和池塘的水位下降，到处流传着疟疾。我们及时离开了希拉伊达哈，否则带着孩子们有得病的危险。波勒普尔比这儿干净卫生得多。不过这儿盛开的玫瑰花，数不胜数，花朵硕大，芳香扑鼻。四下里弥散着槐树的醉人花香。老朋友"希拉伊达哈"想通过这封信送给你几朵槐花。

从这儿寄出的装有豌豆、黄豆、粗糖以及书籍和箱子，你收到了吗？豌豆、黄豆是送给学校的。绿豆熟了，再寄些绿豆。

我一定要让罗梯①拥有一个高尚的人生，所以要让他有自制力，严格要求自己，经受艰苦锻炼。只要他意志坚强，丝毫不偏离正确方向，埋头苦干，就能成为有真才实学的人。我们小时候只关心实现个人抱负，其结果是，我们关注自己最渺小的意愿，大大超过关注崇高理想、至圣目标、人性，甚至大大超过关注情义和德行。我们向来不能为别人、为其他事，让个人愿望受到丝毫损害。即使工作受到损失，事业受到伤害，给亲人心里带来巨大打击，也不肯让自己的心意感到一点儿委屈。这样让自己的意愿大获全胜，实际上是让自己一败涂地，把自己的高洁人性当做祭品献给"卑下"。其间没有真正的幸福，只有私心杂念。我们以前所做的一切，已是无法挽回了。如今我们要用自己的手，把孩子们交到善德之手和天帝的手中。让天帝消除他们富有的傲岸、执拗的心气、强烈的欲望和四周形形色色的诱惑，以造福的决心和经受磨炼的英雄气概武装他们。我衷心希望，我们能够强有力地遏制我们种种无所顾忌的欲望，支持天帝正道的深邃法则，而不是一步步阻止正道，日夜设法让狂傲获胜。如果失败，我只得认为我虚度了一生。

你的罗毗
希拉伊达哈
1902 年

---

① 泰戈尔的儿子。

文明的危机[1]

今天我八十岁了,我眼前呈现人生的广阔领域。我目光淡然地从一端望见最前面的地平线上生活起步的情景。我感到我的人生历程和整个国家的思想轨迹断为两截,断裂自有其痛楚的缘由。

我们直接通往伟大的人类世界的桥梁,是当时的英国历史。印度的这位外来者,伫立在神圣的文学巅峰上、我们的切身感受中,它的真相逐渐暴露出来。当时,我们缺少寻求知识所需要的不同来源的足够川资。现在,传授各种知识的中心以不断更新方式揭示世界的本质和其力量的奥秘,那些知识的大部分当时是鲜为人知的。自然科学的专家堪称凤毛麟角。通过英语熟悉和欣赏英语文学作品,是高雅情趣和博学多才的标志。日日夜夜,到处回荡着鲍尔克[2]式的辩词和麦考莱[3]式的抑扬顿挫的语调;热烈探讨莎士比亚的戏剧、拜伦的诗歌,以及政界名人的胜利宣言。诚然,我们开始探索祖国独立的道路,但心里总相信英国的开明。那种信念是如此坚深,以至

八十岁的泰戈尔

---

[1] 本篇系泰戈尔写的最后一篇重要文章。三个月后,作者与世长辞。
[2] 鲍尔克(1729—1797):英国政治家、演说家。
[3] 麦考莱(1800—1859):英国历史学家、作家和政治家。

于我们的先驱们一度认为,失败民族的独立之路,会因征服民族的仁慈而变得宽广。产生那种信念的背景是,英国曾经有过被压迫民族的庇护所,有过为民族尊严献身的志士仁人的尊贵席位。我在接触过的英国人的品行中,看到人类友谊的纯真,因此怀着由衷的敬意,让他们坐在我珍贵的心座上。当时,帝国的疯狂尚未玷污英国人本性的友善。

少年时代我曾在英国学习,在议会内外的会议上听过约翰·白莱特的演讲。我从中听到了英国人隽永的心声。那演讲中昭示的宽广胸怀,超越一切民族的狭隘界限,影响深远,我至今记忆犹新。在"至美"迷途的今天,我依然珍藏着当年的回忆。

依靠别人固然不是光荣的事,然而,在阅历尚浅的年月里,我们看到的人性的崇高形象,哪怕是在外国人身上表现出来的,也敬重地毫不迟疑地接受了,这还是值得称道的。其原因在于,人最美好的东西,不可能囿于某个狭隘民族的范围内,绝不是守财奴关闭的库房里的财物。所以,我从中汲取了营养的英国文学的胜利号音,至今在我心田回响。

我们把"CIVILIZATION"译成"萨维达"。其实,孟加拉语中不容易找到与"CIVILIZATION"完全对应的单词。我国古今使用的单词"萨维达",种姓制度的鼻祖摩奴称之为"善行",实为某些社会法规的限制。古代社会关于社会法规的观点,局限于狭小的地域。在沙罗萨迪河和特里斯帕梯河之间极盛一时的巴拉马波尔特国,把世代流传的仪式也叫做"善行"。这些仪式以风俗为基础,残酷而不公道。由于这个原因,盛行的礼教只重视我们的举止,蛮横地剥夺了心灵的自由。摩奴在巴拉马波尔特国制定的善行标准,渐渐演化为民俗。我刚踏上人生旅途的时候,受过英国教育的知识分子心里,正蔓延着反叛外在礼教的情绪。只要读一读罗贾纳拉扬[①]先生撰写的有关教育现状的文章,就能明白这一点了。我们糅合文明理想和英格兰民族特性,用以取代善行。在我们的家庭中,无论是宗教观点、社交方式,还是理性的家教等方面,这种嬗变被全盘接受了。我就是在那样的文化氛围中出生的。我们天性的文学爱好,合乎情理地把英国人扶坐在高位上。这是我人生的第一阶段。之后,出现了异常痛苦的隔阂。我时常发现,承认文明是从心灵之泉喷涌出来的一些人,为欲望所驱使,肆意破坏

---

① 罗贾纳拉扬(1826—1900):系印度教育家。

文明。

有一天,我冲破意蕴深厚的文学作品的包围,走到书斋外面。我面前印度民众的极端贫困是那样触目惊心。对于身心不可缺少的食品、衣服、饮用水和教育的严重匮乏,在世界上实行现代统治的任何国家,是不会出现的。而正是印度,一百多年来不得不为英国提供了大量财富。我专注地回顾文明世界的业绩的时候,无法想象打着文明旗号的人类理想会有如此悲惨的变态。最后,我察觉到,这种变态暴露了文明国家对别国亿万群众的无限冷漠和鄙夷。

英国依仗机器动力维持其世界霸权,印度却被剥夺了充分使用机器的权力。我看到日本广泛使用机器,在各方面迅速富强了起来。我曾亲眼目睹日本的繁荣和日本国内的文明统治。在苏联首都莫斯科,我看见劳动群众为普及教育、提高全民的健康水平,不遗余力地工作,荡涤着辽阔的沙俄帝国的愚昧、贫穷和自卑自贱。他们的文明捐弃民族歧视,处处扩展着真挚的人际关系的影响。访问莫斯科时,苏俄出色的行政管理,令我赞叹不已。我注意到穆斯林和非穆斯林之间,没有围绕国家权力分配爆发冲突,统治制度起着真正维护双方的共同利益的作用。目前,主要是两个国家——英国和苏联,拥有对其他众多国家施加影响的国力。英国一向扼杀其他民族的斗志,使之一蹶不振。但苏联政府与沙漠地区游牧的几个穆斯林民族建立了同盟关系。我可以作证:他们从各方面强盛少数民族的努力,是始终如一的。我读了有关的书籍,见过苏联政府尽力将他们培养成合作者的事例。这种政府的影响,从任何意义上说,都不是粗暴的,不会损害人性。那儿的统治,绝非外国势力的碾压机般的可怕奴役。此外,我看到觉醒的波斯国被两个欧洲国家蹂躏的时候,千方百计增强自身的力量,终于免受欧洲的疯狂进攻的獠牙啃啮。早先祭火教徒和穆斯林之间残酷的拼杀,已在文明统治下完全平息了。否极泰来的主要原因,是他们冲出了欧洲国家的阴谋之网。我衷心祝愿波斯国繁荣昌盛。在我们的邻邦阿富汗,教育和社会政策的意义深远的优越性尚未显露,但显露的可能性完好无损。唯一的原因,是炫耀文明的欧洲国家征服不了它。阿富汗在发展和自由之路上阔步前进。

印度胸脯上压着英国文明统治的磐石,坠入一筹莫展的停滞的困境。英国为牟取暴利,凭借武力,用鸦片毒害像中国那样幅员辽阔的文明古国,

攫取中国的一部分土地。当我渐渐淡忘昔日那种悲剧的时候,又看见日本在侵吞华北。英国制定国家政策的权贵们,轻狂地把日本的强盗行径视为不足挂齿的区区小事。之后,我遥遥地望见英国玩弄花招,凿毁了西班牙共和国政府的基石;也望见一群英国人因西班牙的危境而投降。虽然英国人的慷慨在面临危亡的中国未能恰如其分地表现出来,但当我看到他们的某些英雄为维护欧洲平民的独特个性而献身时,我不由得记起,我一度视英国人为人类的造福者,深信不疑地尊敬他们。

今日,我冷静地回顾了对欧洲国家的天然文明的信任逐步丧失的可悲过程。推行"文明"统治,导致印度目前最深重的灾难,不啻是缺少食品、衣服,令人悲哀的教育、健康水平的低下,还在于印度人民中间惨痛的自我分裂。类似的情形,我在印度之外的伊斯兰教国家还没有见过。我们的危险在于,只把这种灾难归咎于我们的社会。这种越来越骇人听闻的灾难,假如在远离印度统治机器的僻静的所在,不靠挑唆加以培植,那么,就不至于造成印度历史上凌辱人格的不文明局面。印度人的才智在某个方面比日本人差,这是不可置信的。两个东方国家的主要区别在于,印度被侵占,推行英国统治,而日本不在任何西方国家的羽翼之下。外国人的文明,你愿意称之为文明的话,我深知它掠夺了我们的什么珍异。它手持棍棒炮制的东西,取名为法律和秩序,是地地道道的舶来货和护门神。西方国家的文明已没有慎重对待民愤民怨的耐心,它向我们显示的是武力而不是自由的本相。实际上,人与人的关系最为珍贵,堪称真正的文明,它的悭吝,严密阻塞了印度人民发展的道路!

我个人荣幸地结识了几位心地善良的英国人。我在别国的任何教派中不曾见到他们和我的这种纯洁友情。他们至今把我的信任与英国维系在一起。例如查尔斯·弗里伊·安德鲁斯先生①,我有幸作为朋友,在身侧看到他是一位真正的英国人,真正的基督教徒,真正的世界公民,在死亡临近的时刻,他那无私无畏的高尚品德,放射出熠熠光辉。我和印度感谢他有多种原因,私交则更使我对他感激不尽。青年时期,在英国文学的氛围中,我全身心地表达对英国的纯净的敬意。在耄耋之年,他协助我抹掉记忆中英国的狭隘和污点。对他的怀念和英格兰民族内在的崇高灵魂,是我

---

① 系泰戈尔聘请的教授。

心空闪闪发光的北斗星。我把他们当做挚友,认为他们是所有民族的友人。他们的友情是我一生中积累的一份宝贵财富。我觉得他们能从沉船中打捞出英国的伟大,若不与他们结识,不与他们朝夕相处,我对西方国家的失望,是不会受到抗议的。

最近,在整个欧洲,野蛮张牙舞爪,散布着恐惧。折磨人类的瘟疫,在西方文明的骨髓里复活,凌辱着人类,浸染着山川平原上吹拂的和风。处于无助的密不透气的苦厄中,我们难道不曾获得预兆?

物换星移,天道无常。英帝国迟早要放弃印度。但它留给我们的是怎样的一个印度呢?一堆可怜的贫困的垃圾?一百多年的统治之河干涸之时,宽阔泥泞的河床承托着惨不忍睹的荒凉?在人生的起点,我由衷地相信欧洲心中的宝藏是文明的贡献。可是在行将辞别人世之际,我的相信彻底破产了。

我坚信救世主即将诞生在贫穷困扰的茅屋里,我期待他走出东方的地平线,携来文明的福音,对人们作出可信的承诺。

我的人生之舟向彼岸驰去。背后的码头上,我遗留下什么?我看见了什么?是历史残剩的微不足道的文明的废墟?不错,对人类失去信心是一种罪过,一息尚存的我满怀信心。我希望一场毁灭之后,满天的愁云惨雾荡然无存,从旭日东升的地平线,铺展洁净的历史篇章。不可战胜的人民踏上恢复尊严的道路,排除万难,胜利向前。

我一贯认为:断言人性的失败无可挽回、永无尽头,无异于犯罪。我留下的遗言是:证明强权者耀武扬威、暴戾恣睢并非安全的日子已经来到。未来的岁月必将证实:

> 伟人冉冉降临,
> 遍野的芳草瑟瑟喜颤。
> 天国吹响法螺,
> 胜利的锣鼓响彻人间。
> 伟大的诞生日,
> 黑夜的城堡轰然倾圮。
> 莫怕!莫怕!莫怕!
> 在旭日喷薄的东山之巅,

这庄严响亮的呐喊
把新生活的美景展现。
胜利属于新的一代！
欢呼声回荡在明丽的蓝天。

圣蒂尼克坦
1941 年 5 月 7 日

译 后 记

　　罗宾德拉纳特·泰戈尔是驰誉世界文坛的印度著名作家。他从八岁开始练习写作，一直到逝世前口授最后一首诗《你创造的道路》，创作生涯长达七十余年，为后人留下一千余万字的各类作品。

　　泰戈尔以诗歌享誉世界，但也是一位散文高手。他的散文创作与诗作几乎是同时起步的。泰戈尔十四岁那年在文学杂志《知识的幼苗》上发表第一首诗《野花》。不久，他以稚嫩的笔写就的处女作散文也在该杂志上发表。1941年，泰戈尔在逝世前三个月，发表最后一篇重要散文《文明的危机》。可以说散文创作也贯穿了他的一生。

　　泰戈尔散文丰富多彩。孟加拉语泰戈尔全集的编者，把其诗歌、戏剧、小说之外的所有作品，全归入散文类。其中有自传，如《人生回忆》；抒情散文，如《脚下的路》、《竹笛》；哲理散文，如《有限与无限》、《人世之舟》、《美》；书信，如《写给妻子的信》；日记，如《西行日记》；游记，如《探望狱中的甘地》；杂文，如《钱币的屈辱》；政论文，如《印度妇女》；文学评论，如《韵律琐谈》，等等。泰戈尔散文洋洋数百万言，可谓一座有待挖掘的文学宝库。

　　1990年，中国著名学者季羡林先生为我编译的我国第一本泰戈尔散文选撰写序言，引起我国翻译界对泰戈尔散文的关注。先生已驾鹤西去。现把先生的那篇序言作为泰戈尔文集散文卷的代序，以此作为对先生的纪念。

　　中国社会科学院学部委员、原外国文学研究所所长黄宝生先生，为拙著撰写了总序，高度概括了泰戈尔的作品内容和艺术特色。在此，谨向黄先生表示由衷的谢意。

　　周恩来总理1957年参观国际大学时，曾赞扬泰戈尔是"憎恨黑暗、争取光明的伟大的印度人民的杰出代表，中国人民永远不能忘记泰戈尔对他

们的热爱。中国人民也不能忘记泰戈尔对他们的艰苦的民族独立斗争所给予的支持。"

2011年5月7日,是泰戈尔诞生一百五十周年,笔者特意编译这本散文选,展示他散文创作的丰硕成果,并以此对热爱中国人民的诗人表达真诚敬意。

白开元
2011年2月